PROLOGUE

プロローグ

東京アブソルートゼロ

——Zero-point emotion——

PHysics PHenomenon PHantom

——全てが氷に覆われた地表を少女はただ一人歩いていた。


氷点下二百数度を下回る極寒《ごっかん》の凍夜。雲の切れ目から差しこむ幽《かす》かな月明かりが、夜空の中に無尽蔵に滞留する霧状の何かを透過する。そして光は虹色に薄《うっす》らと乱反射した。

宙に浮かぶそれらは、大気中の水蒸気が細氷化したダイヤモンドダストと呼ばれるものだ。

吹き付ける強風は極寒《ごっかん》の冷気と共にダイヤモンドダストを舞い上げ、虹色の光彩がオーロラの如く淡く揺らめく。


少女は凍った地表を見下ろして歩く。

寒さは感じない。風は痛くも冷たくもない。

氷点下二百数度の冷気ですらも、少女の肉体を凍結させることは能《あた》わない。

今この空間において全ての現象が、少女を物理的に傷つけることはなかった。


少女の瞳が揺らぎ、涙が溢《あふ》れだす。しかし、その涙は流れることはない。外気に触れた涙滴はその瞬間に細切れの結晶へと相転移し、風にさらわれその痕跡を消し去った。

涙は凍《い》て付き砕け散る。

何を考えるでもなく、少女は歩を進める。その一歩には重さも軽さも、何もかもが籠《こ》もっていない。次々に溢《あふ》れ出る涙滴は目元から結晶化して飛散する。そうして途方もない時間を掛けて氷の上を突き進む。

目的地はなかった。理由もなかった。

この氷の世界がどこまでも永遠に続く途方もないものだと、少女はそう思っていた。

——だから突然、足元がなくなっていることに少女は気づかなかった。

何かの膜のようなものを少女は貫通していた。宙に突き出した右足は着地点を失い、体勢は崩れて、その拍子に左足も拠《よ》り所を失う。浮遊感と共に少女の肉体は空へと投げ出された。

——夜空を落下する少女は、その状況とは全く違うものへと心を奪われていた。

極寒《ごっかん》の世界から飛び出した少女がまず初めに感じたものは、風だった。次いで寒さ、そして寒さに反比例して体感する自身の体温、最後に涙が目元を流れる感覚だった。

涙が凍ることはなかった。液体として瞳から溢《あふ》れた涙の感触は、とても不思議なものだった。

涙は頬を伝うことなく、空を落ちる少女から離れていくように、上へ上へと飛んでゆく。

涙の行方《ゆくえ》を追い掛けようとして、少女は上を仰ぎ見る。

そこで、空から降り落ちる無数もの白い欠片《かけら》に少女は気づいた。

白の欠片《かけら》は頬に触れる。じわりと滲《にじ》んで、溶けて消えるような気がした。

それは氷のような、何物をも寄せ付けない硬さとは違った。

触れた頬は冷たいけれど、それでもどこか優しげな感じすら覚えるその柔らかさに、少女は憧れのようなものを抱いた。

——夜空を落下する少女は、無限にも降りしくる白い欠片《かけら》の名を、生まれた時から知っている。

唇を開き、声をわななかせる。そこに僅かな憧憬《どうけい》を込めて、初めての言葉を口にした。

「——ゆき……」

1

一章

神戸グラビティバウンド

——Reverse city——

PHysics PHenomenon PHantom

1

……土曜日はお昼まで授業がある。

先週はサボってしまったが、今日だけはちゃんと行くと決めていた。

本当は行く気なんて全くないが、言われた通りにしないと面倒なことになる。

だから寝る前に目覚まし時計の確認もした。

じゃあ、なんでベルが鳴らないのだろうか……

室月《むろつき》カナエは閉じたまぶたでうつらうつらと思考を錯綜《さくそう》させながら、右斜め上、目覚まし時計の普段の定位置に右手を落下させた。

ぷにゅっ……。

その感触は時計らしからぬ柔らかな弾性を示していた。

押したり引いたり摘《つま》んだり、指の動きに順応して変形する様はどう考えても時計のそれではない。

ついでに振動も鈍く伝わってくるようで、いよいよ以《もっ》て不穏を感じたカナエは、意志の力で重いまぶたをこじ開けた。

――振動する二つのベルの間に挟まれた小さな女の子の尻を、カナエの右手は摑《つか》んでいた。

「この状況で……寝てるのか……ッ⁉」

ゴシック調の大きな時計、その上部についたテニスボール大の二つのベルの隙間に、ピッタリと顔面をめり込ませて少女は爆睡していた。

本来ならば大音量で起床を知らせるベルの振動を、両頰を押し付けた少女の顔面が余すこと無く吸収している。

ウェーブのかかった自らの金髪に埋もれた少女の寝顔は、高速でブレる最中であるにもかかわらず大変安らかなものであった。

ベルの振動によって、開いた口から溢《こぼ》れる涎《よだれ》が忙《せわ》しなく左右に飛び散っている。

「ブルドッグかよおめーは」

幸せそうに爆睡する少女の頰を、右手でむぎゅうと変形させるが、当然の如く無反応で小さな寝息を立て続ける。

カナエは強硬手段に出ることにした。

曲げた人差し指が元に戻ろうとする力を親指で押し留《とど》めて、少女の額《ひたい》中央に照準を合わせ、いわゆるデコピンを炸裂《さくれつ》させた。

ペチンッ、とキツめの音を響かせて――それと同時に少女はガバッと顔を上げた。

「――キャ、キャナエしゃまあぁぁ。大変《らいへん》れしゅ、大地震《だいずいしん》！　いましゅぐ避難《いなん》を！」

げた。


「揺れてるのはレヴィの頭だ」

カナエはレヴィと呼んだ少女の腰へと右手を回し、ユーフォーキャッチャーの要領で持ち上げた。

「ひゃっ！」

――ジリリリリリリリリリリッッッッ！

〝つっかえ〟が取れてベルが鳴り出す。

カナエの右手に掴《つか》まれたレヴィは、俗に言うメイドさんの格好をしていた。

黒のロングワンピースの上から白のフリルエプロンを着けた姿は、人間で言う背中半ばまで伸びるナチュラルウェーブの金髪も相まって、一見してコスプレではなく本場英国人のような出《い》で立《た》ちをしていた。

しかし、それを着用するレヴィの身長は三〇センチ前後とお人形サイズである。

「……もう時間ですねっ。カナエさまっ、朝食をとりましょう」

「もう時間がない」

「ほえ？　目覚ましが鳴っているので七時じゃないんですかっ、って……え、はち、八時じゃすと……ひゃあああぁぁぁぁあ！　ちこくですううう！」

レヴィはこの世の終わりとばかりにしゅんと落ち込んだ。

カナエの手から離れて時計のすぐ隣に降り立つ。

未《いま》だ虚《むな》しく鳴り続ける時計の、突き出された長さ数センチのスイッチを両手で押す。

そのままレヴィはスイッチに縋《すが》りつき、下を向きとつとつと事情を語り出した。

「……今日こそはメイドらしくっ、先んじてカナエさまを起こそうとしましたっ……」

「また起こされたんだけどな」

「ひゃい！」

図星の指摘にビクリと反応したレヴィが、その衝撃で再度スイッチをかちあげる。

また耳障《みみざわ》りなベルがけたたましく鳴り響くが、レヴィにはその音を消す心の余裕はなかった。

「カナエさまのお目覚めに、淹《い》れたての紅茶と甘《あま》いケーキを、召し上がって欲しかったのですっ」

「……」

「目覚まし時計のすぐ隣で寝れば、カナエさまよりも先に起きられると思ったのですが、ですがっ……時計をまくらにしてしまいましたぁ……」

レヴィの瞳は澄んだ翡翠《ひすい》色をしていて、その瞳とは別に、眼《め》の中にはデコレーションシールと見間違えてしまいそうな淡く黄色い星模様が刻まれている。

申し訳なさで少し潤んだ瞳の中で、星がきらめいているようにも見えた。

カナエは鳴り続けるベルを、レヴィの両手ごと、そっと下ろして音を消した。

「過ぎたことは仕方がない。『現象妖精《フェアリー》』だけじゃなく、人類だって睡眠欲には抗《あらが》えないからっ」

な」

「早寝遅起きの『現象妖精《フェアリー》』なんて、メイドとしてちっともカナエさまの役に立ってません

「寝る子は育つって言うだろ。レヴィは健《すこ》やかに寝て大きくなって、ボンキュッボンでスタイル抜群のスーパーメイドに将来なってくれ。今はその布石だ、多分」

「でもわたし、実はスタイルいいほうなんですよっ？」

レヴィは安っぽい色目でカナエを見やる。

「……定規と分度器で測ってやろうか？」

「わたしのバストは図形じゃありませんっ！」

僅かな自信を速攻でぶち折られたレヴィは消沈する。

しかし眼《め》の前にあった時計を見て初心を思い出したレヴィは、ガバッと顔を上げてまくしたてた。

「そうですっ！　カナエさま、学校です学校！　どうしましょう」

「よし、サボろう」

「遅刻してでも行きましょう！　先週もサボられましたので余計にっ！」

「その日は前日にバニラエッセンスと下剤入れ間違えたケーキ食わされたせいだろうが」

「ひゃあごめんなさいぃぃいいぃい」

「なんかもう今日はダラダラしたい気分なんだ。もう行かない。レヴィはどっか行きたい？」

「分かりました」

切り替えが早い。

「では喫茶店とケーキ屋とアイスクリームの屋台とあんみつ屋とそれから……」

「胃がもたれるわ！　たまには人間用に主食挟め」

「――わたしたちは甘《あま》いものしか食べられません。わたしにとっては、甘《あま》いもの以外を食べたいって人間の気持ちが分からないんですっ……」

「えっとなレヴィ、『現象妖精《フェアリー》』が唐辛子《とうがらし》入りのおつまみや麻婆豆腐《マーボーどうふ》食べたらどうなる？」

「前にカナエさまのものを一口頂いて、洗面台に直行しましたっ……」

「人間はそれほどじゃないけど、甘《あま》いものしか食べないってのは中々堪《こた》えるんだぜ」

「『現象妖精《フェアリー》』は甘《あま》さしか栄養にならないのでっ、カナエさまにはいつも同じようなものを……」

「いやいや、そこまで責めてないから！　脳味噌《のうみそ》の回転には糖分が必要とかどっかで聞いたし、特に朝とか頭がぼんやりしてるから目覚ましがてらに丁度いいんじゃない？　……ということで頼むよ」

「ほえ？」

「メイドさんになってくれるんじゃなかったのか？　ほら、紅茶とケーキ」

「あ、はいっ！　お膳立てしてまいりますので、今しばらくお待ちくださいっ！」

そう言い残して、シングルベッドの真向かいにある台所へと、レヴィはすっ飛んでいった。

『現象妖精《フェアリー》』というが、彼女たちには羽がない。

重力を制御して飛行するわけでもなく、単に彼女らは地表や重力といった概念に縛られずに空を歩いているのだ。

レヴィは自分と同じ大きさの給湯ポットの『温める』ボタンの上に着地し、半ば浮いた状態で時間と温度調節のステップを刻んだ。

次にポットから離陸して、冷蔵庫のすぐ横にある食器棚に降り立つ。

そこにあるスプーンを一つ摑《つか》み、柄の部分を冷蔵庫の扉の隙間に差し込んで、テコの原理で力を加えて開けてみせた。

一番上の段に手を伸ばし、昨日カナエと買いに行った飾り気のないスポンジケーキの一切れを皿に載せて、その重量と戦うように危うげに取り出した。

頭に載せて、うんしょうんしょとゆっくりとした速度でテーブルに運んでいく。

その後もレヴィは冷蔵庫とテーブルを何往復もして、裸のスポンジ生地《きじ》をケーキへと飾り立てていく。

クリームとチョコをめいっぱい絞り、銀箔《ぎんぱく》で覆われた粒状の糖衣菓子《アラザン》をまぶし、カットされたいちごとパイナップルを上に載せる。

あっという間に絵になるものが出来上がった。

カナエはそれを見届けてから、レヴィと入れ替わるようにして台所に向かう。

台所で歯磨きを終えて帰ってくる頃には、レヴィは熱湯の入ったカップにティーバッグを垂らしていた。

そのカップを、レヴィではなくカナエがテーブルまで運ぶ。

ケーキと違って、落としでもするとレヴィに被害が及ぶからだ。

それを見たレヴィは、少しだけしゅんとした表情を浮かべた。

「お砂糖とミルクはどうされますか？」

「棒のやつ二つとフレッシュたっぷりで」

「棒のやつ……これを二つですね！」

レヴィがどこからか持ってきた細長い容器を見て、カナエは目を剝《む》いた。

「それも下剤だ！　また土曜をオジャンにする気か！」

「ふええ、なんでこんなに下剤がいっぱいあるんですかあ」

「この前買い物任せたらレヴィが沢山買ってきたんだろうが！　どんな間違え方をした！」

「色と形が似てたのでついっ……」

「コレ置いてた場所どう見ても食品コーナーじゃなかっただろ！　俺の家の食卓には少なくとも錠剤とかプロテインは並んでないからな！」

正しいものを持ってきたレヴィは、んぎぎぎぎと精一杯の力を込めて開封し、カップへと流し込む。

釜をかき混ぜる魔女よろしく、全身を使ってスプーンで砂糖とミルクを溶かしこんだ。

「カナエさまっ、準備完了です」

広いとは言えないリビングの中央に置かれた二人掛けテーブル。

テーブル上に立つレヴィと、カナエは対面する形で座る。

さっきまでただのスポンジ生地《きじ》だったものは、店頭に並べられていても遜色のないくらいに鮮やかなケーキへとデコレーションされていた。

紅茶だって、どこの会社の給仕係《きゅうじ》よりも上手《うま》く淹《い》れているはずだ。

なのに、レヴィは不満そうな表情をしていた。

「どうしたんだ？　よくできてるじゃん」

「……わたしにもっとできることがあればいいなっ、って思ってました」

カナエはケーキにフォークを突き立てて、所在なげにもじもじとするレヴィを見やる。

「熱量操作能力があればっ、ケーキを生地《きじ》から作れます。重力操作能力があれば、調理器具を使うことができます、カップだって運べるし、紅茶だって一人でブレンドできるかもですっ」

「ケーキ作ったりしてるじゃん。よく劇物混ぜたりするけど」

「生地《きじ》はだいたい市販ですっ。それに包丁やオーブンを使う時はいつもカナエさまに頼ってばっかりです。わたしは、あるじさまに使われるべき『現象妖精《フェアリー》』なのにっ、何の能力も……」

レヴィの目元が潤みだす。

溢《あふ》れた涙は、瞳の中の星すらも流してしまうようで。

「いたっ」

カナエはレヴィにまたデコピンした。スプーンにケーキの欠片《かけら》を載《の》せて、レヴィに差し出す。

「ウジウジするなよ、泣き虫妖精。お前は涙を司《つかさど》る能力でも持ってるのか」

レヴィは口いっぱいに頬張りながら、すぐに笑《え》みを浮《う》かべてみせた。

「はむっ。カナエさまっ、ありがとうです」

今度は使い終わったフレッシュ容器の一つに、カナエは紅茶を装ってレヴィに手渡す。

「この前俺が代わりに朝食作っただろ。少なくともその時の俺はこんなに可愛《かわい》くケーキデコれなかったし、ティーバッグの紅茶だってただの苦い汁に生まれ変わったぞ。だから誇っていい」

「わたしはもっとカナエさまをお世話したいですっ！　パーフェクツなメイドみたいにっ！」

「じゃあめっちゃ寝ろ。寝て大きくなったら調理でも何でもできる」

「またそれですかぁ！　次こそはカナエさまに起こされないようにしますからねっ！」

お互い口元にケーキをつけながら、ケラケラと笑い合う。実に和《なご》やかな朝食風景であった。


——ピピピピピピピピ。

ベッドの枕元に置いたスマートフォンから、デフォルトの着信音がこだました。

おそるおそるカナエはそれを手に取り応対する。

「ノゾミ先生、あのこれは——」

有無を言わせない返す刀が、スピーカーから部屋中に響き渡った。

『——カナエ君、今日こそは学校に来いとワタシは言ったはずだが何をしている？　もしかして寝坊してレヴィ君とイチャついた後そのままバックれて休日を謳歌《おうか》するつもりか？』

「エスパーか何かですか」

『科学の先生らしくお手製の盗聴器を君の家に仕掛けておいた』

「全国の科学の先生は盗聴器なんて作りません！」

『簡単な推察だよ。この時間までカナエ君は学校に来ていないが、電話にはすぐに出て声色《こわいろ》は異常なし。つまり寝坊やワタシの仮定は外れて、日頃の行いからサボってるとしか思えない』

「推察でもなくただのこじつけだけど言い返せない……。ちなみにその仮定ってのは何です？」

『レヴィ君による素敵ブレンドの美味《おい》しい紅茶でカナエ君がトイレとお友達だった場合』

「やっぱり仕掛けてるでしょ！　Gメン的なの部屋に呼んでいいですか⁉」

『いや、昨日レヴィ君が淹《い》れてくれた紅茶から異臭がしたので、成分分析に回したら市販の下剤に使われているアントラキノンなどが検出されてね』

「なんてもんを持ち歩いてるんだ俺まで勘違いされるだろうが！」

「びゃあノゾミさんごめんなさいぃいぃい！」

『レヴィ君はあの灰谷義淵《はいたにぎえん》ですら発見し得なかった便通を司《つかさど》る妖精なのかもしれない』

「割と実用的だけど物理学一切関係ねぇ！」

「わたしにも新たな力が⁉」

繰り返し頭を下げて謝罪し倒していたレヴィは、ガバッと顔を上げて目をキラキラとさせた。

「現金なやつだなお前」

『うん？　レヴィ君はなんて言ってるんだ？』

「チッ、飲んだら一キロはダイエットできたのに」

「そんなことは言ってませんっ」

『二キロほど痩せたよありがとう』

「飲んだんすか！　異臭したってさっき言ってましたよね！」

『まあそんなことはどうでもいい』

「あ、はあ」

「カナエ君は結局今週も、いや、今月も来ないつもりなのか？　土曜日だけ一度も出席していないじゃないか。一学期の間、そして二学期に入って二週間目の今も』

「国民の休日はきっちり謳歌《おうか》したいんです、たぶん……」

『休日出勤している社会人を舐《な》めているのか？』

「すいません」

『君が何を考えてボイコットしているのかはどうでもいい。いいな、八時四〇分までに来い』

通話が途切れた。

カナエは携帯をベッドに放り投げて、飲みかけのカップにまた口を付けた。

「カナエさま、もしかしてその紅茶おいしくないですか？」

「いいや違うんだレヴィ。これは苦虫を嚙《か》み潰したような表情って言うんだよ」

「ひえっ！　虫まで入れちゃいましたかわたしっ⁉」

「ちっげーよモノの喩《たと》えだ！」

はあ、と溜息《ためいき》をついてからレヴィに状況を説明した。

「今日遅刻したらマズイってことですか？　あと甘味《かんみ》処《どころ》巡りもなし……。でもちゃんと行きましょうカナエさまっ！　そもそもなんで土曜ばっかりサボられるのですか？」

「行きたくねえんだよ、あの授業。ほら、なんていうか、苦手科目っていうか？」

カナエは適当な調子でうそぶきながら、ケーキを綺麗《きれい》にさらえてゆく。

「カナエさまが……学校を退学になったらわたしも悲しいですっ。一緒に頑張りましょう！」

「時間的に無理だな」

「またわたしのせいで……うぅぅ……」

「だーかーらー、泣き虫妖精になるのやめろ。まだ便秘妖精の方がマシだ」

すっ、とカナエはレヴィに半分ほど紅茶が残ったカップを差し出した。

「砂糖追加してくれ。あの棒のやつ、ちゃんと砂糖でな」

レヴィはすぐに動いてくれるかと思えたが、ブツブツと呟《つぶや》きながら珍しく思案に耽《ふけ》っていた。

「棒のやつ、棒のやつ…………。はっ、カナエさまっ！　まだ間に合う方法がありますっ！」

＋＋＋＋＋

「おいレヴィ、どうやったら間に合うんだこれ？」

「カナエさまっ、ベッドに携帯をお忘れですよっ」

「お、おう。ありがと」

カナエは玄関に出ていた。

レヴィはカナエが背負うリュックの中に、携帯と一緒に入り込む。

その後、開け口からひょっこりと頭だけ出した。

カナエは玄関の鍵を閉めつつ、ふと横目で塀に囲まれた小庭を見やると、思わず顔を顰《しか》めてしまうような植物を見つけてしまった。

天に向かって直立する緑色の厄介物——

「サトウキビまた咲いてるよ……」

——『現象妖精《フェアリー》』が現れてから、甘《あま》いものに関連する産業全般が世界規模で発展した。

その内の一つとして、砂糖の原材料であるサトウキビの品種改良が行われ、いかなる天候下においても成長が可能な全天候対応型のものが生み出された。

雑草と見紛《みまが》うほどの強靱《きょうじん》さをもったサトウキビは、今まさに雑草の如くあらゆる地域の道《みち》端《ばた》に咲いてしまっていた。

喩《たと》えるなら湖に巣くう外来種。

可食であっても食べる気は起きず、ならば何の恩恵もない。

「この前刈ったはずなんだけど見過ごしてたのかなあ……。お前食う？」

「絶対に嫌ですっ！　『現象妖精《フェアリー》』はとってもグルメなんですよっ⁉　わたしはカナエさまのせいでスイーツの味を覚えてしまったんです。いまさら、糖分だけとか耐えられませんっ

「……」

「冗談だって」

「道端《みちばた》に咲いたサトウキビを食べるなんて正気の沙汰じゃありませんっ。いくらわたしの大好きなカナエさまであっても、そんなことを言われたらとってもぷんすかぷんぷんですよっ⁉」

「すげえ怒ってるな！　わるいわるい」

「三ツ星おフランス洋菓子店『ルネ・ベルモンド』のいちご尽くしケーキで許してあげますっ」

「ちゃっかりしすぎだろ！　……いいよ、また今度な」

「わーい！　棚から高級ぼた餅ですっ！」

「で、話戻していいか？　高校まで四〇分掛かるのにあと二五分でどうするんだよ」

「わたしにお任せあれっ！　まずはこの道を左に走ってくださいっ！」

しぶしぶ言われたとおりに、カナエは歩道を駆け出そうとして、足が止まる。

「いやちょっと待て。これ反対方向じゃねえか、右だろ？」

「いいえっ、左です！」

カナエは後ろを振り向く。

リュックの開け口の縁《ふち》に手を掛けたレヴィの表情はとてもしてやったり感が満ちている。

少し逡巡《しゅんじゅん》したが、どうせ遅刻するんだからいくら遅れても変わりやしないと考えて、カナエはレヴィの指示に従うことにした。

今、レヴィの瞳の中のお星様を数えたら幾つになるだろうか。

そんなことをカナエは考えながら神戸《こうべ》の街を疾走する。

街並みは新しく、色とりどりの建築物が所狭しと並び尽くす。

カナエ宅のようなプレハブ作りもあれば、木造建築から異人館風のレンガ作りまで、ジャンルの区分なく乱立している。

マンションやビルといったものも所々見かけるが、高さは一律で八階相当までのものとなっている。

その建築高度制限は景観を乱すからというものではなく——単に光源の邪魔だからである。

街の上に広がるものは青空ではなく、高さの限り有る灰色の天井なのだ。

等間隔で敷設された高明度の——『光子《フォトン》』を司《つかさど》る『現象妖精《フェアリー》』によって稼働する——照明装置が照らしだす。

光源だけではなく、街を維持するシステムの一部として『現象妖精《フェアリー》』は必要不可欠である。

——カナエはこの光が嫌いだった。

「このあとどうすればいいんだ？　この先行き止まりなんだけど」

「その行き止まりでいいんですっ。街の端っこまで向かいましょう！」

走りながらカナエは周囲の人々を見渡す。

神戸《こうべ》の街には、外国人が当たり前のように沢山いた。

ぱっと見では、日本人の次にゲルマン系のドイツ人が多いようだ。

走ること約五分。

帰宅部で運動不足だったカナエには、たった五分の走りこみでも限界に近い。

面倒になって、もはや走るのをやめて疲労時特有の斜め上を向いたスタイルで歩いていた。

どこまでも代わり映《ば》えのしない天井の灰色を眺めていたが――突如青色に切り替わった。

北北西《NNW》三四五度と書かれた標識が落下防止用安全柵《さく》に固定されている。

久しく街の外を眺めていなかったカナエは、ふとその光景を写真に収めたくなった。

携帯を正面にかざすと、ここぞとばかりにリュックから飛び出したレヴィが隅っこで密《ひそ》やかにピースした。

カシャッ――

――鮮明な青に、線を引く無数の鈍色《にびいろ》。

目の前には雲ひとつなく広がる青空があった。

しかしその空の絶景を台無しにするかのように、鈍色《にびいろ》のポールが何本も何本もまばらに乱立していた。

さながら青色のキャンパスの上から灰色の絵の具を浸した絵筆を上から下へと乱雑に塗りたくるような景色だった。

ポールは真っ直ぐに伸びるものだけではなく、右に左に勝手気ままに傾くものも見て取れる。見方を変えれば、このポールであみだくじができそうだな、とカナエは勝手な感想を抱いた。

彼方《かなた》まで望む空と安っぽいポールの群れ、それがカナエの住む神戸《こうべ》という街の端っこだった。

カナエは満足げに携帯をポケットにしまうと、柵《さく》から身を乗り出して下を覗《のぞ》いた。

眼下には数メートルものぶ厚い地盤を隔てて、一九六階層のオフィス街が広がっていた。

オフィス区画はその用途から居住区画よりも高さがある。

連綿と続く階層と階層は、積層するミルフィーユのように幾重にも連なり続けている。

カナエは遥《はる》か下のその果てを探すように、階層の一番下まで眼《め》を這《は》わせようとしたが、ある距離からは白い靄《もや》に包まれて何も見えなかった。

「ここまで来ちゃったよおい。ここから二三階層下の俺の高校までどうやって行くつもりなんだ？　………おい、まさか落ちろとでも言うつもりか？」

「はいっ！　お察しの通りでございますカナエさまっ！」

ガクッ、とカナエは柵《さく》に体重を預けてしまう。

「街と街を行き来するためには、『エレベータ』を使うしかないんだぞ」

「……ええっと、カナエさま、これがなにか分かりますか？」

レヴィがゆるやかに飛行してポールをトントンと叩《たた》く。

それはどんよりとした鈍色《にびいろ》をしている。

街の外側《あちらがわ》から伸びてきて、ゆるやかに曲がりながら柵《さく》の内側《こちらがわ》の地層へと深く刺さっていた。

「なんかの鉄パイプ？」

「違いますよっ、階層と階層を外側から補強する『接続ポール』です。ちなみにそれは鉄じゃなくて炭素結晶で、『現象妖精《フェアリー》』によって加工された絶対折れないすごく硬い棒なんですよっ」

「お前めっちゃ詳しぃな」

「社会の先生の言葉を借りました！　カナエさまは幸せそうに涎《よだれ》を垂らしていましたがっ」

珍しくレヴィに何かを教えられ、カナエは思索した。

「じゃあ何、街の上に街を作るときに後乗せ後乗せで、この景観丸潰しの野暮《やぼ》ったい棒どもが何重にも重なっていったわけか。見慣れた光景だったけど、改めて見るとすっげー無計画だな」

「お菓子に甘《あま》さが足りないからって砂糖をドバドバまぶしていくわたしみたいですねっ」

「市販の糖度基準値に慣れろ！　……で、レヴィは俺に、滑り棒をしろって言ってるのか？」

「流石《さすが》はカナエさまっ、すぐに分かってしまいますっ」

カナエは昔を思い出す。

小学生の頃――正確に言うならば一〇歳前後の記憶だ。

この神戸《まち》の度胸試しと言えば一階層分下へと続く滑り棒だ。

カナエはそれを囃《はや》し立てる側ではなく、やらされる側だった。

しかし同類の要求は何度か呑《の》んだことはあれど、この滑り棒だけは一度たりとも決行したことはない。

それ以外にもカナエが後ろ暗い少年時代を過ごす要因となった出来事は数多《あまた》あり、目を背けたくなるような惨憺《さんたん》とした記憶がノンストップで脳内再生されていった。

「うへえ」

「どうされましたっ？　口元がヒクヒクされていますが？」

「ちょっと懐《なつ》かしんだだけだ。……よし、やろう」

カナエは腕まくりをして再び柵《さく》へと近づこうとした。

「カナエさまっ、お待ちください！　わたしが接続先を見てまいりますっ！」

「おう、任せた」

レヴィはシュバッと空の中へと飛び出した。

「ええっとですねっ、うーん……、あ、これです！」

レヴィが指し示したポールは柵《さく》から手の届く場所にあった。

これならそこまで危険なく摑《つか》まることができるだろう。

レヴィは戻ってくるなりリュックの口から頭を出す定位置に収まった。

カナエは思う。

決して過去のトラウマめいたものに決別を告げたいとかそういうわけではない。

目の前に棒があったら滑りたくなるのが男ってものなのだ。

そう、意地になってはいない。

カナエは身を乗り出してポールに摑《つか》まり、一声を放つなり足場を離れ落下感に身を任せた。

「おら見てろよあのクソガキどもめがッ‼」

「？」

カナエはスルスルと滑り落ちていく。

数メートルの厚みを持つ地盤を通過し、階下の街並みを見下ろす。

カナエの住む街では見当たらない高層ビルがところ狭しと並び続けていた。

すぐ目の前のビルでお仕事していた人たちは、無数にひしめく『接続ポール』の一つを絶叫しながら滑落するカナエを見て表情を固まらせた。

「ぎゃあああああああああああああああああああああああ‼」

「風気持ちいいですねっ！　ねっ！」

約四〇メートルの滑り棒だ。

怖くないわけがなかった。

重力加速度が上乗せされて速まる落下感は、鉄の錆《さ》びたジェットコースターさながら生きた心地《ここち》のしない時間をカナエに提供した。

「やっぱ無理やっぱ無理やっぱ無理やっ……」

しかしそれももうすぐ終わる。

本当の意味でのエレベータのように、目の前にあるビルの階数が段々と下がっていく。

もうすぐこの『接続ポール』は柵《さく》の内側へと侵入する。

そして空に投げ出されたカナエを柵《さく》の内側へと運び届けるのだ。

「地面。恋しい。帰ろう」

そしてオフィス区画の地表へと近づき、——目の前をそのまま通り過ぎた。

「……は？」

今度は一九五階層自然再現区画、通称『ブナの森』がカナエの眼下に展開された。

ビルの代わりに巨大な広葉樹林が隙間なく生《お》い茂っている。

森林の合間には『エレベータ』——地表から天へと伸びる計二六本もの灰色の巨大な柱——があちこちに点在している。

豊かな緑と灰色の建造物を縦横断するようにして、透き通った川が迷路のように線を引いていた。

「緑が綺麗《きれい》だなあ空気が美味《おい》しいや！　じゃねえだろちょっと待てレヴィどういうことだ！　すぐ下の階層で終わるんじゃなかったのこれ⁉」

「何を言っているのですかカナエさまっ」

後ろから顔を出したレヴィは、きゃぴっとした笑顔でさらりと言い放った。

「――一九七階層から一七四階層まで直通ですよっ」

「はああああああああああああああああああ⁉　二三階層分って何メートルあると思ってるんだ一キロぐらいあんぞテメエ！」

「途中でお仕事階層や自然いっぱい階層を挟んでるので、精確にはあと一・二キロですっ！」

「余計ダメじゃねえかあああああああああああああ！」

「カナエさま、これも社会の授業でやっていま――きゃっ！」

取り乱したカナエが激しく後ろを振り向き、その反動でレヴィがリュックから投げ出された。

「おい大丈夫かっ！」

「きゃああああああああああああ」

上昇気流に乗せられたレヴィは上へとカナエの手の届かない所まで離れて行くかと思えた。

「あっ、わたし飛べるんでしたっ」

くるりと向きを変え飛んできて、落下するカナエに並んだ。

「良かった！　レヴィは無事かあ、じゃねえよ‼　ふざけんな！　手が熱くて溶けるって！」

　カナエは死を直感した。

　飛ぶのはナシにしても、生きて帰るには取り敢《あ》えず落下速度の加速を止めなければならない。

　カナエは風ではためく制服の裾の上から『接続ポール』を握《にぎ》り込む。

　同時に靴底で『接続ポール』を力の限り挟み込んだ。

　摑《つか》んだ制服の繊維が熱されて溶けていく。

　キュルキュルキュルキュルキュル！　と靴のゴムが擦り切れる音は、落下が止《や》むまで続くこととなる。

　自然再現区画とその地盤を突き抜けて、カナエの住む階層と似たような街並みが広がった。

　落下速度は緩やかになり、一九四階層の落下防止用安全柵《さく》と丁度同じ高さで停止した。

　柵《さく》までは五メートルほど離れている。

　自力で地面に帰還することは不可能だが、幸いにして、目の前には柵《さく》に手を乗せて外の景色を眺める少女がいた。

　少女はアレンジを施したセーラー服を身に纏《まと》っていた。

　その襟元や袖口などの随所には星やハート形、動物を模した刺繡《ししゅう》が施され、スカート丈も街の規律を無視したかのように太もも半ばまで詰められている。

少女は黒髪のロングストレートに、フレームが水色の眼鏡を掛けており、その童顔には理知的な風貌《ふうぼう》が見て取れた。

丁寧にセットされた黒髪の上からは、月桂樹《げっけいじゅ》を模したカチューシャ――束ねた葉で冠《かんむり》を成しているような髪飾り――が留められている。

「……さっぱり意味が分からないわ…………」

いきなり上から滑り落ちてきて、目の前の位置で停止したカナエを見て少女は思わずぼやいた。

――直後、何故《なぜ》か少女は口が滑ったとでも言うように、左手の指で唇を押さえつける。

「……？　と、ともかく！　そこの学生さん！　いきなりだけど理由を聞かずに大人を呼んできてくれるか⁉　今ちょっと手が離せなくて……」

カナエは必死に懇願するが、少女は唇に手を当てたきり無言だった。

棒に掴《つか》まるカナエを、少女は怪訝《けげん》な目つきでじっと見つめる。

若干《じゃっかん》引いているようだった。

「何か言ってくれよ……まだリアクション取ってくれたほうが嬉《うれ》しいんだけど！」

柵《さく》の外側で棒に掴《つか》まるカナエと、五メートルを隔てて柵《さく》の内側にいる少女との間には、なんとも言えない沈黙が漂っていた。

カナエは気まずそうな表情を浮かべ、言葉を続けようと――

「——さっき電話で、例の違法業者の引渡し成立が確認できたぞ」

ぶっきらぼうな声が、少女の遠く後ろから聞こえてきた。

ビジネススーツをラフに着こなしたオールバックヘアの青年が、少女の元へと歩いてくる。

どうやら青年の位置からは、少女に隠れてカナエが見えていないようだった。

「現場のブツはあるだけ全部押収《おうしゅう》した。後は専門家にでも任せて、お前の里帰りにでも付き合ってやるよ——って、何だコイツ⁉」

ある程度近づいたことで、青年はカナエの存在に気づく。

青年の視界内に収められた少女の体から、『接続ポール』に摑《つか》まるカナエの姿がはみ出たのだ。

「何だよこのブタの串焼きみてえなのは……」

「そこの学生さんの保護者ですか⁉　……てか若くね？　……と、ともかく、俺今めちゃくちゃピンチなんですよ！　どうか俺をこの『接続ポール』から助けてもらえないでしょうか⁉」

「すまんが全く意味が分からねえ。でも確か、神戸《こうべ》じゃ『接続ポール』の滑り棒は度胸試しみたいなもんだろ？　……ニイチャンは自分で滑っておいて、いざ怖くなると助けを呼ぶのか？」

「いや、違うんです！　一般的な神戸《こうべ》の度胸試しと呼べるものは一階層分の距離を滑るだけなんですが、今俺が直面しているアクシデントは——」

言い訳じみた言動を早口でまくし立てるカナエを、青年はピシャリと一蹴した。

「——ちょっと情けねえなあ。自分のケツぐらい自分で拭いとけよ」

「…………」

カナエの表情筋が高速で振動する。

それを面白がったレヴィがカナエの頬をつついた。

「わあ、カナエさまがマナーモードみたいですっ！」

静観していた改造制服の少女が、たまらず小さく、ぷっと吹き出した。

相変わらず指で唇を押さえつけたままではあるが、それは発言を我慢するというよりも、笑いを堪《こら》えているようだ。

「まあ、頑張って滑ってみな。何事も最後までやり切るってのは大事だぜ」

青年はカナエから興味をなくしたとでも言うように、踵《きびす》を返して去っていった。

青年に釣られて少女も、カナエからくるりと背を向ける。

唇を封じていた指を外し、両手を背に回して青年を追いかける。

どこか優雅さを感じさせる後ろ姿から、囁《ささや》き声が発せられた。

「——滑ってみなさいよ、この意気地《いくじ》なし」

「ンン……!!」

「カナエさまが激しくマナーモード！」

「さっきから何言ってんだおめーは」

「カナエさまっ、通報して助けてもらいましょう！　リュックから携帯をお取りしますねっ！」

「ああ、そうすりゃ良かったな。でも、もういい」

「ほえ？」

「うん。滑ろう。一キロちょい」

カナエは清々《すがすが》しい表情で言い切った。

……そうやって、ある種の余裕が生まれると、それまでとは違った思考が頭をよぎる。

例えば、改造制服の少女が元々眺めていた方向、など。

青年の会話によると、どうやら少女は里帰りをしているらしかった。

同じ神戸《こうべ》の生まれと聞くと、先ほど少女に植え付けられた羞恥《しゆうち》心《しん》は忘れ、どこか親近感すら湧いた。

カナエは自分が生まれた場所に——ふと真上に視線を向ける。

レヴィもカナエに倣《なら》って、あんぐりと上を向く。

——約一〇キロ先に、街の上にある天井とは姿形が全く違う、見渡す限り果てまで続く別の天井が覆っていた。

殺風景な焦げ茶色の天井がどこまでも一面に広がっている。

しかしそれは、天井と呼べるものではなく、天蓋と言った方が正しいだろう。

遥《はる》か遠方を見やれば、焦げ茶色から深い青色へと色彩がくっきりと変化しているのが見て取れた。

そう、大地から海へと。

本来ならば人の立つべき大地の天蓋が、積層都市『逆さまの街・神戸《こうべ》』を覆い尽くしていた。

――その街は理《ことわり》に反していた。

さながら天から地へと伸びる、反転するバベルの塔が如く。

街は地表から静止衛星へと繋《つな》がる一本の構造物、軌道エレベータに沿うようにして建設された。

成層圏下部、高度二〇キロに存在する〝重力反転境界面〟を基盤とし、居住、オフィス、研究、自然再現区画などを重ね続けて現在二九八階層。

全高、直径共に一五キロを超える規模を持つ積層都市――

――『逆さまの街・神戸《こうべ》』は、『七大災害』における復興都市のモデルケースである。

2

二〇三二年三月八日、スウェーデン・ストックホルム某《ぼう》学会にて、その男は前代未聞《みもん》の物理学理論を提唱した。

のちに彼は、齢《よわい》三五にして世界に最も大いなる影響を与えた物理学者『灰谷義淵《はいたにぎえん》』として、あらゆる史実に深く刻まれることとなる。

「世界は古代ギリシアの偉人たちの言う火風水地からなる四大元素《リゾマータ》でできている？　全然違う。それは何千年前の終わった思想哲学だ。では世界は全てが数式で記述可能なニュートン力学でできているのか？　いいや、当然違う。アインシュタインが『絶対』という概念をエーテル論ごと物理学から駆逐した。真空中の光速度を基準とした相対性理論がね。加えて量子力学、素粒子論の提起により、今や世界というものは記述不可能の——それも観測不可能の——ミクロコスモスの振る舞いの集積でかたどられた極めて曖昧なものとなった。そして今ホットな物理学は超弦理論《スーパーストリングス》だろう。素粒子を『一次元の広がりを持つ振動するひも』と定義する。これは相対性理論と量子力学を融合した、全物理学者の悲願となるあらゆる相互作用法則の統一——『万物の理論』となりうるものだ。日進月歩の科学の発達は、あと少しというところでこの統一を目前にしている。そう、もう少しで物理学は完成して、世界は完全に定義される――はずだった。そんな完成寸前の物理学を、今この時を以《もっ》て私がリセットしよう。それはさながら〝逆行する世界の定義《テーブル・フリップ》〟。君たちが築き上げてきた最新の物理学を台無しにして白紙に返す、滑稽《こっけい》なちゃぶ台返しをして見せよう。いや、外国《こっち》だとこの言葉では伝わらないか？……そうだな、お膳立てされたものを全てひっくり返すんだ――こんなふうにね」

そう言うや否《いな》や、義淵《ぎえん》の目の前に設置されていた長方形のテーブルは――くるりと跳ね飛び天井へと勢いよく激突した。

鈍い振動と甲高い破砕音が同時に伝播《でんぱ》する。

吹き抜けフロアで三階分、床からゆうに八メートルは離れているであろう天井に、四つの軸足が綺麗《きれい》に突き刺さっている。

テーブルの上に敷き詰められていた論文の留め金《ピン》がことごとく外れて空中で紙吹雪《かみふぶき》のように舞い上がり、詰めかけた学者や記者の頭上へと降りしくる。

彼らは一様に口をポカンと開けた間抜け面《まぬけづら》で頭上を仰ぎ見て、ぎこちないブリキ人形のように頭の角度を戻して義淵《ぎえん》を視界内に収めた。

聴衆は目の前で起きたことが理解できなかった。

義淵《ぎえん》はテーブルに一切手を掛けていなかった。

座ってすらなく、テーブルから少し下がって立ったまま演説していた。

しかし、何らかの見落としがあったとしても、数十キロはあるテーブルを素手の膂力《りょりょく》で天井へと突き刺さる威力で投げ飛ばせるものではない。

彼らは義淵《ぎえん》の右手にあるものに注目した。

それは誰もが知るスマートフォンだ。

「皆、君のことを知りたがっているんだよ、出ておいで」

義淵《ぎえん》がそれを片手でフリック操作すると同時に、空間が水面《みなも》の波紋のように揺らめいた。

波紋が同心円状に拡散し、かき消えると同時に——小さな人型の何かが義淵《ぎえん》の目の前に現れた。

それは人形大の裸体の少女の風貌《ふうぼう》をしていた。

鮮やかな黄昏《たそがれ》色の髪が素足の先まで伸びており、纏《まと》まってはためく様子は白絹のカーテンに透けて映る夕暮れを想起させた。

眼球に収められた瞳は深い藍色を基調としており、水晶細工で編み上げたかのような神秘的な幾何《きか》学《がく》模様が数ミリの瞳の中にぎっしりと埋め込まれている。

聴衆は少女の放つ神聖性に恐れ慄《おのの》いたように、気まずそうに視線をその裸体から逸《そ》らす。

少女はその視線に気づいたのか、単なる気まぐれなのか——それとも小さな少女の持つ人間的感情のようなものの表出なのか、背後の義淵《ぎえん》を振り向き、言語ではなく、高音の鳴き声を上げた。

　それは一流の音楽家が弦鳴器《ハープ》で奏《かな》でる最高級の音質に似ている。

「おっと、服を再現していなかった。すまないね」

　義淵《ぎえん》が再びスマートフォンで何らかの入力を行う。

　今度は先ほどよりも小さな空間の揺らぎが少女を中心に生まれては消えて、その最中に少女趣味の真紅のフリルドレスで着飾られていた。

　少女がまた鳴き声を上げる。

　その音の響きは、人間の持つ喜怒哀楽における喜びの情緒を纏《まと》っている。

　再び前を向いた少女の顔付きは、同じ無表情でも先ほどより緩んで見えた。

　義淵《ぎえん》は両手を広げ、人形のように小さくて美しい少女の存在を声高々に宣言した。

「これが新しい世界の法則だ。物理現象を引き起こす原因たる妖精、略して『現象妖精《フェアリー》』と言うべきかな？　宝石の瞳を持つ人形みたいな女の子――〝抽出〟されて現実世界へと顕現した場合における〝彼女ら〟の特徴だ。……さて、ついさっきのちゃぶ台返《テーブル・フリップ》しはこの女の子によるものだ。こちら側の言語で言うならば『斥力《レプルシオン》』の力を作用させた。斥力《せきりょく》、君たちが必死に探しだそうとしていた、重力とは対《つい》にして同一なる未知の法則だよ。今ついでに立証したからね？」

聴衆は一切口を挟もうとしない。

魔法が如き現象を目の前にして、つばを飲んで息を殺して、彼らはただただ義淵《ぎえん》の講演を見て聴《き》くことしかできなかった。

『現象妖精《フェアリー》』は、空間に遍《あまね》く存在している。〝抽出〟以前の彼女らは誰にも見えず、しかしどこにでもいて、どれだけでもいる。『現象妖精《フェアリー》』の大多数は、この世界で発見され定義された物理現象通りにそのまま振る舞っているものと思っていい。電磁相互作用の妖精やファンデルワールス力の妖精、エントロピー弾性の妖精からロンドン分散力の妖精、Π－π相互作用の妖精まで、君たちの知る物理現象はこの可愛《かわい》い『現象妖精《フェアリー》』が見えないところであくせく働いた結果なのさ」

義淵《ぎえん》はここで語りを一時中断した。

どうやら舌が回りすぎて喉が渇いたらしい。

「あー、レプちゃん、あそこの紅茶取ってきて」

斥力《レプルシオン》の名を冠する『現象妖精《フェアリー》』の小さな少女は、頷《うなず》くように首をこくんと動かした。

そして水晶細工の瞳を講演場の隅に置かれたティーポットと付属の紙コップに向けた。

すると誰が手に取るでもなく勝手に紙コップが容器から抜け、バーがひとりでに下に落ち、安物の紅茶をなみなみ注いだ。

縁《ふち》まで満たされたコップは極めて精確な水平移動で義淵《ぎえん》の手元まで飛来する。

義淵《ぎえん》からの「ありがとう」という日本語をレプルシオンはその蒼眼《そうがん》で受け止めた。

「この香りの安っぽさは癖になるね、もう少し予算を割《さ》いた方がいい。……さて、まとめとこうか。常識は否定された。最新の科学は終わりを告げ、非科学《オカルト》が科学《リアル》となった。この世界の法則は、超弦理論《スーパーストリングス》でもなく、相対性理論や量子力学ですらない。勿論《もちろん》ニュートン力学でもなく、もっと遡《さかのぼ》って、コレはどちらかと言えば君たちが取るに足らないと一笑に付したエーテル論や四性質説に似ている。そう、実にファンタジー！　我々が探し求めた真実は、もっともっと馬鹿馬鹿しくて、途方もなくて、呆《あき》れ返るような、しかし実際目にしてみると『可愛《かわい》いからどうでもいいや』と引き笑いで諦めてしまいそうな、そんなものだったんだよ。

……たった今、世界の法則を再定義しよう。

――妖精の物理学、とね」

その後の世界の発展は目覚ましかった。

義淵《ぎえん》のスマートフォンに込《こ》められていたアプリは『Fairy Tale'r』。

略して『エフティ』と呼ばれるそれは、この世界のものではない妖精言語『ストレンジコード』でプログラミングされていた。

義淵《ぎえん》は『エフティ』を無償で提供した。

先進国ではもっと使いやすい実用的な『エフティ』を、あるいはもっとスマートな戦争のための『エフティ』を作るため、開発ラッシュが続き、停滞していた経済成長が再び始まってゆく。

灰谷義淵《はいたにぎえん》が本拠地を置く日本では、先進国の中でも群を抜いて『エフティ』開発の最先端を独走していた。そして――

++++

――そこで資料映像が途切れた。

教室が明るくなり、スクリーンが自動で巻き取られていく。

「しかし高名なる物理学者灰谷義淵《はいたにぎえん》は、二〇三五年一一月一九日の――今からだいたい七年前の話だね――とある『現象妖精《フェアリー》』実験の暴走によって、一転して世界最悪のマッドサイエンティストへと位置づけられた。そしてその事件によって、日本という統治国家は崩壊した」

教壇に立つ熟年男性講師は、ちょうど前列の目の前に在席するカナエと、摩擦熱で繊維が溶けたカナエの制服に頬ずりするレヴィを見やった。

「室月《むろつき》カナエ君、その『現象妖精《フェアリー》』はどうにかできないのかね？」

カナエにべったりとくっついた、波打つ金髪を肩より長く伸ばすレヴィを講師は指差した。

「すいません、じっとさせとくので許してくれませんか？　こいつしまわれるの嫌っぽくて」

レヴィは溶けた制服を「触《さわ》り心地《ごこち》がすべすべでいい」と言っていた。

カナエはそんなレヴィを制服から剝《は》がして、机の端に設置した。

レヴィは唇に指を滑らせ〝お口にチャック〟をした。

「……いいでしょう。ついでに、チャイムギリギリに教室に駆け込んだ努力を認めて、弁解のチャンスを与えよう。授業を一学期分丸々サボっているだけで、もしかしたら君は僕の担当するところの〝現象妖精学《フエアリー》〟に長《た》けた優秀な生徒なのかもしれない。そんな生徒が留年するのは惜しい。だから答えてくれるかな、室月《むろつき》君。七年前に日本を崩壊させた、その事件の詳細を」

講師の顔付きはまるで期待はしていなかったが、一応として考慮するといった形を取った。

「……一五〇〇万人もの人間の命を奪ったとされる最大規模の『現象妖精災害《フエアリー・ハザード》』、都心部から半径一五キロ圏内を厚さ六〇〇メートルの永久凍土に閉じ込めた『東京アブソルートゼロ』です」

だから講師は、カナエから思いもよらない的確な回答が返ってきたことにまず驚いた。

「……ほう、なかなか正確だね。続けようか。灰谷義淵《はいたにぎえん》による実験暴走は一つだけではなかった。『東京アブソルートゼロ』を皮切りにして、灰谷義淵《はいたにぎえん》が研究拠点を敷いていた日本国内の七ヶ所にて『現象妖精災害《フエアリー・ハザード》』が立て続けに発生した。これらを総じて何と言うか？」

「それらの一連の異常現象は、一纏《ひとまと》めに『七大災害』と呼称されるものです。順番的には東京を始めとして、札幌《さっぽろ》、福岡、仙台、名古屋、広島、そして神戸《こうべ》。ちなみにその研究拠点っていうのも、灰谷義淵《はいたにぎえん》がそう公言しているだけで、存在は眉唾《まゆつば》ものです。灰谷義淵《はいたにぎえん》が個人で所有するラボは、公言されていた東京以外、現在に至るまでその全てが未発見だったかと……」

「──俗に言う『秘密基地《ハイド・ラボ》』だね。その発見を目的とする人たちは国や企業、個人のオタクにと枚挙に暇《いとま》がない。いかにも都市伝説的で、確かに眉唾物《まゆつばもの》ではあるが、しかし、唯一住所が公表されていた東京のラボで、その日灰谷義淵《はいたにぎえん》は『現象妖精《フェアリー》』の実験をしていた。そしてその実験が最悪の『東京アブソルートゼロ』へと至った。その後の六ヶ所は、彼の公言していた『秘密基地《ハイド・ラボ》』と同じ場所。……後は不在の魔女裁判だ。それに、消極的な選択にはなってしまうが、七年前でも、そして今でも、そんなことができる人間は彼以外にいないのだよ」

「やっぱり灰谷義淵《はいたにぎえん》は、どこかで道を間違えたんですかね……」

改めてカナエは、灰谷義淵《はいたにぎえん》の偉大さと、彼の犯した罪の大きさを認識した。

「室月《むろつき》君はよく勉強しているね。久しく語り合えた気がするよ」

どうやら講師はカナエが現象妖精学《フェアリー》を存外よく勉強していると認識して、これまで無出席だった非礼を半ば許してしまったらしい。

カナエも少し拍子抜けしたように苦笑いした。

──現象妖精学《フェアリー》とは、二〇四〇年代から全国一律で追加された教育カリキュラムである。

土曜日の始業開始からお昼までぶっ続けで三時間という国の熱意に、生徒のやる気は反比例した。

そんな生徒に釣られてかつての熱意を失っていた講師にとって、カナエの存在は新鮮だったのだろう。

　しかし教室内は、ぽっと出のカナエがでしゃばるのが許せないといった空気だった。

「……日本崩壊後は、国際連合がその後始末として介入し、常任理事国による共同統治が図られることとなった。日本という国は、日本のものではなくなった。アメリカ、イギリス、ロシア、フランス、中国の五カ国、後述の一企業を加えて六つの存在による統治体制が築かれたのだよ。『七大災害』の影響によるものか、日本国内では取り込み可能な『現象妖精《フェアリー》』の数が劇的に増加した。灰谷義淵《はいたにぎえん》のお陰で日本が研究の最先端を行っていたこともあり、『現象妖精《フェアリー》』が日本を滅ぼしたにもかかわらず、共同統治を隠れ蓑《かくみの》にした理事国間の技術競争は加速した。以前にもまして苛烈に、そして自由に研究開発が行われることとなった」

　講師はそこで一息をついた。お茶で喉を潤して、語りを再開する。

「『七大災害』という特殊な土壌は、『現象妖精《フェアリー》』の研究に貪欲《どんよく》な理事国にとって見逃せないものだ。……しかし神戸《こうべ》に関しては、その五カ国全てが白旗を上げた。何せ、重力が反対に作用している。元々の街が地表から根こそぎ剝《は》がれて、〝逆大気圏突入〟によって地上のほぼ全て《99.9999%》が燃え尽きた。単純明快にして、手の施しようがない。東京のように、閉鎖区域として領土を廃棄して、指をくわえて眺めているしかないと、誰もが思っていた。……たった一つの存在を除いて」

「――アズガルドファクトリー……」

「そう、ドイツ連邦共和国に本拠地を置く多国籍工業企業、現在世界一の資本を保有するアズガルドファクトリーだ。理事国ですら匙《さじ》を投げた『神戸重力反転《こうべグラビティバウンド》』にいち早く対応してみせたのだよ。同企業が神戸《こうべ》跡地に有していた開発途中の軌道エレベータを基《もと》にして、重力の反転する境目から、軌道エレベータに肉付けを施すかのように人が居住できる階層を作り上げた。アズガルドが秘密裏に開発していた未公開建築用『エフティ』を駆使して、居住可能階層は一段、また一段と積み上がっていく。その行いはまさしく前人未到であり、不可能を可能にしてみせるような、かつての『ドクター・ギエン』を彷彿《ほうふつ》とさせる神の御業《みわざ》であったのだよ……。あ、あ、ゴホッ……、ちょっと喋《しゃべ》りすぎたか。室月《むろつき》君、続きを頼めるかな？」

「はい、えっと……重力の反転自体は兆候が見られていました。事前に避難することはできたので、『現象妖精災害《フェアリー・ハザード》』の規模に反して、神戸《こうべ》での死傷者は他の『七大災害』に比べると少ない方でした。それでも、一三六名の命が失われたのは事実です。生き残った避難民も、住む場所を失いました。『逆さまの街・神戸《こうべ》』を完成させたアズガルドはそんな避難民を無償で受け入れてくれました。……その功績を国際連合は無視するわけにはいかず、当時理事国同士で成り立つ統治会議に、アズガルドの最高取締役エーゲンフリートを招き入れました。そしてアズガルドは、一企業でありながら日本を統治する六つ目の存在になりました、……で合ってますよね？」

「お手本のような回答だよ。室月《むろつき》君の進退に関しては、僕の口からオッケーと言っておこうか」

「ありがとうございます……」

「カナエさまがこんなに勉強熱心だなんてっ……。わたし感動いたしましたっ！」

「おい室月《むろつき》、そこの妖精ピーピーうるせえぞ」

カナエは「授業中だから」と、レヴィに向けて唇に人差し指を付けるジェスチャーをした。

「本当によく勉強しているよ。その意欲はどこからくるんだい？」

カナエはその問いに詰まった。

確かにカナエは、取り立てて現象妖精《フェアリー》学を勉強した覚えはない。

教科書だって今日初めて開いた。

それでも、こうやってすらすらと言えてしまえるのは……

「……たぶん『現象妖精《フェアリー》』のことが、好きなんです」

ガバッと跳ね起きたレヴィの頭を、カナエは呆《あき》れ顔でいなすように指先で押さえ込んだ。

「しかし室月《むろつき》君が先ほど述べてくれた知識は、『現象妖精《フェアリー》』の負の側面とも呼べるべきものだよ」

それでも好きなのか、と講師の目は言いたげだった。

まるで見当違いだとカナエは思った。

「『現象妖精《フェアリー》』に負の側面なんてものはありません」

「……『現象妖精《フェアリー》』は、現代の戦争に取り入れられている。そのことについてはどう思うかね?」

「『現象妖精《フェアリー》』は武器でも兵器でもありません。『現象妖精《フェアリー》』はちゃんと生きてるんです。『現象妖精《フェアリー》』の純粋さに付け込んで、利己的に使役する人間側が全て悪いんです」

「室月《むろつき》君は、『現象妖精《フェアリー》』は誰にも使われずに、伸び伸びと生きて欲しいと思っているのかね?」

「……いえ、そこまでは思っていません。『現象妖精《フェアリー》』は幸せとか何も知らないし、それに寂しがり屋なんです。だから、優しく使ってやって欲しいと、俺は思っています」

「幸せとか何も知らないって何様だよ」

「寂しがり屋だってよ」

生徒から茶化されて、カナエは自分が少し語りすぎていたことに気がつく。

羞恥心《しゅうちしん》を感じた。

「……室月《むろつき》君は、単に知識だけでなく、もっと深い所まで『現象妖精《フェアリー》』を知っているのだね」

「あ、なんか、すいません!」

「すまない、嫌な言い回しをした僕が悪い。……実は僕も、室月《むろつき》君と同じ考えだ。人間は使うものがなんであれ、簡単に人を傷つけることができるからね。『現象妖精《フェアリー》』だって、勝手に抽出して使役しておいて、いざ何かを起こせばそれのせいだなんて言うのは、筋が通っていない」

講師は柔らかな笑みを浮かべながら、教科書を手にとった。

「さて、長話をしてしまったかな。生徒諸君、待たせてすまなかった。授業を再開しようか」

カナエは居心地《いごこち》の良さを感じるあまり、大切なことを忘却していた。

――なぜこんなに楽しい授業をサボっていたのか？

＋＋＋＋＋

それからの一時間は、カナエの高校生活の授業の中で最も有意義なものと言えた。

「……少し脱線しすぎたね、授業に戻ろう。では、『おとぎの語り手』とも称される『Fairy Tale'r』、僕たちが携帯で使う制御アプリ『エフティ』は、『ストレンジコード』と呼ばれる特殊言語でプログラミングされている。この『ストレンジコード』とはそもそもどういうものかね、室月《むろつき》君？」

またそいつに振《ふ》るのかよ、とクラス中が突っ込みを入れた。

「コアプログラムを記述する未知の言語です。ただ『ストレンジコード』自体、『エフティ』の発明から八年経《た》った今でもブラックボックス扱いです」

「まさしく、『ストレンジコード』は今現在でも解析できない未知の言語だ。そして唯一の答えを知っていた灰谷義淵《はいたにぎえん》は『東京アブソルートゼロ』と共に消えてしまった。ただし、発生させる物理現象とその工程といったものは、『ストレンジコード』でなくても、この世界のプログラミングコードで書き表すことができる。何せ一方通行ではあるが、『現象妖精《フエアリー》』は人間の言語を理解することができるからね」

そうやって講師は右手の時計を見やる。時針は一〇時四〇分を指していた。

「もうこんなに経《た》っていたのか」

カナエ自身、ここまで時間の経過を実感できない授業は初めてだった。

大いに満足していた。

しかしカナエは、久しく感じた談論の楽しさによって、肝心なことを忘却していた。

なぜ、自らの選択で以《もっ》て、土曜日の授業を出席してこなかったのか。

——座学の次に、待ち受ける科目を。

「さて、座学はここまでだ。実習に取り掛かろう」

先ほどまで座学に一切の関心を示さなかった生徒たちは、実習の段階になっていきいきとしだした。

談笑しながら各々《おのおの》スマホを取り出し、『エフティ』を起動させる。

幽体化によって収納された『現象妖精《フェアリー》』を現実世界へと顕現させた。

三〇にも及ぶ空間の揺らぎが発生する。

広がり合う波紋は結合と飛散を繰り返し、やがて生徒と同数の『現象妖精《フェアリー》』が教室に現れていた。

生徒たちは、ニヤニヤとカナエとレヴィを見つめる。

まるで何かを期待するように。

「さて、室月《むろつき》君。君の持つ『現象妖精《フェアリー》』の能力を見せてくれるかな？」

そう言われたカナエは、――笑顔のまま固まっていた。

「あっ、と、その、えっと……」

「どうしたのかね？『現象妖精《フェアリー》』の能力を見せて欲しい、と僕は言っているのだよ？」

はっとしたように、レヴィは目を見開いた。

何か言おうとする口を、必死に自らの手で塞ぐ。

「その、レヴィは……」

「センセー、その妖精なんもできないんすよ」

「そうっすよ。室月《むろつき》のやつ、口だけは達者でも持ってるのは無能力のポンコツ妖精だぜ」

生徒の飛ばす野次の一つ、「ポンコツ」という言葉にレヴィは肩をビクリとさせた。

少し前まで饒舌《じょうぜつ》だったカナエを罵《ののし》ることができることが、生徒たちには愉快だった。

講師は不審がるように首をすくめた。

「どういうことかね？　君の『現象妖精《フェアリー》』は固有の物理現象を発揮できない、とでも？」

「…………」

カナエは無言を貫いた。

しかしその沈黙こそが、何よりの肯定だった。

「それはおかしいだろう。何せ、『現象妖精《フェアリー》』として存在している時点で、それは物理現象そのものと同義なのだから。何もできない『現象妖精《フェアリー》』だなんて、そんなものは存在しないよ」

そんなものは存在しても意味がない、カナエには言外にそう聞こえた。

カナエは何かを言わんとして、口を開いては閉じる。

その口をパクパクとさせる仕草を面白がった生徒たちが、連なるようにカナエをからかった。

「あいつ金魚みてーだわ。餌でも待ってんのか？」

「急にしゃしゃり出て来たからねー。ざまあみろって感じ？」

「妖精がポンコツなら、本人もポンコツだよね――」

ざわめきの中、誰かが発した言葉に対して、レヴィは声を荒らげることを我慢できなかった。

「――カナエさまはポンコツじゃありませんっ!!　ポンコツなのはわたしだけですっ！」

レヴィは怒鳴ったあと、無力感に苛《さいな》まれるかのように歯嚙《はが》みした。

カナエは教室のざわめきを無視して、焼け溶けた制服の袖で濡れるレヴィの目元を拭った。

「カナエさまっ、くすぐったいです……」

「触《さわ》り心地《ごこち》がいいんだろ？　いくらでも触らせてやるから機嫌直せ」

レヴィはごしごしと頬を擦《こす》りつけながら、カナエにキッと上目遣いを送る。

「でもっ、わたしが何もできないせいでっ！」

「何もできないってなんだよ。紅茶淹《い》れてくれるし、ケーキだって作ってくれるじゃん」

「わたしには『現象妖精《フェアリー》』としての能力がありませんっ！」

「いらねーよそんなもん。友達が火吹いたり空間凍らせたりできないと絶交するのかよ？」

教室中の嘲笑はより高まった。

カナエを擁護しようとした講師でさえ……口をぽかんと開けて固まった。

講師はこれまでの好意的な対応とは打って変わって、理解できないものを見る目でカナエを見やった。

そして思わず尋ねてしまう。

「――君はいったい誰と話しているのかね？」

カナエはつい口が滑ってしまったとでも言いたげな、気まずそうな表情を浮かべた。

しばし頬を掻《か》き、波風を立てないような上手《うま》い切り抜け方を思案したが、何も思い浮かばず、ゆえにカナエは愚直なまでに正直に答えてしまった。

「そこのレヴィと、話してました……」

講師は言葉を失っていた。

「センセーそういえば土曜日以外見ないよね」

「現象妖精学《フェアリー》だけの非常勤なんじゃね？」

「じゃあアイツのこと知らないのも仕方ないな」

「いやいや、知ってたらあんな親しげに話さないって」

「……どういうことですか？」

講師の問いに対して、一人の男子生徒が答えた。

「そいつ、妖精と会話できるとかいう頭おかしい変人ですよ」

次いで教室内の攻撃的な流れに合わせて、群れに紛《まぎ》れる女生徒が痛恨なる一撃を叩《たた》き込んだ。

「いい加減お人形遊び卒業しろって」

ワンタッチ操作で携帯に録音されたカナエとレヴィのやり取りが、教室内に響き渡る。

カナエを除く他の人間に聴《き》こえる一連のやり取りは、とても会話と呼べるものではなかった。

——触《さわ》り心地《ごこち》がいいんだろ？　いくらでも触らせてやるから機嫌直せ。

その鳴き声は弦鳴器《ハープ》から発せられる高音に似ていた。

音声録音に取り込まれたレヴィの激情は、異なる音階を行き来する不協和音となって再現される。

――何もできないってなんだよ。紅茶淹《い》れてくれるし、ケーキだって作ってくれるじゃん。

再び奏《かな》でられるワンフレーズの不協和音は、先ほどよりも悲壮感が強まっているようだった。

――いらねーよそんなもん。友達が火吹いたり空間凍らせたりできないと絶交するのかよ？

「……室月《むろつき》君は、妖精と会話ができると？」

「……はい」

悪意を振りまくクラスメイトのように、講師はカナエを責めることはなかった。

「それは興味深いことだ。本当にそうであれば、『現象妖精《フェアリー》』の研究史に残る出来事だ」

そして講師は、カナエを肯定するわけでもなかった。

「しかしね、『現象妖精《フェアリー》』に詳しい君なら知っていることだろうが、妖精の話す言語は、今現在のところ『ストレンジコード』そのものであると推測されている。これは『エフティ』のコアプログラムを書き記す解読不能の未知の言語と、全く同質のものだ」

現象妖精学《フェアリー》を正しく教える立場ゆえに、カナエの言葉を鵜呑《うの》みにすることはできなかった。

「室月《むろつき》君とその妖精の間で言語による意思疎通が成立している。それはつまり……あらゆる国家がどれだけの費用を投じて、どれほどの人員を充《あ》てがって、どこまでの時間を割《さ》いても、その記述の一端を知ることすら許されない『ストレンジコード』を、――どこにでもいる一人の高校生が、ただ聴《き》くだけで理解できるということになるのだが」

「そうですね。ただ昔からそうだったんで、おかしいって言われてもよく分からないというか」

「僕を含む君以外の人たちには、単なる一人劇としか認識されていないよ」

「カナエさまぁ……、わたしのことは無視してください……お願いします……うぅ、えっぐ……」

「……いやでも絶対に否定し切れないいんじゃないすか？　こっちとしても、ないとされているものを出せなんて言われても証明できないというか。なんちゃらの証明とかありましたよね？」

「それは悪魔の証明だよ。確かに室月《むろつき》君の言葉を僕は絶対に否定することはできないのかもしれない。しかし同時に、この世界は絶対に君を理解できないのだよ。そもそもとして『ストレンジコード』の解析が一切進んでいないのだから、仮に君が正解を答えていたとしても、今現在の科学水準では君の正しさを照らし合わせるための研究成果《アンサー》を用意できないのが現状だ」

「すいません言ってる意味がよく分からないです」

「じゃあ仮にこうしてみよう」

そう言うと講師はキーホルダー付きの財布を取り出し、キーホルダーを目線と同じ位置まで持ち上げる。

赤のドレスを身に纏《まと》う小さな少女。

黄昏《たそがれ》色の長い髪と、水晶細工の碧眼《へきがん》。

それはあの伝説的な灰谷義淵《はいたにぎえん》の講演の、主役とも言える『斥力《せきりょく》』の妖精レプルシオンを模していた。

「僕がこのレプちゃんとお喋《しゃべ》りしたとする。――髪の毛がサラサラだ、クンカクンカしてもいいかな？　ダメかな？　じゃあ撫《な》でるだけは？　それもダメ？　じゃあ見てるだけでもいい。えっ、視界に入れるな気持ち悪いだって？　君のそんな斥力《せきりょく》なところも素敵だよ」

「うわー……」

カナエを含む全クラスメイトがドン引きしていた。

「さて室月《むろつき》君。僕はレプちゃんとの会話できているつもりだが、君は賛同してくれるかね？」

「すいませんちょっと無理です」

「ちなみに僕を見てどう思ったかね？」

「率直に言って気持ち悪いと思いました」

「それが君に抱く他者の感情だよ」

カナエは何も反論することができなかった。

+++++

「カナエさまをバカにするなんてっ！　こんのっ！　潰れろっ！　抉《えぐ》れろっ！　うりゃー！」

——ドギャギャギャギャギュイーン！　グリュ。ガスッ。ゴスッ。

調理場から、怨念の籠《こ》もったレヴィの声とともに鋭い金属音や鈍い打撃音がこだまする。

「ちょっとノゾミ先生！　レヴィ一体何やってるんですか！」

首から上を何かに覆われたカナエの視界は真っ暗だった。

不吉《ふきつ》な音を耳にしてつい叫ぶ。

「フルーツティーを作っている」

「フルーツティーってこんな凶暴な調理音しませんよね！」

「果物を圧搾すればより糖度は高くなる。レヴィ君だって甘《あま》さで気を紛《まぎ》らわせたいのだよ」

「どちらかと言えばこれ物理的に気を紛《まぎ》らわせてません⁉」

カナエとレヴィは校内の旧実験室にいた。

現在は授業に使われていない校舎の端の実験室を、物理学の講師であるノゾミは何故《なぜ》か私室のように扱っている。

以前は室内に並べられていた実験テーブルは、部屋の中央に一つ見える限りであり、その周りには用途不明の実験器具が所狭しと設置されている。

カナエはその中の一つであるトンネルを輪切りにしたような装置――ノゾミがどこからか仕入れてきて改造を施した小型ＭＲＩ――に頭を突っ込み、脳内データをスキャンされていた。

「ストレスを司《つかさど》るベータ波が特殊線形を描いている。どうやら君は今承認欲求に飢えているね」

「この機械ってそんなことまで分かるんすか⁉」

「ワタシを誰だと思っている？　教室で話し相手が見つかったと思ったらすぐに見放されたな？」

「隠し事できないすね。ノゾミ先生は天才科学者です。……講師と一悶着《ひともんちやく》あったんです。俺とまともに話してくれる人とか久しぶりだったんで、嬉《うれ》しかったんすよ。キモい所もあったけど」

「随分とナイーブになっているね……ちなみに職員室で噂《うわさ》になっていただけだが」

「俺の関心と純情を返せ！」

「――カナエさまぁ！　ノゾミさん！　昼食の準備ができましたっ！」

ノゾミにはレヴィの言葉は鳴き声にしか聞こえないが、そのニュアンスは伝わったようだ。

「ふむ。こちらもちょうどスキャンが終了したよ」

プシューと空気の抜ける音と共に、寝台がスライドして暗闇が晴れた。

小型MRIの上には、白と黒のフリルエプロンを着けたレヴィが座っている。

レヴィは下を通るカナエを見て微笑《ほほえ》んだ。

「パンツ見えてるぞ」

「カナエさまになら見られてもいいですよっ」

「色目送られても人参《にんじん》からゴボウが二つ生えてるぐらいにしか思えない」

「カナエさまのいけずっ！」

カナエは興味なさげな視線で姿勢を正すレヴィを見届けていると、ふと視界が陰った。

寝台の横にノゾミが並び立っていた。

整った目鼻立ちはどこか気怠《けだる》げな表情を浮かべていて、退屈そうに両腕を前に組み、豊満なバストをぐにゃりと歪《ゆが》ませていた。

カナエが乗せられた寝台の高さは、ちょうどノゾミのお腹《なか》辺りである。

下へとはみ出したノゾミの胸部は、カナエの顎にかすかに触れていた。

うつむき加減で、眼下のカナエに囁《ささや》く。

「――食べるぞ」

「何をッ⁉」

寝台とノゾミに挟まれたカナエの顔は火照《ほて》り、転がり落ちるように横から抜けだした。

「昼食をだが」

「意味深なことしないでくださいマジ困ります」

「はてさて、どうやら脳波がいやらしく乱れているぞ」

「いやらしくって何ですか！　てかもうスキャンしてないでしょうが」

「さてはこの線形はスケ・ベータ波だな？」

「新しい脳波を作るな！」

床から立ち上がるカナエを見て、ノゾミはくっくっくと堪《こら》えるように笑った。

「すまないね。童貞を弄《いじ》るのは楽しくてな」

「俺がいつそんなこと言いました？」

「君は昔、同性の友達すらできたことがないとボヤいていたじゃないか。ましてや異性なんて」

「ぐっは」

――ゴスッ、ゴスッ。

小型ＭＲＩに座っていたレヴィが、不機嫌そうに足場にかかとをぶつける。

「ノゾミさんはズルいですっ！　なんでわたしには無反応なんですかぁ！」

「レヴィ君は一体何に怒っているのかね？　それが仮に嫉妬《しっと》だとして、大人の魅力にカナエ君が鼻息を荒らげさせて、ちんちくりんのレヴィ君には無反応なのは仕方のないことじゃないか」

「分かってて言ってません？」

「ノゾミさんの乳袋《ちちぶくろ》おばけっー！　ヘンタイ白衣エロ教師っ！」

「通じないからって言いたい放題だなオイ」

「カナエ君はお人形サイズに欲情しない健全な人間に生まれたのだよ。良かったね、レヴィ君」

「良くないですっ！　なんでカナエさまは変態に生まれなかったんですかぁ！」

「誤解を招く発言をやめろ！」

「わたしは知っているんですよっ！　カナエさまが目を盗んでは横目でノゾミさんのおっきな胸をじりじりと観測していることをっ！」

「誰情報だよそれ！」

「ノゾミさんから教えてもらいました！　女は男のえろい視線に鋭いなんとかだとっ！」

「男子高校生の条件反射なんだから許してくれよ……って、え？」

カナエはレヴィの言葉に引っかかりを覚えた。

「いやちょっと待て、ノゾミさんから聞きましたってどういうことだよ？」

聞く、という行為は会話の成立を意味する。

レヴィとノゾミは同じく「しまった」とでも言いたげな表情を浮かべる。

やがて観念したかのように、ノゾミは白衣から携帯を取り出した。

「一応、ワタシとレヴィ君で会話は成立している。こっそりテストに付き合ってもらっていた。このアプリは試作段階だから、カナエ君には完成してから教えるつもりだったんだがね」

数時間前の教室で、妖精言語『ストレンジコード』を解読することは誰にもできないと断言され、カナエは否定された。

それをあっさりと覆《くつがえ》すようなノゾミの発言に、カナエは絶句した。

「ごめんなさいっ！　つい、うっかり漏らしてしまいました」

「今の言葉を日本語に変換して音声再生すると」

『申し訳ありません。我慢するつもりが、思わず失禁してしまいました』

「思いっきり変換ミスってんぞ！」

「もうお漏らしなんてしていませんっ！」

『三ヶ月ほど前まで時々していました』

「なるほどねえ」

「うわあああああああああああん！」

ノゾミは実験台に近づくと、カナエの向かいに腰掛けた。

縮こまり悶絶《もんぜつ》するレヴィの頭をよしよしと撫《な》でつつ、ティーポットからフルーツティーを注いで、渇いた喉を潤そうとした。

「ゲロ甘《あま》い……」

「それ余計喉渇きそう……」

カナエは照れ笑いを浮かべながらノゾミを見ていた。

そこには尊敬の色があった。

「このアプリ、俺の脳味噌《のうみそ》を調べてできたんですよね？　ところどころおかしいところはありますけど、本当にノゾミ先生は、『ストレンジコード』を翻訳してみせたんですね……」

「ワタシは翻訳なんてしていないよ」

「……どういうことですか？」

「翻訳というのは、通訳者が双方の言語を正しく認識していることを前提にしている。しかしさっき教室で講師が言っていただろう。答えがないテストの採点はできない、と。カナエ君が『ストレンジコード』を正しく認識しているかどうかなんて、この世界の誰にも理解できない」

カナエの照れ笑いが、苦笑いへと変わった。

思い上がっていた感情を戒めたくなる。

「……そうですよね。やっぱり誰から見ても、おかしいのは俺だけって言うか――」

諦観を抱くカナエの吐露に重ねるように、

「――だからワタシだけは君を信じることにしたよ」

ノゾミは晴れやかな笑顔で言い切った。

「えっ？　でもさっき理解できないって……」

「理解できなくても、信じることはできるさ」

ノゾミは白衣からリモコンを取り出し、壁に取り付けられた液晶ディスプレイを操作した。

まず、人間の脳を詳細に描いたイラストが出現した。

そこから無数に黄色の線が飛び出していく。

黄色の線は、脳の周囲に浮かび上がったドイツ語の文章と順次結び付いていった。

「ワタシは現象妖精《フェアリー》学ではなく、最新の脳科学からアプローチを図った。大雑把に言えば、『ストレンジコード』に対する脳の認識や反応を逆算した。〝カナエ君が『ストレンジコード』を正しく理解している〟という本来あり得ざる仮定を元に設計したこれは、妖精の翻訳アプリと呼べるものではなく、カナエ君の解析アプリと言った方が正しい。ある意味では卑怯《ひきょう》な行いだ」

「でもこれで妖精の言葉が俺以外にも分かるようになったんですよね⁉　偉大な発明です！」

「残念ながら、今のところこのアプリは、カナエ君と契約した『現象妖精《フェアリー》』にしか機能しない」

今度はノゾミが苦笑を浮かべた。

次いでテーブルに並んだ昼食を眺める。

液晶ディスプレイに浮かんだ資料映像を消して、昼時定番のニュース番組へとチャンネルを切り替えた。

「ところで、早く食べないとパンが冷めてしまうよ。せっかくの焼きたてなのだから」

「焼きたてというか、焦げたてというか」

「むう？　ワタシの手作りが不満なのかね？」

「タダ飯なんで不満はないですけど、ちゃんとした市販のオーブンで焼きません？」

壁際《かべぎわ》の調理場に目を向ける。

一見して用途不明の怪しい実験器具にしか見えないアイテムの群れは、全てノゾミが手を加えた家庭用品らしい。

カナエは目の前の菓子パンを手に取り、焦げていない部分を千切った。

それにオレンジマーマレードを塗りたくり、背を向けてふてくされるレヴィの口元へと持っていった。

「……ありがとですっ」

「痛っ！　俺の指は甘《あま》くないからな？」

残りの焦げたパンを大口で平らげ、取り置きのミルクティーが注がれたカップを口元に運ぶ。

誰も寄り付かない秘密基地めいた旧実験室に、カナエは安心感のようなものを覚えていた。

『……今朝の八六階層で捕まえられた違法妖精業者は、多国間国際条約『キンバリー・プロセス』に抵触したとされております。現在は大阪都の国際刑事警察機構《インターポール》国際犯罪者収容所に連行され……』

流れてくるニュースに、カナエは顔をしかめてしまう。

「『原産地の証明《キンバリー・プロセス》』ねえ。元は非政府組織《NGO》間で締結されていたアフリカの『とあるモノ』をめぐる条約も、時代を隔てるとその定義も変わった。……日本の首都が大阪都に再定義されたように」

「仕方ないでしょう。東京で『七大災害』が起きて、大阪では起きなかったんですから」

「……？」

どこか暗い表情を浮かべるカナエとノゾミを見て、レヴィは首を傾げる。

「レヴィ君は大丈夫だよ。きっとカナエ君が、守ってくれるからね」

ノゾミはレヴィのブロンドを撫《な》で付けると、チャンネルを手にとってニュース番組から何の変哲もないバラエティー番組へと変えた。

テレビからいかにもな群衆の笑い声が沸き、人気芸人のコントが繰り広げられる。

レヴィは両手を嬉《うれ》しそうに叩《たた》いてテレビを眺めていた。

カナエは千切ったパンを、自分の口元とレヴィの口元へと交互に運ぶ。

レヴィに渡すときはジャムやマーマレード、バターを過剰に塗りたくることを忘れずに。

時折カナエの指まで噛《か》まれるが、もはや慣れたものだった。わざとやってるんじゃないかと、カナエはたまに思う。

「……レヴィ、帰るぞ。ノゾミ先生昼飯ゴチです」

お昼時をノゾミの旧実験室で過ごしたカナエは、頭を下げて扉から出ようとする。

「待ちたまえカナエ君」

「お代請求ですか？」

「のようなものだよ。ちょっとしたお使いだ」

そう言って立ち上がったノゾミは、旧実験室の最奥《さいおう》まで歩いて行く。

解析用デスクトップパソコンを操作してＲＯＭデータを取り出し、ケースに封入した。

「学会に身を置いていた時代のツテで頼まれものをしてね。完成品を暗号変換型共有ストレージに投げ込む予定が、サーバーが不調らしくて使えないんだ。すぐにでも持ってきて欲しいと言っていたが、ワタシは昼から職員会議が続くので、カナエ君が代わりに行ってくれないか？」

「他の方法でデータ送るのはダメなんですか？」

「このデータは最新の研究の一端だよ。クライアントが情報漏洩《ろうえい》を気にしているのでね」

「……でも俺が行くのまずくないですか？」

「自意識過剰だなあカナエ君は。その点については安心したまえ、勿論《もちろん》誰にも漏らしていない。

第一あり得なさすぎて信じてくれない。捕らえられて解剖されたりやしないから安心したまえ」

「はあ……。で、俺はどこまで行けばいいんですかね？」

「二九三階層」

「いやいや遠すぎでしょ！　しかもめちゃくちゃ最新の区画じゃないですか！」

「帰宅途中に寄ってくれるだけでいい」

「俺の家は一九七階層です！　九六階層分昇《のぼ》って帰るとか帰宅途中じゃないですよそれ！」

「ほう、カナエ君はワタシのお願いを断るつもりなのかね？」

両腕を前に組んだノゾミは、背を反らして胸を強調して、「ふうん……」と上から押さえつけるような目つきでカナエを見やる。

たじろいだカナエはつい承諾の言葉を口にしてしまう。

「いいですよ、分かりました。行きますよはい」

「そうこなくっちゃあねえ」

「カナエさまの顔付きがなんだか不純ですっ……」

うむ、とノゾミは頷《うなず》いて、ＲＯＭデータ入りのケースをカナエに手渡した。

「カナエ君に向かってもらう目的地は、神戸《こうべ》の街の中でも最新の研究区画だ。『現象妖精《フェアリー》』についての研究の最先端を担《にな》っている場所でもある。カナエ君はもう高校生なのだから、ものの分別は弁《わきま》えているはずだ。……だから、くれぐれも馬鹿なマネはしないように」

その言葉に、カナエの心臓がバクリと跳ねた。

ノゾミを安心させるように、カナエは言う。

「──『現象妖精《フェアリー》』の声が聴《き》こえるからって、もうしませんよ。あんな馬鹿なことは」

++++

──その声は、カナエにだけ聴《き》こえた。

その声に、酷使される怨《うら》みや怒りはなかった。


……カナシイ、サビシイ、ツライ、ダレカキテ、──タスケテ……


主語も述語もない、ただ自らの悲痛を表す言葉が耳に届く。

それはカナエにとっての呪《のろ》いの言葉だった。

そしてその呪《のろ》いに抗《あらが》えるほど、一〇歳のカナエの心は冷たくも強くもなかった。

声の聴《き》こえた場所にがむしゃらに走り出し、街のシステムの一部として囚《とら》われたその存在を助け出そうとする。

自分と同じくらいの子どもから、大人にまで嚙《か》み付いていった。

しかし、巨大なる権力を前にして、子どものカナエが足搔《あが》いたところでそれは無意味に等しい。

カナエはその存在を助け出すことができず、諸設備の無意味な破壊活動だけが結果として残っていく。

中学生になっても、カナエは蛮行をやめることができなかった。

その声に対して、聴《き》かないフリをすることができなかった。

罪は蓄積され、やがてその内の一つが決定打となり、刑務所や留置施設を取りまとめた一一二階層犯罪者更生区画に放り込まれることとなる。

刑務作業をこなしつつ灰色の壁を見つめる数ヶ月の日々の中、カナエは一つの決心をした。

――こんなことはもうやめよう。

声が聴《き》こえないフリをして平穏無事に生きよう、と。

少年院を抜けたカナエは、まず自分が通うことのできる高校を探した。

カナエの家から二三階層下にあるその高校は、点数さえ取ればそれ以外を不問にしてくれるぴったりの場所だった。

た。


カナエは参考書を買い集めて独学で励んだ。

真面目に勉学に取り組んだことのなかった中学三年のカナエに、これまでのツケが回ってき
た。

あらゆる自由な時間をすべて勉強に回す。

全てはごく当たり前の青春を送るために。

自分勝手でどうしようもない願いだということは重々承知していた。

それでも、一歩前進したと思っていた。

「優しさ」という自主性なんてどこにもなく、ただ無責任に、呪《のろ》いの言葉によってただ使命感にだけ動かされたあの頃の自分より、心が強く、冷たくなっていくのが実感できた。

それはカナエにとって、紛《まぎ》れもなく成長だった。

……そして難関と呼ばれる入試に合格し、カナエは見事高校デビューを果たした。

教師陣はカナエの過去に知らないフリをしてくれた。

そこで出会った同級生には――その時はまだ――カナエの過去は知られていなかった。

同級生との馴《な》れ初《そ》め、ぎこちない距離感、ただの隣人から友人に至るまでの過程、全てが新鮮だった。

初めて青春を知った。

カナエが声を無視するようになってから、しばらくして、直《じか》にそれは言語として聴《き》こえなくなっていた。

悲痛の声は、とりとめのない波の音のような、幽《かす》かなノイズへと変わっていった。

しかし入学から二週間が経《た》ったあの日、通学途中のカナエは、さざめくノイズの中にくっきりとした一つの声を聴《き》いた。

――暗いよう、冷たいよう、寂しいよう、うっぐ、ひっぐ………

いつも通り無視するつもりだった。

街のシステムの一部として組み込まれたならば、酷使されこそすれ死ぬことはないはずだ。

しかし段々と弱まっていく悲痛な声が、カナエの予想を否定した。

これを聴《き》かないフリをすることは、文字通りその存在を見殺しにすることを意味する。

――誰か助けてっ、一人にしないでっ……

カナエには無視できなかった。

寂れた路地裏からマンホールの蓋を開けて、真っ暗な下水道に侵入する。

携帯の頼りない灯《あか》りで奥へと突き進み、発せられる声の正面に辿《たど》り着いた。

カナエは決心して汚水に踏み込んだ。

凄絶な異臭が鼻を突く。

カナエは膝下辺りまである水深に両手を突っ込む。

声だけを頼りに手探りで水底を漁《あさ》り、やがて声の発信源を掴《つか》みあげた。

右手の中には数センチのICチップが収まっていた。

汚水に浸され電子回路が壊死《えし》している。


――もうわたし、いなくなっちゃうんですかぁ……


これがもし、どこにでもある壊れたスマートフォンなら、この声の持ち主に誰かとの契約という繋《つな》がりがあったなら、機器を修理した上で『エフティ』を操作して『リリース』する――『エフティ』側から操作して『現象妖精《フエアリー》』を不可視の幽体化状態で逃がす――ことができた。

しかし目の前のこれは、操作不可能のただの金属片だ。

そして誰とも契約していない『現象妖精《フエアリー》』は不具合《バグ》の修復速度が著しく遅い。

今はただ、高密度の『ストレンジコード』によって記述された『コアプログラム』に、奇跡的に『現象妖精《フェアリー》』の残滓《ざんし》が紐付《ひもづ》いているに過ぎない。

しかし奇跡は長く続かない。

もうじき彼女は死に絶え、この世界から消え去ってしまう。

――死んじゃうと、甘《あま》いお菓子食べられなくなっちゃいますっ……

「食い意地の張った未練だなおい」

――誰かいるのですかっ⁉

「ああ、すぐそばにいるぞ」

――うう……誰か、来てくれたっ！　うわあああああああああああん！

この状況で彼女を救える人間は、世界でただ一人『ストレンジコード』を理解することができるカナエしかいなかった。

助ける方法は一つしかない。感情の分別がつかなくなるのを恐れて、カナエは幼少期からそれだけは自らに禁じていた。

しかしカナエは、今を以《もっ》て禁を解く。

――わたしを助けてくださいっ！　わがままなんて言いませんっ！　きっと役に立ってみせますっ！　一生を尽くして貴方《あなた》さまに恩を返します！

「いやそんないきなり身を粉にしなくても……」

——いいえっ！　働かせてくださいっ！　貴方《あなた》さまのお側《そば》にいさせてくださいっ！　なんでもしますっ！　やってみせますっ！　……だからっ、わたしを見捨てないでください……

「なんかメイドみたいだなそれ」

——……ほえ？　メイドってなんですか？

「そうだな……、例えば朝に弱い俺を起こしてくれたりさ、料理が苦手な俺の代わりに紅茶とケーキの軽食を作ってくれたりさ。そんな感じで、一人暮らしの情けない俺のようなご主人さまをサポートしてくれるすごいやつだよ」

——ではわたしはっ、貴方《あなた》さまのメイドになりますっ！　お給料は甘《あま》いお菓子でっ！

「お前ちゃっかりしてるな！　……それでいいよ。美味《おい》しいもの、一緒に食おうな」

それは本来ならば、個人では成し得ない複雑怪奇な手順《プロトコル》を寸分違《たが》わず正確に消化して初めて成立するものである。

しかしカナエにとって、それに必要なことはたった一つだけだった。

カナエは右手に載せたＩＣチップに、その中に閉じ込められた『現象妖精《フェアリー》』に微笑《ほほえ》んだ。

「一つだけ、質問するぞ？

——俺と契約する女の子の名前を、お前の口から聞かせてくれ」

3

カナエとレヴィは最新の研究区画である二九三階層に来ていた。

天井までの高度は居住区画と同一である。

縦よりも横に広い数階建ての研究所が立ち並び、交通道路が碁盤の目のように直線を引いている。

道を歩く者は少なく、様々な人種の人間が白衣を着てトボトボと移動していた。

どことなく不気味な雰囲気が階層全体から漂っていた。

雰囲気だけでなく、実際に街は薄暗い。

この階層の照明装置には、神戸《こうべ》では一般的な『光子《フォトン》』の『現象妖精《フェアリー》』の代わりに高光度LEDが埋め込まれている。

研究区画では、照明装置だけでなく、あらゆる設備に『現象妖精《フェアリー》』が使われることはない。

実験や研究に際して、想定外の条件の干渉は避けるべきだからである。

カナエは淀《よど》んだ街並みの雰囲気に当てられて、そして薄《うす》らと響くノイズのようなものを頭から切り離すために、柄《がら》にもなく考え事をしていた。

「ここであってるのかな」

ナビゲートアプリによって示された『未現物理学・波動関数研究所』はこぢんまりとしたものだった。

カナエはインターホンを押した。

レヴィはリュックの中にこそりと隠れてしまう。

「ごめんくださーい」

『学生さんがどうしたのかな？』

「矢島《やじま》ノゾミさんからの頼まれものです」

『ああ、君が信用できるお使い君か』

「体《てい》のいいパシリですね」

しばらくして、ドイツ人の男性研究員が玄関から出てきた。

顔付きの若さから二〇代であることは窺《うかが》えるが、髪がほつれて目にくまができているせいで、少し老《ふ》けているように見えた。

「やあ、こんにちは。遠路はるばるご苦労様です」

流暢《りゅうちょう》な日本語でカナエを労《ねぎら》う。

カナエはリュックからROMデータ入りのケースを取り出そうとする。

中にいたレヴィがドヤ顔でウィンクしてきたが軽く無視しつつ、研究員に手渡した。

「はい、言われてたものです……ところでこれは何のデータですか？」

「『未現物理学』の観点から鑑《かんが》みて、存在の確率振幅《かくりつしんぷく》を『現象妖精《フェアリー》』の振る舞いとして観測した場合における量子力学的な仮想シミュレーションだよ」

「すいません全く分からないです」

「ごめんね、ちゃんと言う。僕の研究分野は、未《いま》だ存在が立証されていない物理現象を、『現象妖精《フェアリー》』という観点から立証するというものなんだ。……物理現象と『現象妖精《フェアリー》』は二つで一つだ。その双方から切り込んで未知を既知へと変えていく。これが『未現物理学』だ」

「なるほど、理解はできました。でもなんでノゾミ先生――いや、矢島《やじま》ノゾミさんにそれを？」

「君は彼女のことを知らずに慕っていたのかい？　……そうだね、矢島《やじま》ノゾミは『未現物理学』のエキスパートとも言うべき逸材だったよ。若くして学会を牽引《けんいん》する立場を期待されていた将来有望な女性だった。しかし去年に彼女は突然学会を去り、教職に就き、高校で物理学の先生をしている。疲れたから隠居したい、としか聞いてないね。本当に勿体《もったい》ない。ははっ」

「そうなんですか……」

カナエは尊敬の視線を彼方《かなた》へと投げかけた。

知らないノゾミの一面を知ることができて、少し嬉《うれ》しかったのかもしれない。

「では、僕は実験に戻るよ。このデータを手にしてじっとしているなんて無理だからね」

会釈して研究所に戻ろうとする研究員を、ふとカナエは呼び止めた。

「あの！　すいません、一つ聞きたいことがあるんです——研究者として、『現象妖精《フェアリー》』のことを貴方《あなた》はどう思っていますか？」

「物理学の更なる探究を共にするパートナーかな」

「……パートナーを好きに実験していいんですか？」

カナエは言葉を止められなかった。

「実験の被験体でしかない、と言われたら僕は否定できない。でもそれは、他のことにも言えることだと思うよ？　例えばうさぎだって、ペットとして愛《め》でられる傍《かたわ》らで、シチューのお肉や、実験の被験体にもなる。知性と感情と、言葉が共有できなければ、人間と対等な存在にはなれないんだ」

「……貴重なご意見、ありがとうございます……では」

カナエは研究員から背を向けて、来た道を逆に辿《たど》る。

無理やり表情を笑顔に張り替えてから、リュックを開けてレヴィを取り出し右肩に乗せた。

街行く研究員に怪しまれぬよう、小声でレヴィに話しかけた。

「さっきの話聞こえてたか？」

「うさぎのシチューって甘《あま》いんですか？」

「そこしか聞こえてないのかよ！」

カナエはどこかほっとした顔付きになる。しかし次の瞬間、カナエは顔をしかめた。

「どうしたんですかっ？」

「……レヴィ、何か聴《き》こえないか？」

「いいえっ」

「そうか。ならいいよ」

……『ストレンジコード』を聴《き》き取ることを、その同族のレヴィよりもカナエは長《た》けていた。

――声が聴《き》こえていた。

きっと、この研究区画のどこかで泣く、実験材料《うさぎ》のように使われる『現象妖精《フェアリー》』の悲痛の表れだ。

しかしその感情はごく小さなもので、故にはっきりと言語として聴《き》き取ることはできなくなっていた。

それは普段ならば、同族のレヴィにすら聴《き》こえないノイズとして響く。

神経を研ぎ澄ますと、弦鳴器《ハープ》が奏《かな》でたような一音が、押しては返す波のようにさざめいていた。

――うさぎは鳴かない。

鳴かないからこそ、科学者にとって都合がいい。

カナエには『ストレンジコード』を聴《き》くという誰にもない生まれつきの才能がある。

とりわけ『現象妖精《フェアリー》』の「悲しみ」の感情については、言葉として発せられずとも、心の声として聴《き》き取ることができた。

少し昔のカナエならば、このノイズがはっきりとした声として聴《き》こえたんだろうか。

そして、片っ端から助けに行ったんだろうか。

街を壊して、迷惑をかけてまで。

「レヴィ、肩に乗れよ。少し走るから」

「どうしたのですかっ？」

「早く帰りたいだけだよ」

カナエはノイズを振り払うために走りこんだ。

このモヤモヤとした感情をかき消したかった。

人の通行が少なかったので、比較的スムーズに目的地にたどり着くことができた。

そこには、地表から天へと伸びる塔とも言うべき灰色の巨大な柱、『Ｐエレベータ』があった。

街の外を無数に伸びる『接続ポール』と同じ色で、材質も共にしてあり、極めて頑丈な昇降路である。

神戸《こうべ》の街には階層ごとに、アルファベットの名を冠した二六本の『エレベータ』が点在しており、乗客を多階層的に収容できる昇降機構が内蔵されていた。

『エレベータ』ごとに停《と》まる階層が指定されており、数百階も離れた場所に向かうには、ナビゲートアプリの運行ダイアを頼りにアルファベットを乗り継いでいかなければならない。

「カナエさま、午後はどうします？　お菓子食べに行きます？　三ツ星いっちゃいますっ⁉」

「少しは俺の財布を心配しろ！　まあ他に使うことないし、別にいいけどさ」


――ふと、ノイズがした。

脳髄に絡《から》みつくように、『現象妖精《フェアリー》』の声が、突然強まった。

「カナエさま？」

「なんでもない。ほら、もうすぐ来るぞ」

カナエは『Pエレベータ』の現在地が表示された点灯ランプを見やる。

数階層上まで『エレベータ』がやってきている。

点灯ランプは一階層ずつ下へと表示されて――そのまま通過した。

「……は？　ちょっと待て、ここで停《と》まるんじゃなかったのかよ」

ナビゲートアプリを開いて確かめる。

見たところ、『Pエレベータ』は、この階層にたった今停《と》まらなくなったらしい。

というのも、数十分前に一度、『Pエレベータ』がこの研究区画、二九三階層に停止したというログがはっきりと残っていたからだ。

カナエは神戸《こうべ》に長く住んでいるが、こんな急に運行ダイアが変更されたのは初めてだった。

「故障ですかっ？」

心配そうにレヴィが尋ねた。

「神戸《こうべ》の街がそんなミスを犯すかよ。あのアズガルドファクトリーが作った街なんだぞ」

昔の俺みたいな悪ガキがイタズラしてるわけじゃあるまいし、とカナエは心の中で付け足す。

「ここはやめだ。違う『エレベータ』に行くぞ。下に降りられたらいいんだから」

そう言ってカナエは目線をナビゲートアプリへと向けて、この階層に停止する全『エレベータ』の運行ダイアを確認した。

そこでカナエは目を疑った。

「カナエさま、このアプリおかしくないですか？」

ナビゲートアプリに記された運行ダイアが、リアルタイムで書き換えられていた。

ここから一番近い『Lエレベータ』の運行ダイアの停止予定階層から、二九三階層の文字が消えてゆく。

『L』だけではない。

ナビゲートアプリは、この階層に停《と》まるはずの『E』、『J』、目の前にある『P』を含む四機の『エレベータ』全てが、二九三階層を通過すると告げていた。

「何がどうなってるのか全く分からん……」

「カナエさま、つまりそれはどういうことですかっ？」

「分からんって言ってるだろ！　ただ、俺たちはこの階層に閉じ込められたんだ」

「ではカナエさま、滑り棒で脱出しましょう！」

「レヴィ、……お前冴《さ》えてるな」

この直線状に伸びる道路の一キロほど先には、街を区切る柵《さく》の向こう側、空が見えた。

「このまま進めば街の端っこまで行けるみたいだな」

薄暗く色あせた街並みと、青く塗りたくられたペンキのような空。

斜め下から太陽が差す逆さまの街という構造上、果ての天井がやけに明るかった。

カナエはレヴィの方を向き語る。

「また滑り棒することになるけど、今度はちゃんと一階層分だけだからな？」

「――あのカナエさまっ！　もう一度あちらを見てください！」

「はい？」

言われて再び前を向くと同時、けたたましいサイレンが鳴り出した。

生物的本能に訴えかけるような鋭いアラート音だ。

続いて、研究区画全体に一定のアナウンスが繰り返し響いた。

『警報、各員に通達。『エーゲンフリート・ラボ』にて『致命的危害《レベル・フォー》』が発生しました。緊急措置として、二九三階層の封じ込め《コンテイメント》を実行します。各員は速やかに『シェルター』への避難を』

「なんだよ、これ……」

『四機の『エレベータ』は全て封鎖完了。次いで『隔壁』の降下を開始します』

今まさに、果ての天井から鈍色《にびいろ》の帳《とばり》が下りていた。

終演を知らせる幕のように、空の青を、上から迫る灰色が塗り替えていく。

その鈍色《にびいろ》はどんよりとしていて、鮮明な空の青をまるで台無しにしていた。

青色と鈍色《にびいろ》の不釣り合いなコントラストから、レヴィが何かを連想した。

「カナエさまっ！　あのカーテンみたいなの、『接続ポール』と同じ色です、同じ材質ですっ！」

「レヴィ、たしか『接続ポール』はめちゃくちゃ頑丈とか言ってなかったか⁉」

「『現象妖精《フェアリー》』製の炭素結晶ですっ！　授業で言っていたことは、耐冷氷点下二五〇度、耐熱摂氏五〇〇〇度で、炉心溶融《メルトダウン》が起きても溶けなくて、核爆発の衝撃でも壊れませんっ！」

「そんな物騒なものが必要なほど今の状況がヤバイのかよ⁉」

街の外周から発せられた『隔壁』の鈍重な接続音が街内部へと収束した。

街が一層暗くなる。

つい先ほどまで人通りの少なかった道路には、溢《あふ》れんばかりに人が入り乱れていた。

蜘蛛《くも》の子を散らすように、白衣をまとった老若男女《ろうにゃくなんにょ》がある一定方向へと慌てて駆け出している。

ざわめく喧騒《けんそう》に巻き込まれるようにして、カナエも人混みの中に紛《まぎ》れ込む。

その時だった。


――たすけて。


聴《き》こえまいとしていた『ストレンジコード』が、たった今、ノイズから言語へと変わり、カナエの耳に届いていた。

これまでのノイズとは徹底的に異なる、はっきりとした言語だった。

「カナエさまっ！　そんなところで立ち止まってないで『シェルター』に逃げましょうっ！」

「――ごめんレヴィ、先に避難しててくれ」

＋＋＋＋

結局、レヴィはカナエに付いてきていた。

どうやっても説得することができなかったのだ。

「カナエさまっ、前方より何かが来ま――ひぎぃ！」

狭くてジメジメとした路地裏を駆けていたカナエは、後ろを飛ぶレヴィの首根っこを引っ摑《つか》んで白色の筐体《きょうたい》に身を隠した。

カナエが遮蔽物にした見慣れない機材は、『現象妖精《フェアリー》』が区画用空調機《フロア・ラギング》に取り入れられる以前に存在した、旧時代の独立型エアコンだった。

「こちら『フォネティック』一四班《ノベンバー》。『エルウェシィ』未《いま》だ発見ならず」

『……西方約一五〇〇メートル先に、四班《デルタ》が『エルウェシィ』の痕跡を発見したぞ……』

「了解、至急合流します」

誰かが通信をしていた。

そこで、カナエは聞き慣れない言葉を耳にする。

「……『エルウェシィ』とはなんでしょう？　追っかけられてるのでしょうかっ？」

カナエはその言葉に僅かな不安を覚えながら、エアコンの縁《ふち》から顔を僅かに突き出してその先を見やる。

道路を、全身黒ずくめの四人組が行軍していた。

軽装の身体防護服《ボディアーマー》を身にまとい、顔面の上半分を覆い隠すほどの巨大なゴーグルを装着している。

そして左腕には時計よりも少し大きい、小型コンピュータ――『エフティ』のハイパフォーマンスを実現させるもの――が巻かれている。

黒ずくめの四人組のすぐ横には、四匹の『現象妖精《フエアリー》』が飛行していた。

小さな少女のその目つきは冷たく、暗く、感情豊かなレヴィとは別の存在にも思えてしまう。

カナエは歯嚙《はが》みして、血の昂《たか》ぶりを抑える。

いつか聞いたノゾミの言葉を思い出していた。

――軍事用にカスタマイズされた『現象妖精《フエアリー》』は不幸なのか？　ワタシは違うと思うね。何せ彼女たちは契約している。それは幸せなことだ。街のシステムの一部として誰とも契約せずに、ただ一人きりで機械的に役割をこなす、カナエ君が助けたかった彼女たちとは違うのだよ。

「……よし、もう去ったな。行くぞ」

カナエは無人の道路に飛び出した。

目を閉じ、全神経を聴覚に集中させる。

「カナエさまっ、そちらは黒ずくめの人たちと同じ方向では!?」

「そんなことは分かってるよ！　でも俺もあっちに用事があるんだ！」

「……了解ですっ！　ただし、少しお待ちくださいっ！」

レヴィは急速上昇し、天井付近まで到達する。

周囲を見渡し、カナエの元へと降り立った。

「道の先に黒ずくめのグループが複数待ち構えていて、カナエさまが拘束される危険がありますっ。なのでわたしの見立てたルートをお使いくださいませっ。まずはこっちですっ」

レヴィに言われるまま、カナエは再び路地裏に侵入した。

建物と建物の隙間を縫って走る。

方向感覚がまるで失われた空間を、レヴィが空から見下ろした景色を頼りに突き進む。

「しかしレヴィ、お前こういうことはできるんだよな。今朝の滑り棒だって、二三階層下の一キロ先まで直接繋《つな》がる、直通『接続ポール』を見分けたんだろ？」

「わたしはお馬鹿さんだから、きっと、目がいいだけだと思いますっ」

カナエはレヴィを信じて疾走する。

研究所の外側にあるごちゃごちゃとした諸設備を飛び越え、ぜえぜえと息を切らしながらも決してその速度を緩めなかったカナエが、そこで走ることをやめた。

なにかがおかしかった。

パキパキと軋《きし》むような音がした。

「なあ、急に肌寒くなった気がするんだが……」

「あのっ、カナエさま、あちらを見てくださいっ！」

レヴィの指差す袋小路《ふくろこうじ》に視線を向けて、カナエは驚く。

――地面を氷が這《は》っていた。

透き通るように僅かに青みがかった氷は、地面を凍結させるのみならず、建物の壁をも伝い上がる。

そして周囲に甚大《じんだい》なる冷気を振りまいていた。

袋小路《ふくろこうじ》のその先には、穴の開いたマンホールの蓋が転がっている。

穴はちょうど、レヴィのような『現象妖精《フエアリー》』が入り込めそうなものだった。

カナエが驚いたのは、このことだけではなかった。

氷が現在進行形で成長していた。

パキパキと音がするのは、氷が壁や地面を伝い周囲を取り込んでいくからだった。

完全に覆われた場所は、上から重ねがけされるように更に氷が敷かれ、その厚みを増していく。

成長する氷の浸食は、地面にぽっかりと開いた穴にまで及ぼうとしている。

――ノイズに似た声は、穴の下から聴《き》こえていた。

「カナエさまっ！　そこは下水道ですよっ！」

今まさに氷によって閉ざされようとしている穴へと、カナエは駆けて行った。

「声はここからするんだ！　レヴィ付きあわせてごめん！　飛び込むぞ！」

「下水道はトラウマですぅぅぅ！」

カナエはレヴィを胸元に抱えると、穴へと勢いよく飛び降りた。

直後に穴を氷が何重にも塞ぎ、光を遮断した。

僅かな滞空時間を経て、真っ暗闇の中、カナエの体は地へと転がり落ちた。

「カナエさまっ、これをどうぞ！」

カナエに守られて無事だったレヴィは、機転を利《き》かせてリュックから携帯を取り出す。

携帯を手渡されたカナエが、落下した痛みに悶《もだ》えながらも灯《あか》りを付けて周囲を確認した。

汚水が底まで凍結しており、異臭は全くしなかった。

周りの壁は氷の層で何重にも覆われていた。

白い吐息ですらも、呼気に含まれた僅かな水蒸気が目の前で凍結していくように思えた。

「しゃむいですぅぅぅ！」

「ったく、じっとしてろよ」

痛みから立ち直ったカナエは、空中でぶるぶると震えるレヴィを再び引き寄せて、自らの制服で包む。

そして一人、奥へと突き進む。

カナエだって寒さが平気なわけではなかった。

外気に触れる皮膚は赤く染まり、体温が急速に奪われていく。

気を抜けば、このまま意識が帰ってこないんじゃないかと錯覚させる。

立ち止まりそうになる自分を奮い立たせ、あの微《かす》かなノイズの聴《き》こえる方へと歩き出す。

その時間は長かったようにも、短かったようにも感じた。

気がつけば、あの声は目の前にあった。

暗闇の中、足元を照らしていた携帯の灯《あか》りを前方へと向けた。

それを見たカナエは、驚きのあまり後ずさった。

レヴィは口をあんぐりと開けて驚く。

――巨大な氷柱《つらら》が入り乱れるようにして突き刺さっていた。

侵入者を拒む結界の如く、周囲の壁を底面とした無数もの円錐《えんすい》状の氷が、先を見通せなくなるほどの密度で咲き乱れていた。

「――おい『現象妖精《フェアリー》』、『エルウェシィ』！　これ、お前がやったんだろ？　聴《き》こえるか？」

氷柱《つらら》が塞ぐその先へとカナエは声を投げかけた。

「『エルウェシィ』っ⁉　それって、黒ずくめの人たちが追いかけていたものですよねっ？」

カナエには確信に近い考えがあった。

『現象妖精《フェアリー》』の声を聴《き》くカナエにしか到達し得ない思考。

「……ただのウィルスか何かなら、あんなに頑丈な『隔壁』は必要ねえよ。だったら、『エーゲンフリート・ラボ』で起きた事故は十中八九『現象妖精災害《フェアリー・ハザード》』だ。その原因となった『現象妖精《フェアリー》』を『隔壁』で閉じ込めて、黒ずくめが追っていたんだろうな」

「ではカナエさまは、助けを呼ぶ声が『エルウェシィ』だと最初から全部分かってて……」

レヴィは啞然《あぜん》としていた。

しかし、その危険なる存在をカナエが助けると決めたなら、レヴィがカナエにそれ以上言うことは何もなかった。

どこまでも、レヴィはカナエを信じていた。

沈黙する『エルウェシィ』へと、カナエは更なる言葉を投げかける。

「お前さ、〝助けて〟って言っただろ」

「――デタラメなこと、言わないでください」

レヴィの賑《にぎ》やかなソプラノボイスとは対照的に、高音ながらも落ち着いた声だった。

「…人間に、私の言葉が聴《き》こえるなんて、ありえないですから」

「ありえるんだよな、これが」

「だから、ありえません……って…………え？」

「なぜか俺は、『現象妖精《フェアリー》』の言葉を理解できるんだ。『ストレンジコード』が聴《き》こえるんだよ」

「信じられません……。どんな研究者も、そんなことは言わなかった……」

「信じられなくてもこれは事実なんだ。だから俺だけは、お前のことを分かってやれると思う。たとえ今会ったばかりでも、たとえお前にどんな事情があってもな」

氷の結界の向こう側で、『エルウェシィ』が黙り込んだ。

そして躊躇《ためら》いがちに言葉を紡《つむ》ぐ。

「……分かりました、信じます……でしたら私に、関わらないでください。きっと貴方《あなた》は、無事では済まないですから。……そもそもここに来て、貴方《あなた》は私を、どうしたいのですか？」

「そうだな……俺が『エルウェシィ』と契約して、ここから助け出す」

氷の結界を隔てて、『エルウェシィ』の息を呑《の》む音が聴《き》こえた。

しかしすぐに否定される。

「――不可能です。私は、人間と契約できません。あらゆる研究者が、私を『現象妖精《フェアリー》』として使役しようとしましたが、無駄でした。……私は亡霊のように、この世界に存在するだけです」

「亡霊だなんて、寂しいこと言うなよ」

「寂しくなんか、ありません。私は、一人ぼっちが大好きですから。大人しくここで彼らを待ちます。……だから、お願いします。逃げてください。ここにいては、貴方《あなた》まで危険です……」

氷の結界は固く閉ざされていた。

カナエが何を言っても、『エルウェシィ』は拒絶の意思を示す。

しかし、かつて一人ぼっちだったカナエは知っている。

一人ぼっちが大好きという言葉は、そのほとんどが詭弁《きべん》でしかないと。

そんな言葉で、壊れそうな心を保とうとするんだと。

「……一人ぼっちが大好きなやつ、たまに本当にいるんだよな。読書とか一人旅行とか、他の誰かを必要としない生きがいがあって、それだけが楽しめたら良くて、友達なんていらないって言うやつ。そんな、一人でやってて楽しいことが『エルウェシィ』にはあるのか？」

カナエは『エルウェシィ』個人の抱える問題に、土足で踏み込もうとしていた。

だから、その言葉の真意が知りたかった。

返ってきた言葉は、カナエの想像していたものだった。

「何かを楽しむ……そんなものは、私にはありません……」

『エルウェシィ』の言葉と、一人ぼっちが大好きという発言は矛盾していた。

「じゃあ、何でもいいから楽しいこと探そうぜ。俺も一緒に探すからさ」

「……いいえ。本来なら、一人で野垂れ死ぬべきだった私に、楽しみなんて相応《ふさわ》しくないです」

「――そんな悲しいことは嫌ですっ！」

　突然、黙っていたレヴィが大声を上げて反論した。

「わたしだって、半年前は一人寂しく野垂れ死ぬところでしたっ。でも今では、甘《あま》いもの尽くしの幸せ生活に浸りまくってます！　だから『エルウェシィ』ちゃんも一緒に食べよっ！」

「なぜ太らせる方向に行く！」

「だって『エルウェシィ』ちゃんは『現象妖精《フェアリー》』ですからっ！　『現象妖精《フェアリー》』は甘《あま》いものを食べることが何よりも楽しいのですよっ！　すいーつ・いず・はぴねす！」

「お前そこまでスイーツ女子だったのかよ……って、待てよ。『現象妖精《フェアリー》』が一人でお菓子とかケーキ買えるわけないよな？　『エルウェシィ』、お前逃亡中、いったい何食ってたんだ？」

「……サトウキビ」

「はい？」

「サトウキビを、かじってました」

　カナエは玄関の横に咲く雑草のように鬱陶《うっとう》しいサトウキビを思い出した。

　レヴィに「食うか？」と言って本気でキレられたサトウキビで、『エルウェシィ』は生命を維持していたという。

「道端《みちばた》に咲いてるサトウキビを、食ってたのか？　ずっと？」

「……はい。ずっと」

「ええっ⁉　他に何か甘《あま》いもの食べましたかっ⁉」

「サトウキビしか、食べたことない……」

「うわあああああああああああああああああああああああああん‼」

　思わずレヴィが号泣した。

「そんなぁ！　同じ『現象妖精《フェアリー》』としてあんまりですっ！　生きがいはないんですかぁ！

『エルウェシィ』ちゃんはケーキもタルトもワッフルもアイスクリームもわらび餅もあんみつもりんご飴《あめ》も、甘《あま》い食べ物の美味《おい》しさを何も知らないなんてっ！」

「サトウキビは、食べ物ですけど……」

「いやお前茎だぞあれ！　今までそこらへんの茎かじってひもじい思いして生きてきたのかよ！　それはあんまりにも、あんまりじゃねーか……」

　カナエまで大粒の涙を流していた。

「『エルウェシィ』ちゃん！　ここからでよう！　サトウキビなんてもう食べないで、美味《おい》しいものを一緒に食べよっ！　カナエさまのお財布をすっからかんにしましょう！」

「おう、どんと来い！　いくらでも財布をガバガバにしてやる！　思う存分、好きなだけ甘《あま》いもの食わしてやるから！　だからサトウキビかじるとか、もう悲しいこと言うなよ！」

氷の結界の向こう側から、これまでとは打って変わって鋭い一声が発せられた。

「――サトウキビを、馬鹿にしないでください……！」

「好きなのかよ！」「好きなんですかっ！」

カナエとレヴィの突っ込みが同時に発せられた。

「なんだよ、勝手に泣いた俺らが馬鹿みてーじゃねーか」

「馬鹿みたいですっ」

「はい。貴方《あなた》たちは、きっと馬鹿です」

くすっ、と小さく笑い声が聴《き》こえたような気がした。

それは一瞬で、聞き間違いでないことを確かめようとしたカナエを――突如痛みが襲った。

「ってこれイデデデデ!! おいこれ涙が凍ってるぞ！」

「いたっ、いやぁ、これっ、張り付いてまちゅ！ とれなっ！ カナエさま助けてっ！」

カナエとレヴィの流した涙は、皮膚の上ですぐさま冷却されて液体から固体へと相転移した。

その拍子に皮膚の水分も奪われ、密着するように張り付いてしまった。

表情筋を動かす度に激痛が走る。

カナエたちは顔面を両手で押さえながら苦痛に悶《もだ》える。

苦痛によって反射的に目元から追加された涙が、また凍って、また痛みが走って、と悲しいまでの負の連鎖が続く。

「『エルウェシィ』！　能力を解除してくれ！　涙が凍って皮膚に張り付いて死ぬほど痛い！ついでにこの氷の結界もどかして一緒に逃げよう！」

「こんなくだらないことで『エルウェシィ』ちゃんが言うこと聞いてくれるわけないですっ！」

「……分かりました……」

「「ってえええええええええええええ!?」」

「くだらなくなんて、ありません。──涙が凍るのは、私もいやですから」

氷の結界の、壊れゆく音がした。

カナエたちと『エルウェシィ』を塞いでいた無数もの氷柱《つらら》に、ピキピキと亀裂が走ってゆく。

そして何重ものガラスを根こそぎ叩《たた》き割るかのような音を響かせて、氷の結界は崩壊した。

滞留する氷の破砕片が乱反射して、前が見えなくなっていた。

同時に、極寒《ごっかん》の冷気が消え去っていた。

カナエはレヴィを抱えたまま、手に持っていた携帯の灯《あか》りを前方へと向ける。

どうやら、滞留していた氷柱《つらら》の欠片《かけら》が落ち着いたようだった。

真っ暗な下水道の中、煌《きら》めく氷の破砕片に包まれて、『エルウェシィ』がそこにいた。

それを見たカナエとレヴィは、──氷漬けになったかのごとく、驚愕《きょうがく》の表情のまま静止した。

『エルウェシィ』は、ぺたんと壁際《かべぎわ》に座していた。

左側頭部には、三つの白い花弁を咲かせる花の髪飾りが留められていた。

髪飾りだけでなく、髪そのものも白い。

艶《つや》やかな白銀色の長髪が、か細い肩、すらりとした腕、小振りな胸元に沿ってしなだれている。

銀髪は腰に掛かり、膝の上で束ねられたようにして丸まっていた。

髪の白さは、西欧の花嫁装束にも似た白のショートドレスに馴染《なじ》んでいる。

純白の布地は戒めの如く上半身を締め付けて、か細い少女の肉付きを浮き彫りにする。

上半身から繋《つな》がる布地は、少女の腰を境目にふわりと広がる淑《しと》やかなクラシックスカートを成していた。

袖やスカートから伸びる肌すらも息を呑《の》むほど白く、『エルウェシィ』という少女のそのものが、一面に広がる雪原を想起させた。

ふと『エルウェシィ』が顔を上げる。

伸びた銀髪が目を覆い隠すが、美貌《びぼう》の片鱗《へんりん》は感じ取れた。

その端正な顔付きは無表情を浮かべている。

だからと言って、無感情というわけではなさそうだった。

自らの情動に対して疎いのか、感情の処理に表情が追いついていないようにも見えた。

『エルウェシィ』は脱ぎ捨てていた白のシューズを履き直して、そっと立ち上がった。

「……大丈夫です、私のことは気にしないで、ここから逃げてください。氷を解いてしまったのは、貴方《あなた》たちの涙を凍らせないためですから……。私を、見なかったことにしてください」

「いや、そんなつもりはないけど……」

カナエは引き攣《つ》った笑みで横をみやる。

レヴィが滞空したまま放心していた。

カナエは頭を抱えて思案する。

目の前の『エルウェシィ』という『現象妖精《フェアリー》』の存在が信じられなかった。

「……さっきの氷柱《つらら》みたいなやつ、もう一回だけ作ってくれる？」

「はい」

『エルウェシィ』は右手を後ろに向ける。

下水道の奥に向かって、指差しをした。

――バシュッと鋭い音がした。

カナエには理解できない何らかの物理的現象の変遷を経て、円錐《えんすい》状の氷の槍《やり》が瞬時に形成され、人差し指から射出された。

ただしその飛来先は、指差す方向ではない。

伸びきった指を垂直方向へと突き出し、下水道の反対側の壁に深く突き刺さった。

「コントロールは、うまくできません」

「本物だ。本物の、『現象妖精《フェアリー》』だ……」

「――うわあああああああああああああああああああああ⁉」

フリーズ状態だったレヴィが再起動した。

その真実に脳の処理が追いつかず、カナエの周囲をグルグルと飛び回りながら叫び声を上げ続け、やがて息を切らしカナエの頭頂部に着陸した。

「お、お、お、おっきいですっ‼　に、にんげ、人間サイズの『現象妖精《フェアリー》』ですううううっ‼」

『現象妖精《フェアリー》』のサイズは人形大である、という常識が、たった今目の前で崩れ去った。

「というか、どう見ても人間じゃねーか……」

更に言えば、人間の女の子でもゾッとするほどの美少女に分類された。

レヴィはその真実に、カナエはその美しさのあまり固まっていると、『エルウェシィ』がカナエを上目遣いに見やった。

銀の前髪の隙間から僅《わず》かに覗かせる瞳の色は、澄んだ青色をしていた。

前髪が邪魔だな、とカナエは惜しんでしまった。

その青色をした瞳を見てみたいと思った。

「いやしかし、流石《さすが》に人間サイズは想定外だぞこれ……！」

「……あの、一つだけ、お願いがあります……」

「え？　何？」

「……私のことは、〝ゆき〟と呼んでください」

「え？　ゆき？　『エルウェシィ』じゃなくて？」

「『エルウェシィ』は、私を追う人たちが、勝手に付けた名前です。……それに私の好きな言葉、ですので……」

カナエはどこか得心したかのように頷《うなず》いた。

笑みを浮かべて返事する。

「ああ、分かったよ。ゆき、これからよろしくな」

「え、いえ……！　これからだなんて、そんな……！」

「なんだよ、そのつもりで言ったんじゃなかったのかよ。でも、もうおせーぞ？」

あわててゆきは頭《かぶり》を振るが、もう手遅れだった。

何故《なぜ》ならそれは、カナエだけでなく――

「――ゆきちゃん！　いい名前ですね！　これからもよろしくねっ！　ゆきちゃん！」

いつの間にかパニックから復帰したレヴィが、とびきりの笑顔でゆきを受け入れたからだ。

「そうだぞ、ゆき。もう俺とレヴィからは逃げられないからな？」

「追手どもからは逃げますけどねっ！」

「二人とも……」

今度はゆきが余韻にでも浸るかのように押し黙った。

誰もが沈黙して、束の間《つかのま》のしーんとした空間にカナエは耐えることができなくて、思い出したかのように言葉を発した。

「そういえば、俺ゆきのこと人形サイズだと思い込んでたから、道端《みちばた》にうずくまってサトウキビ齧《かじ》ってるめちゃくちゃ悲しいシーン思い浮かんで、一人勝手に悲しんじまったんだよな……」

「わたしもですっ！　たたでさえ、サトウキビしか食べたことなくてスイーツの味を何も知らないってだけでも悲劇なのにっ……あんまりだと思ってっ……うぅ、思い出し泣きですぅ……」

「……？　サトウキビですね？　さっき、拾いましたけど……」

ゆきは白のドレスの襟元に手を突っ込んだ。

奥まで伸ばして、何かを探るようにごそごそと内部を探る。

はだけた胸元から白い肌が垣間見《かいまみ》えて、カナエは目を逸《そ》らす。

「どこにしまってんだよ……。そういう場所にアイテム収納していいのは巨乳の特権だからな」

「……巨乳？　胸のサイズのことですか？」

ゆきは襟元を開いて、僅かに盛り上がる柔肌を確かめるように指を沈める。

カナエは自身の頬が紅潮するのを感じた。

体が少しデカイだけで『現象妖精《フェアリー》』だから、と必死に気を静める。

「巨乳!?　わたしの出番ですねっ！」

「チビはすっこんでろ」

「うわあああああん！」

――くすっ。

「あ、また笑ったな！」

「笑ってないです。それより、サトウキビ……」

澄まし顔を取り繕うゆきは、胸元から凍結したサトウキビを取り出した。

「凍らせておくと、長持ちするんです」

「たくましいなおい！」

「いりますか？」

「わたしにくださいっ！」

「今解凍しますね」

ゆきが凍結したサトウキビを凝視すると、氷が溶けて潤いを取り戻していった。

「器用なことできるんだな。でもなんで、さっきの氷の槍は変な方に飛んだの？」

「小規模のことは、調整できます。規模が大きくなると、私の手に、負えなくなります……」

ゆきは能力の微調整ができない。

その証拠に、先ほどまで下水道を塞いでいた氷の結界――無数もの氷柱《つらら》は、何の指向性も持たずに入り乱れていた。

平たい氷壁を生成することができないのだ。

涙をも凍て付かせる極低温を解除するために、氷の結界ごと解除する必要があった。

「ゆきちゃん！　はやくサトウキビくださいっ！」

「はい、どうぞ」

ゆきが右手で差し出したサトウキビをレヴィはパクリとくわえ込んだ。

「うえええええ！　すごく苦いですっ！」

「よく噛《か》まないと、甘《あま》い所まで届きません」

「でもこれすっごくかたいですっ！」

人間の少女の大きさを持つゆきと、ゆきが手に掲げたサトウキビをくわえて宙に浮かぶ人形大のレヴィ。

その奇妙なサイズ比にカナエは笑うしかなかった。

まるで姉妹のようだった。

「――さて、そろそろ行こうか。ちょっとここで、時間かけ過ぎちまった」

「……本当に、いいんですか？　この先貴方《あなた》たちには、沢山の迷惑をかけてしまいます」

「今更何言ってるんだよ。だってお前さ、〝助けて〟って言っただろ」


――デタラメなこと、言わないでください。

少し前、カナエが同じことを聞いた時、『エルウェシィ』は冷たい声でそう一蹴した。

しかし、今ここにいるゆきは、静かに、小さく頷《うなず》いた。

前髪が目を隠し、その瞳を見ることは叶《かな》わない。

けれども、震える頬と、わななかせる唇だけでも、カナエには充分理解できた。

「俺はその声を聞いて、ここまで来たんだ。だから、何があっても助ける。俺には『現象妖精《フェアリー》』と通じ合えるっていう能力しかないけど、それでもゆきを助けるよ。――何があっても、絶対に、俺はゆきの味方でいる」

「わたしだってダメメイドですが精一杯頑張りますっ！」

今度はゆきが涙を流す番だった。

その涙が、凍ることはなかった。

「……うぅ……っぐ……ひっぐ……、……貴方《あなた》たちに甘《あま》えてしまう私を、どうか許してください……」

泣き崩れていたゆきの右手をカナエが握り、引っ張りあげて立たせた。

ゆきの左手を、レヴィが両手で包み込んで見守る。

カナエは笑顔で言った。

「さあ、まずはここから逃げだ――」

突如、下水道内にカナエたちとは違う者の声が響き渡った。

「――こちら『フォネティック』一七班《ケベック》、一九班《シエラ》、『エルウェシィ』を発見しました」

背後からの声に、カナエが振り返る。

遠方に、誰かが手に持つ灯《あか》りが見えた。

揺らいだ灯《あか》りは、そこにいた八人もの黒ずくめの集団と、彼らと同数の軍事用『現象妖精《フェアリー》』を映しだした。

軽装の身体防護服《ボディアーマー》と、顔面の上半分を覆い隠す巨大なゴーグルにカナエは見覚えがあった。

「『エルウェシィ』の近くに、一般人の少年と『現象妖精《フェアリー》』がいます。『首領《オメガ》』の判断を」

『……『エルウェシィ』を知るものは、なるべく少ない方がいい……』

「了解、沈黙を開始します」

集団の先頭に立つ男が左腕に取り付けた『エフティ』を操作したあと、続けて右腕を横に一《ひと》薙《な》ぎした。

男の横で待機していた『現象妖精《フェアリー》』の赤眼が、より一層暗闇に赤く映えた気がした。

男の防護籠手《アームプロテクター》から空中に散布された電導性の炭素結晶粉塵《カーボニクス・エアロゾル》が、電磁相互作用によって一定の姿形へと収束していく。

数十の矢筒《やづつ》に形成された炭素結晶が、全てカナエの方を向く。

別の黒ずくめが素早く先頭の男に並び立つ。

電磁相互作用の中でも細かな制御に長《た》けた彼の『現象妖精《フェアリー》』が能力を作用させる。

全ての筒《つつ》に電磁誘導力《ローレンツ》を同時発生させて、矢を一斉射出した。

「——やめて……！」

ゆきが右手をさっと振ると、目の前の空間に轟音《ごうおん》が発生した。

下水道という半円形状の壁面全てから、無数もの氷柱《つらら》が飛び出し対面へと突き刺さる。

下水道を隙間なく塞ぐそれは、まさしく氷の結界だ。

カナエを狙う矢は、氷の結界に突き刺さり無効化される。

「マジでヤバイぞあいつら！　躊躇《ためら》いなく殺そうとしてきやがった！」

「大ピンチですっ！」

「私のせいです……。私が、氷を解いてしまったから……」

先刻のゆきは、極低温を解除するために氷の結界を破壊した。

能力のコントロールが利《き》かず、破壊という命令は、そこから繋《つな》がる氷――下水道の蓋をしていた氷にも――全てに作用した。

「……クソッ！　今更言っても仕方ねーよな！　ごめん、こんなことになるって言われても、俺はゆきを助けるって決めたんだ。だから今から泣き言は言わない。ここから逃げるぞ！」

「わたしはもうゆきちゃんと友達です！　友達は絶対に見捨てませんっ！」

「……ありがとう……」

「ほら立て！　走るぞ！」

こうやっている内にも、氷の結界がじりじりと削られる音が後ろから響いてきていた。

「……そういえば貴方《あなた》は、どうして私の声が聴《き》こえたのですか？　あんなに小さく呟《つぶや》いたのに」

「なんか、頭のなかに響いてきたというか……まあそんなことはどうでもいいんじゃね？　てか貴方貴方《あなたあなた》って、俺らのことも名前で呼んでくれよ。俺は気軽にカナエでいいぞ」

「……はい、カナエ……」

「わたしは敬意を込めてレヴィさんと呼んでくださいっ！」

「なぜ上から目線なんだ！」

「だってカナエさまに仕える新入りのメイドですからっ！　わたしの部下ですっ！」

「お前さっき友達って言ってたじゃねーか！　ゆきを勝手にメイドにするな！」

「メイド……？　レヴィさん、なんですかそれは」

「えへへ、冗談ですよっ！　ゆきちゃん、わたしのことはレヴィと呼んでくださいねっ」

「……分かりました、レヴィ」

どこにも助かる根拠はなかった。

逃げ出せる保証はなかった。

それでもカナエは、この三人のやり取りに希望を見出《みいだ》していた。

カナエは小さく笑みを浮かべながら、曲道《まがりみち》へと差し掛かる。

「──『フォネティック』四班《デルタ》、一四班《ノベンバー》も『エルウェシィ』と接触。次いで例の一般人も確認」

曲道《まがりみち》を抜けた途端、照明装置が下水道を照らす。

約五メートル先で黒ずくめの八人がカナエたちを待ち伏せていた。

彼らは持ち合わせていた炭素結晶粉塵《カーボニクス・エアロゾル》を、既に電磁相互作用によって矢と筒《つつ》に変換して空間に待機させている。

その数は数百に及ぶ。

カナエは喧嘩《けんか》の構えを取って距離を維持するが、何の能力もない人間が素手で『現象妖精《フエアリー》』に勝てる道理はなかった。

「ゆきちゃん！　さっきの氷であいつらをやっつけて！」

堪《たま》らずレヴィが懇願した。しかし、ゆきが行動を起こすことはなかった。

「ごめんなさい……、私には……」

カナエは違和感を覚えていた。

超常の如き力を振るうゆきに、黒ずくめは怯《おび》えていない。

彼らの通信のやり取りは、静かな下水道においてはカナエの耳元にまで響いていた。

『……距離を詰めれば問題ない……『エルウェシィ』は人を傷つけることができない……』

ゆきの震える手が、その言葉の正しさを証明していた。

『……マスターと居合わせない『七大災害』には、自衛以外の行動を阻害するプロテクトが掛かっている……未契約は言わずもがな……そこだけは灰谷義淵《はいたにぎえん》に感謝しておくべきか……』

「『七大災害』？　灰谷義淵《はいたにぎえん》？　いったいなんのことだよ！」

通信先の人物が言ってるであろう言葉の意味が、カナエには分からなかった。

『七大災害』と灰谷義淵《はいたにぎえん》という言葉の繋《つな》がりは理解できる。

しかしそこに、何故《なぜ》ゆきが入るのか？

『……深入りしすぎた少年よ……『現象妖精《フェアリー》』は、所詮《しょせん》ただの道具……たとえ人の形を成していても、主《あるじ》の承認なしで『現象妖精《フェアリー》』としての能力を振るうことはできない……』

絶体絶命の状況であるにもかかわらず、カナエはどうしてもその言葉を否定したかった。

「『現象妖精《フェアリー》』が道具なわけねえだろ！　こいつらは感情を持って生きているんだ！　ゆきだってプロテクトとか関係なく、人も『現象妖精《フェアリー》』も傷つけたくないだけに決まっているだろうが！」

人を傷つけることができないプロテクトが本当だとしても、人の使役する『現象妖精《フェアリー》』を傷つけることは可能なはずだ。

なのにゆきは、一切の反撃をしようとしなかったのだ。

しかし、カナエの反論を聞いた通信先の男は、論点とは違う部分に対して疑問を持った。

『……ゆき？　……はて、誰のことだね、それは？……』

「お前らの言う『エルウェシィ』が、俺に〝ゆきと呼んで欲しい〟って言ったんだ。自分で自分の名前を決めたんだ。だからそいつはもう、『エルウェシィ』なんかじゃない――ゆきだ！」

『……少年よ、面白いことを言うではないか……『エルウェシィ』が、自らをゆきと呼んで欲しいと？　……まるで『現象妖精《フェアリー》』の言葉が分かるといった口ぶりではないか……』

「ああそうだ！　だからこいつらは人間と全く変わらないってことが、俺には分かる……！」

『……はてさて、手の施しようがないな……まあいい……『エルウェシィ』の言葉は我々には理解できないが、その逆は可能であったな……そして我々は、『エルウェシィ』の奇特な精神性を把握している……なので取引をしよう……。――『エルウェシィ』、無抵抗でこちらに来い……今ならば、その少年を見逃してやろう……』

「ふざけたこと言ってんじゃねえぞ！」

「…………はい……、分かりました……」

そう言ってゆきは、おずおずと一歩を踏み出した。

「なんで応じてんだ！　逃げるんじゃなかったのかよ！」

「……カナエ。やっぱり貴方《あなた》たちを、巻き込むべきではありませんでした」

「一緒に甘《あま》いもの食べまくるって約束したじゃないですか！　カナエさまの財布をすっからかんにするんじゃなかったんですかっ⁉」

「……レヴィ……ごめんなさい……」

去ろうとするゆきの手をカナエは摑《つか》み、無理やり振り向かせた。

ゆきの目は前髪で見えなかった。

ゆきは唇を強く嚙《か》みながら、カナエを床に突き飛ばす。

そして右手をかざし、槍《やり》にも似た鋭い氷柱《つらら》を一つ発生させて、

――自身の左腕を貫いた。

「……なにしてんだよ……」

ゆきの流す血は、人間と同じ赤色だった。

左腕から跳ねた血は、白銀色の長髪だけでなく、左側頭部に留められた白い花の髪飾りすらも赤色で薄く染める。

「カナエは、優しい人です。だからこうでもしないと、止まってくれません。……来ないでください。次は、右腕を穿《うが》ちます。コントロールが外れたら、胸に突き刺さるかもしれません……」

カナエの蛮勇が、ゆきを更に傷つける。

その脅しに、カナエは屈するしかなかった。

「おい待て！　ゆき！　待てっつってんだろ！」

「ゆきちゃん！　行かないでっ！」

ゆきは足取りを確かに突き進み、黒ずくめの集団へと辿《たど》り着く。

黒ずくめの一人が、首輪にも似た拘束装置をゆきに取り付ける。

するとゆきの肩に、黒装束の『現象妖精《フエアリー》』が現れた。

カナエには分からぬことだが、これにより『現象妖精《フエアリー》』固有の物理法則を操る能力が封じられた。

通信先の人物が、先ほどのカナエとゆきのやり取りを聞いて愉快そうに笑った。

『……もしや今、『現象妖精《フエアリー》』と会話していたつもりなのか……？　……喜劇を演じる道化師のようだな……ここまで一方通行のおままごとを聞かされると、憐憫《れんびん》すら覚えるぞ……』

「ぶっ殺すぞテメエ……」

『……残念ながら、殺されるのは少年の方だぞ……』

「話が違います……！　カナエを助けると、約束したのに……！」

『……おや？　……『現象妖精《フェアリー》』の騒がしい鳴き声が聴《き》こえるな……全く、『エルウェシィ』はつくづく奇特な精神性をしている……会話すら成立しない物体と、取引などできない道理……』

ゆきがカナエの元へと駆け戻ろうとする。

しかし両手を黒ずくめたちに押さえられ、固有の物理法則を操る能力は黒装束の『現象妖精《フェアリー》』に封じられていた。

それでも足掻《あが》こうとするゆきを、黒ずくめたちはゆきにのしかかるようにして勢いよく床に押さえつけた。

がはっ、とゆきの口から吐息が吐き出された。

ゆきは左腕の刺し傷を強く圧迫されていた。

抵抗《ていこう》する意思はあっても、そこに力はなかった。

それでもまだ黒ずくめは足りないとでも言うように、ゆきの髪を引きちぎりそうな腕力で引っ張って地に伏せさせようとする。

「おい！　やめろよ！　ゆきを放せ！」

辛《かろ》うじて面《おもて》を上げるゆきの瞳からは、痛みと悲しみとが入り混じった涙が流れていた。

「……カナエ、逃げて……！」

『……少年よ、『エルウェシィ』と関わった自分の愚かさを恨め……殺《や》れ……』

空間に漂う数百もの筒状《つつじょう》の射出装置全てが、五メートル先のカナエに向けられる。

筒《つつ》内部に電磁誘導力《ローレンツ》を発生させて、重機関銃の威力をも凌駕《りょうが》する炭素結晶の矢が一斉掃射された。

秒速八〇〇メートルを超えた矢は音を置き去りにする。

射出と同時に対象は貫かれ、発射音と障害物に当たる音、人体が引き裂かれて飛散する音が重なって発せられる……はずだった。

なのにカナエには、声が聴《き》こえた。

一斉掃射《いっせいそうしゃ》と時を同じくして、ゆきの口が動く。

その声は秒速八〇〇メートルの矢よりも早く、耳ではなく、カナエのなかに伝わっていた。


(――カナエを、助けて――)

その切実な声と一緒に、カナエの脳裏を意味不明な言葉の羅列が駆け巡った。
――『Fairy Tale'r』との接続に成功しました。次いで操作権限の上限解放を確認
――地球圏に『星空を満たすもの《エーテル》』の展開を開始します

――充填終了《じゅうてん》、全『現象妖精《フェアリー》』との連絡回路を確立
――最上位要請《インペリアルオーダー》『絶対空間《テレスティアル・グローブ》』を起動します
――少しだけ、じっとしててください――
カナエの脳内に響くゆきの声がそう唱えた瞬間、地球圏――地球の重力影響領域である九二万五〇〇〇キロメートル圏内――に存在する全『現象妖精《フェアリー》』が、機能停止《フリーズ》した。

＋＋＋＋＋

(なんだよこれ……)

ゆきの声の次にカナエが認識したものは、全てが静止した空間だった。

一斉掃射された数百もの矢が、カナエの鼻先で停止していた。

中にはカナエの眉毛に触れるか触れないかの距離で停止して、眼球の中に飛び込もうとしている矢さえあった。

慌てて後ろへ飛び去ろうとするが、体が石にでもなったかのようにまるで動かなかった。

瞳すらも動かせず、壁際《かべぎわ》に突き飛ばしたレヴィの安全を確認することもままならない。

(うっぷっ、マジかよおい、息もできねえぞ……！)

（――『絶対空間《テレスティアル・グローブ》』の『除外フィルタ』に規定できる『現象妖精《フェアリー》』は、光と私と、カナエのなかに存在する僅かな物理現象だけでした。だからカナエは、呼吸ができません……）

まるでテレパシーのように、声が脳内に響いた。

何もかもが静止した空間のなかで、首輪型の拘束装置を付けたゆきだけが、カナエの方へと歩いていた。

――空中に赤色の軌跡を残して。

ゆきの左腕から垂れる血が、皮膚から離れた瞬間に極小《ごくしょう》の球体となって空間に残留していた。

ゆきの歩んだ五メートルの距離を、赤い点が破線のように続く。

（この状況を、端的に説明します。『絶対空間《テレスティアル・グローブ》』という私の権限によって、全ての物理現象を停止させて、その結果として時間が止まっています）

（なんだそれ⁉『現象妖精《フェアリー》』とか関係なくね⁉ てか息させろ！ 俺死ぬって！）

（それを説明する時間は、ありません。もっと大事なことがあります）

「時間止まってるのに時間ないっておかしくね？」と普段なら突っ込んでいたが、目の前に数百の矢が静止していて、呼吸もできない状況で、カナエにふざける余裕はなかった。

（カナエは、私と契約できると言いました。……今、契約してください……）

ゆきは握りしめた両の拳を震えさせて、申し訳なさそうにカナエに懇願した。

（この時間停止は、契約可能な状況を保全するための、一時的な緊急措置でしかありません。

契約しなければ、カナエは動けない。私も、カナエを狙う矢を動かせません。このままでは、時間が動き出して射殺されるか、時間が止まったまま窒息死するかの、どちらかです）

つまり、ゆきと契約しなければ死ぬ——ゆきの言う言葉の意味も、この世界の時間が止まっているということも、カナエは何一つ理解できない。

それでも、契約するというただ一点に関して、カナエに迷いはなかった。

元より最初から、そのつもりだったのだから。

（……分かった。一つだけ質問するから、ちゃんと答えてくれ——）

『現象妖精《フェアリー》』との契約は、個人では成し得ない複雑怪奇な手順《プロトコル》を寸分違《たが》わず正確に消化して初めて成立するものである。

しかしカナエにとって、契約に必要なことはたった一つだけだ。

（——俺と契約する女の子の名前を、お前の口から聞かせてくれ）

（……女の子……？　ちがいます。私は、人間ではありません……、『現象妖精《フェアリー》』です……！）

（俺が女の子と言ったら女の子なんだよ！　レヴィにもそう言ったんだ！　『現象妖精《フェアリー》』は人

間と何も変わらねえ！　だから遠慮なんていらない！　女の子らしく生きろ！）

（……女の子らしさというものが、私には分かりません……）

（俺だって分からねえ、レヴィにでも聞けよ。でも別に、レヴィみたいにかわいい路線を目指さなくてもいいぞ。自分なりの女の子らしさってやつを探すんだな。俺も、付き合うからさ）

カナエに女の子だと諭されたゆきは、その無表情に、初めての感情をぎこちなく発露させていった。

最初は戸惑い、躊躇《ためら》い、僅かに憂う。

言うべき言葉を何も言えずに唇が空回りして、伏し目がちに視線を逸《そ》らす。

そして裾を握りカナエの目を見て、決意とともに言葉を紡《つむ》いだ。


（……ゆき、です……！　カナエと契約して、カナエの女の子になる名前は、ゆき！）


ゆきがそう叫んだ拍子、目を覆い隠していた銀髪が振り解《ほど》かれ、瞳の模様があらわになった。

薄氷のように澄んだ青色をした六角形を、幾重にも組み合わせた神秘的な幾何学《きかがく》模様――昔に読んだ科学の教科書では、宝石のように青く透けたその構造体を、雪の結晶と記述していた。

その瞳があまりにも綺麗《きれい》で、カナエは息が止まる思いをしたが——そもそも呼吸ができなかった。

意識が遠のいてきたカナエは、大切な二文字の言葉を慌てて脳の奥深くに刻み込んだ。

(これで契約成立だけど息させて俺死ぬ！　とりあえずよろしく、ゆき！　あと助けて！)

両眼《りょうめ》のなかに青い雪の結晶《クリスタルブルー》を宿す女の子は、おずおずとカナエに手を差し出した。

(——はい、カナエ……！　ふつつかものですが……これからも、よろしくお願いします……！)

幕間《まくあい》一『雪を待つ花――Elwesii――』

狩りをする時は自らが指揮を執った。

用途別に二六に区分けした狩猟部隊『フォネティック』を、チェスの駒のように操って采配を振る。

そして、狩りは音だけで行う。

『ゴーグル』の映像を決して見ることなく、想像だけでチェスを差す。

それは自らに課した文化的なルールである。

そして狩りは最高潮に達していた。

聴《き》いているだけで愉快なショーだった。

愚かなる少年がミンチへと変わる音と、『現象妖精《フェアリー》』の悲痛なる鳴き声の交響曲で耳を潤すつもりだったのだ。

――男は衛星を介する端末を片手に、青ざめた表情を浮かべていた。

男の両手の一〇指には、それぞれ一つずつ宝石が装飾されていた。

その中でも、親指の紅宝《ルビー》は規格外のサイズを誇り、宝石内部に刻まれた海と陸の如き神秘的な紋様も相まって、圧倒的な存在感を放っていた。

「『一四班《ノベンバー》』、いったい何がどうなっているのだ？　『エルウェシィ』はどうした……⁉」

医学者がドイツ語に精通しているように、『現象妖精《フェアリー》』に携わる者たちは皆、日本語を知っている。

男の話す日本語は流暢《りゅうちょう》で、通話だけなら彼が生粋のドイツ人だと分からなかった。

「しかし『首領《オメガ》』、この状況をどのように説明すればいいのか……」

「御託はいい。結論だけを述べろ」

『突然いなくなりました……。少年も、少年の『現象妖精《フェアリー》』も、『エルウェシィ』も、全部です』

「いなくなった、だと……？」

『はい、我々の認識では、炭素結晶粉塵《カーボニクス・エアロゾル》の一斉掃射と同時に少年は消えました。少年が間際《まぎわ》に投げた『現象妖精《フェアリー》』もいなくなり、我々が確保していた『エルウェシィ』さえも消えました。……そして床には壊れた『妖精殺しの妖精《フェノメノン・キャンセラー》』が転がっており……』

「なぜだ？　『妖精殺しの妖精《フェノメノン・キャンセラー》』は取り付けた『現象妖精《フェアリー》』にある一定のノイズを発生させて〝固有の物理現象〟を封じる装置。たとえ『七大災害』であろうとその力が発揮できないことは、幾度も『ラウルス』の実験で実証済みではないか」

『もしかしたら、消失現象は、あの少年の横にいた『現象妖精《フェアリー》』の能力かもしれません。しかしならば、何故《なぜ》最初から能力を使わなかったのかということになり……』

「もういい。ルールには反するが、『ゴーグル』から映像を抽出してこちらに送れ」

『できません！　いつのまにか『ゴーグル』も壊されていました。全員が身に付けた状態で！』

「ふざけるな《Wahnsinn》」

激昂《げっこう》を堪《こら》え切れず、男はドイツ語で最悪の言葉《ファック》を口ずさんでしまう。

こういう時は、右の親指に嵌《は》めた至宝の紅玉《ルビー》を撫《な》でて気を落ち着かせるに限った。

「……何が何でも『エルウェシィ』を捜せ、そして必ず、少年を粛清しろ……」

男は衛星電話を一端切ると、今度は別端末を手にとってコールした。

『フォネティック』だけでは足りない。

その道のエキスパートに連絡する必要があった――

＋＋＋＋＋

二九三階層のとある研究所の屋上に、少女と青年が佇《たたず》んでいた。

研究所は『エーゲンフリート・ラボ』に次ぐ建築高度を持ち、屋上からは神戸《こうべ》の街の最新の研究区画を一望できた。

――しかしその研究所には屋上へと至る階段、通路、ドアも何もない。

本来ならば侵入不可能の屋上で縁《へり》に座りこみ両足をふらふらと遊ばせる少女の装《よそお》いは、アレンジを施したセーラー服だ。

その襟元や袖口などの随所には星やハート形、動物を模した刺繡《ししゅう》が施され、スカート丈も街の規律を無視したかのように太もも半ばまで詰められている。

黒髪のロングストレートに水色の眼鏡フレームが映えていた。

眼鏡の下にあるその瞳は黒色だ。

ふと少女は、その眼鏡が少しずり下がっていたことに気づく。

少女は眼鏡の右端を摘《つま》んで位置を正す。

その時、眼鏡は髪飾りと接触してカチャリと音を立てた。

黒髪の上からは、これまでの少女の装飾とは趣旨の違う、月桂樹《げっけいじゅ》を模した地味なカチューシャが留められていた。

「――了解、その任務、確かに承《うけたまわ》りましたよ。っていうかもうオレら現地にいますけど」

幾つかの連絡要項を伝えられ、青年の通信は終わったようだ。

通信後の青年は、つい先ほどまで連絡に使っていた端末とは違う、別の端末にイヤホンコネクトを差す。

中に入った全音楽をランダム・シャッフルで再生する。

両耳にイヤホンをあてがい、少女の後ろでビニール袋をガサガサと探った。

そしてしばらくして聞こえてきた青年の咀嚼《そしゃく》音に、少女は顔を顰《しか》めた。

――クチャクチャクチャクチャ……

『ちょっとタツミ、もっと静かに食べなさい』

陽気なロックジャズに紛《まぎ》れて、前を向いたままの少女の声が、タツミの両耳に直接届いた。

「いいじゃねえか。細けえことは気にすんな」

少女の注意をぶっきらぼうに突っぱねるタツミは、やり手の営業マンを彷彿《ほうふつ》とさせる風貌《ふうぼう》をしていた。

薄手のビジネススーツに、短髪の黒髪をオールバックに固めて、鷹《たか》のように鋭い目つきを彼方《かなた》へと投げかける。

しかし、実態はイメージとはかけ離れていた。

屋上にどっしりと座り込み、地べたに置いたトレイから豚の串焼きを右手で取っては歯に引っ掛ける。

「おーい、かさね」

『なによ』

かさねと呼ばれた少女が、頭を後ろへと柔軟に反らしてタツミを見やる。

「ビールくれ」

『はあ⁉ 今何時だと思ってるの⁉ お昼！ それに昨日、禁酒するって言ったじゃない！』

「頼むって、酒でも入れないとやってらんねえよ」

『……はいはい、明日からまた禁酒ね、分かった？』

「あとさ」

『一本だけよ。お代わりはダメ』

「いやそうじゃなくて、――そうやって胸突き出して体反らしてるのに、まな板みてえだよな」

一切の起伏がないかさねの胸部を見て、タツミはけらけらと笑った。

かさねはピキピキと額に青筋を浮かべながら、無言でミニスカートのポケットに手を入れた。

そしてキンキンに冷えた五〇〇ミリリットルのビール缶を取り出すと、恨みを込めてタツミの顔面に投げつけた。

タツミはその豪速球を左手一本で難なくキャッチする。

「ひー、おっかねえ。わりいわりい」

『……その豚の串焼きくれたら、許してあげる』

「かさねは物好きだな。一応、甘辛《あまから》で頼んどいたけどさ」

タツミはかさねの口に、豚の串焼きをくわえさせる。

すると、先ほどまで澄まし顔だったかさねの表情が一変した。

顔が耳まで真っ赤になり、瞳は瞬時に涙を溢《あふ》れさせる。

反射的に吐き戻しそうになるのを必死に堪《こら》える。

両足を激しくばたつかせて、表情筋が高速で振動していた。

「くははっ！　マナーモードみたいだなそれ！　無理すんなって、シュークリームもあるぞ」

『うるさい《うっへぃ》！　ほっといて《ほっほぃへ》！』

かさねはポケットからペットボトル——シュガーレスと書かれたストレートティー——を取り出すと、飲み口の根元まで頬張って、今しがた食した豚の串焼きを体内に流し込んだ。

『……うっぷ……、マナーモードって言葉、そういえば朝も聞いたわ。タツミは覚えてる？　あの情けない男の子のこと。あと、横にいた女の子はとっても可愛《かわい》かったわ』

「あのニイチャンのことか？　あの豚の串焼きみてえな姿を思い出して、つい買っちまったわ」

『それでそのチョイスなのね——まあいいわ、そろそろ本題に入ってもらってもいいかしら？』

タツミはゆっくりと立ち上がって、数百メートル先にある『隔壁』を見やった。

研究区画において、『致命的危害《レベル・フォー》』の『現象妖精災害《フェアリー・ハザード》』が発生した際に街の外周から降下して、封じ込めを完遂する装置。

アズガルドが発明した最高硬度を誇る炭素結晶が、その材質に使われている。

「——あれ、どう見ても氷でやられてるよな」

『隔壁』に直径一〇メートルもの大穴が開いていた。

穴の周囲から広がるように、氷塊が『隔壁』を覆い尽くす。

氷塊は天井限界まで侵食しており、研究区画全体を極低温に冷却していた。

「『現象妖精《フェアリー》』が、あの炭素結晶でできた『隔壁』を力業《ちからわざ》でぶっ壊すことはできるのか？」

『……あれ、物理的に破壊されたわけじゃないわ。耐冷限界を下回って勝手に自壊しただけよ』

「おいおい、あの『隔壁』の耐冷限界は確か氷点下二五〇度だったはずだよなあ」

『それを下回ったのよ。理論上の最低温度《マイナス273.15℃》――絶対零度《アブソルートゼロ》まで冷却された痕跡があるの』

タツミは右手に掲げた缶ビールをグシャリと握り潰した。

残り少ない内容液が零《こぼ》れ出した。

「確定だな。そんな芸当ができるのは、この世界で『エルウェシィ』しかいねえ」

『……あとこれも確定だけど、『エルウェシィ』と契約してマスターになった人間がいるわよ』

「契約、だと？『エルウェシィ』の『専用エフティ』は七年もの間行方《ゆくえ》不明だったのにか？……というかそれがないと、『七大災害』とは契約できないし、会話すら成立しないはずだろ？」

『正攻法か、あるいは何らかの抜け道を使ったか……でも、もうそんなことはどうでもいいの』

かさねの言葉のトーンが急に落ちた気がした。

それを受けて、タツミはにやりとした。

浮かべる笑みは、獲物を定めた鷹《たか》の如き凶暴さを放っている。

「ああ、その通りだな。どうでもいいに違いねえ。……オレたちが探し求めた『エルウェシィ』が、まだこの神戸《こうべ》のどこかにいやがるんだ。……そうだろ、かさね？」

『空に浮かぶ〝逆さまの街〟に、逃げ場がないことは確かね』

そう言ってかさねは、タツミに倣《なら》い直径一〇メートル大の穴が開いた『隔壁』を見下ろした。

タツミは目線を変えずに、わざとらしく嘯《うそぶ》いた。

「そういえば、さっき任務が入ったぞ。この神戸《こうべ》の街で起きた異変に関する任務だ。異変ってのは十中八九『エルウェシィ』のことだろうな。その原因を発見次第、生きたまま捕獲し――」

『――言われなくても分かってるわ。そのために、あたしはタツミと組んだんだから』

氷塊に覆われた『隔壁』を見つめるかさねの目つきは――恐ろしく冷めきっていた。

『捕獲しようとして、手が滑った、でしょ？』

「上にはそう報告する。だから遠慮はするな、さっさと『エルウェシィ』を殺《や》りに行こうぜ」

『ええ、行きましょう。やりましょう。あたしたちのために』

――次の瞬間には、研究所の屋上から二人の姿が消えていた。

2

二章

溶かされて、想い咲く

——Frailly fragment——

1

二〇二階層居住区画郊外にて。

カナエとゆきはぜえぜえと息を切らしながら落下防止安全柵《さく》にもたれかかっていた。

唯一元気そうなレヴィは、カナエの横に浮かんでいる。

普段なら悠々《ゆうゆう》とカナエの肩にでも乗っているところだが、疲れきったカナエに甘《あま》えることはできなかった。

ゆきが身に纏《まと》う西欧の花嫁装束にも似た白のショートドレスは、左半身に血をたっぷりと染《し》み込ませていた。

傷口は凍結によって止血させているが、血塗《ちまみ》れの衣装やその容姿、そして人間にはありえない青い雪の結晶《クリスタルブルー》を宿す瞳はどう考えても目立つ。

誰の印象にも残ってしまう。

……ゆきを自宅に匿《かくま》うためには、今のゆきの姿は誰にも見られてはいけなかった。

「ゆき！　そろそろアレできるか？　テレ何たら、時間止めるやつ！」

「もう一度だけ、いけます」

「一度だけなのか⁉」

「カナエさまっ！　一般人がこちらに来ちゃいますっ！　――少しお待ちをっ！」

レヴィは柵《さく》の外側に乗り出し下をのぞき込んだ。

街の外側を縦横無尽に入り乱れる『接続ポール』の全景を、幾つもの星を湛《たた》えた両の瞳に映しこんだ。

「一九七階層に通じる『接続ポール』はこちらですっ！」

「よし分かった。これで最後の滑り棒だ。頼むぞゆき！」

カナエは精一杯息を吸い込み肺を満たす。それと同時にゆきの言葉が脳内に響いた。

――地球圏に『星空を満たすもの《エーテル》』を再充塡《じゅうてん》します
――全『現象妖精《フェアリー》』との連絡回路を確立
――最上位要請《インペリアルオーダー》『絶対空間《テレスティアル・グローブ》』を起動します
――何回もごめんなさい、じっとしてて――

その瞬間、地球圏に存在する『現象妖精《フェアリー》』が機能停止《フリーズ》した。

（――行くぞ！）

時間が停止した空間のなか、カナエ、ゆき、レヴィが動き出す。

レヴィが『接続ポール』を的確に見分けた後に、ゆきが時間を止めて、その都度カナエの息が続く限り『接続ポール』を伝って滑り降りる。

これが誰にもゆきの姿を見せないで済む逃走手段であり、考えうる最短逃走経路だった。

カナエは左腕が使えないゆきを背中に抱えて柵《さく》に乗り出し、しかるべき『接続ポール』を握りこんだ。

カナエはゆきとの契約後、『絶対空間《テレスティアル・グローブ》』によって時間停止した空間で動けるようになった。

何の因果か、元々カナエと契約していたレヴィにまでその作用は及んだ。

これらの作用は機能停止《フリーズ》させる『現象妖精《フェアリー》』を選別するプログラム『除外フィルタ』によるものだ。

カナエたちの空間座標に対して『除外フィルタ』の有効範囲を自動追尾させることで、静止空間であっても通常空間通りの振る舞いを可能とさせる。

『除外フィルタ』の対象には光子《フォトン》も含まれており、時間停止の――最中でも景色が見えた。

しかし、この『除外フィルタ』には決定的な欠陥があった。

それは〝時間停止中に呼吸ができない〟というものだった。

(ごめんなさい。カナエにだけ、息苦しい思いをさせてしまって……)

(もう気にするな。仕方ねーだろ)

糖分を含んだ甘《あま》いものでしか栄養を摂取できないように、『現象妖精《フェアリー》』の仕組みは人間と異なっている。

『現象妖精《フェアリー》』は元来、生命維持に呼吸を必要としない存在だった。

カナエは地表から足を離し、落下を開始する。

ゆきはぞっとするほど軽かったが、それでも二人分を支える負担は甚大《じんだい》だ。繊維が溶けかけた制服を軍手代わりにして、『接続ポール』を強化ゴム靴で挟み込んで過剰な速度を殺す。

摩擦熱が皮膚を焼く痛みで今すぐにでも手を離したくなるが、アズガルド製の強靭《きょうじん》な日常製品が破損することはない。

幸運なことに、滑り棒そのものに恐怖はなかった。

カナエは『接続ポール』の上手な滑り方をその身で学んだのだから。

今朝敢行した地獄の耐久滑り棒によって……。

（人生何が役に立つか分かんねえよなあ……）

一〇秒ほどの滑落を経て、四階層分を滑りきる。目的地である一九七階層に到達した。

（ゆき！　氷で足場を作ってくれ！）

（はい……！）

静止空間の最中《さなか》であっても、ゆきは物理現象を自在に操ることができた。

存在そのものが『現象妖精《フェアリー》』であるため、操作する物理現象もゆきの一部であると定義され、等しく『除外フィルタ』が適応されるのだ。

時間の止まった空間で、カナエは両手両足で『接続ポール』を押さえこんでブレーキを掛けた。

落下速度が削ぎ落とされたカナエとゆきのすぐ下に、ガラス細工の蜘蛛《くも》の巣——氷の網が展開された。

氷の網は、何の支えもなく空間に浮遊していた。

複雑な構造の氷を生成し、尚且《なおか》つ氷を空間に固定するといった芸当は、以前の能力調整の利《き》かないゆきではできなかったものだ。

そしてカナエとゆきは冷たさを感じさせない氷の網に転がり落ちた。

カナエはゆきの下敷きになる形で落下したため、衝撃で貴重な酸素を吐き出した。

予期せずして制限時間《タイムリミット》が迫る。

カナエは両頬を叩《たた》き冷静さを取り戻すと、眼下の居住区画を見下ろした。

この氷の網は一九七階層地表から三〇メートルの高さにある。

天井の存在から由来する建築高度制限によって、障害物なく見渡せた。

人々と建築物が街のミニチュアのように固定されている。

目を凝らすと、真下に延びる直線道路の道沿いに、見覚えのある一階建ての赤い屋根が鎮座していた。

（でかしたレヴィ！）

カナエはただ『接続ポール』を伝い降りていた訳ではない。

縦横無尽に入り乱れる『接続ポール』の中から、あみだくじのように北北西《NNW》三四五度へと通じるルートを選んでいたのだ。

今朝、自宅から道をまっすぐ走ってここへと来たのだ。

だから、その逆だって――

（あとは、どうするのですか？）

（ここから直接家に帰る）

（ふえ⁉　カナエさまっ、それはどういう……）

（もう時間も止められないし俺も息がやばい。でも今時間が止まっているうちに家に着かないとゲームオーバー。だから滑り台を使う！　ゆき！　俺の思い描く通りに氷を作ってくれ！）

カナエはイメージする。

三〇メートルもの高低差を利用して、この場所から八〇〇メートル先の自宅に向かって一直線に下る最短ルートを——宙《そら》に掛かる氷の滑り台を。

カナエの思い描いた荒唐無稽な設計図を認識したゆきが、心細げに呟《つぶや》いた。

（……カナエ……、こんなもの、私にはできない……！）

（俺と契約して、ゆきは能力がコントロールできるようになった。だから、きっとできるよ）

カナエを見つめる瞳《ひとみ》の青い雪の結晶《クリスタルブルー》は心細げに揺らいでいた。

カナエが優しく微笑《ほほえ》むと、ゆきは決心したように両手を足場に付けて、眼《め》を閉じた。

——駆け抜けるような速度で青白い氷がカナエの足元から伸びていく。

氷は途中で折れることなく、目的地へと真っ直ぐ突き進む。

（できました……！）

数秒のうちに、街の外側から斜め下のカナエの自宅へと一直線に繋《つな》がる氷の滑り台が完成していた。

半円形状に表面を深く刳《く》り貫《ぬ》かれた構造は、滑り台として申し分ないものだ。

（これどちらかと言えばジェットコースターだよな……）

（ごめんなさい。もう、私は動けません……）

（ゆき、よく頑張ったな。もう動く必要はないぞ）

そう言ってカナエはゆきの肩と太ももに手を伸ばすと、正面から軽々と抱き上げた。

（ああーっ！　ゆきちゃんだけお姫様抱っこズルいですっ！）

（んなこと言ってる場合か！　ほらレヴィもこっちに来い！）

カナエはレヴィを呼び込み右手とゆきで挟み込むと、氷の網を後ろに逆走して距離を取る。

次の瞬間には全速力で駆け出して、飛び込むように氷の道に尻からダイブした。

（ぎゃああああああああああああああああああああああああああ!!）

ジェットコースターもかくやというスピードで、カナエたちは街の上空を斜めに滑り落ちていた。

摩擦係数が限りなくゼロに等しい氷の素材が、滑走するスピードを相乗的に加速させる。

（わあ！　景色がとっても綺麗ですっ！）

（これが、上から見た街……。みんな、生きてる……）

（お前ら平気かよおおお！　俺もう呼吸以前に心臓止まりそうなんだけどおおお！）

カナエたちの最大到達速度は実に時速六〇キロを超《こ》えていた。

計算にして四五秒で滑り台を完走する。

ぎりぎりカナエの呼吸が持つかどうかだった。

自宅が街の端っこに近いという偶然の立地条件が功を奏していた。

ただ一つ、問題があるとすれば……

（――カナエさまっ、これどうやって止まるんですかっ？）

(ごめん！　ちょっと荒っぽいことをする！)

(とっても今更ですよぉ！)

(カナエ、どうするの……？)

(滑り台の先に〝薄い氷の壁〟を沢山作ってくれ！　俺が踏み抜いて速度を落とす！)

ゆきは歯を食いしばって正面を見据え、右手を伸ばす。

平面四角形の薄氷を進行ルート上に幾《いく》つも生成する。

カナエは震えるゆきの右手をきつく握《にぎ》りしめる。

数多《あまた》の氷の生成や今しがたの氷の滑り台、『絶対空間《テレスティアル・グローブ》』による時間停止を連続行使したゆきの力は限界に達していた。


……ゆきを助けると啖呵《たんか》を切ったくせに、今だってゆきに負担を強《し》いなければ何もできない。

レヴィがいなければここまで来ることができなかった。

だから、無力なカナエでもできることは躊躇《ためら》いなく実行する。

しかしカナエにできることは、二人の代わりに体を張るぐらいで——


カナエは体を丸めつつ、両手を広げてゆきとレヴィを覆い隠す。

両足に衝撃が走り、じんとして感覚が麻痺《まひ》する。

踏み抜いた氷の破片が飛散して、カナエの頬や手足を切り裂いた。

酸素不足によってカナエの意識がぼやけていく。

今すぐにでも時間停止を解除して呼吸したかった。

カナエたちの滑走速度は確実に、徐々に落ちていった。

カナエは来たる最後の衝撃に備えて、滑りながらで体を器用に捻《ひね》って、ゆきの位置と交換した。

進行方向に背中を向けた形となる。

そして氷の滑り台は自宅手前で途切れ――カナエたちは玄関に投げ出された。

氷の壁を踏み砕いて尚未《なおいま》だに残る勢いは、カナエを容赦なく玄関に叩《たた》きつけた。

（………。……お前ら大丈夫か……？　怪我《けが》とかしてない……？）

（私は大丈夫……でもカナエが、大丈夫じゃない……）

（カナエさまこそ大変ですっ！）

玄関で肉体を弛緩《しかん》させたカナエを、ゆきとレヴィが泣きそうな顔で心配していた。

痛みを堪《こら》えて顔を上げたカナエは、彼女らの無事を確認するとだらしのない苦笑いを浮かべた。

カナエの顔面は酸欠によって、赤色を通り越して青ざめていた。

（大丈夫そうだな……。ゆき、最後の大仕事だ。あの氷全部、なかったことにしてくれ）

ゆきは上空に築かれた氷のオブジェクト群を、強い意志と共にきっとひと睨《にら》みすると――氷の組成粒子を『分子運動操作』で剝離《はくり》させることにより――ゆきの生成した氷全てが溶けるように空間へと霧散して、大気へと還元された。

――ゆきの操る氷の正体は、固体化した窒素《ちっそ》氷晶だ。

大気中の七八パーセントを占める窒素《ちっそ》気体を、分子運動操作によって固体へと相転移させて自在に操る。

氷の固定や射出などの単純な座標指定動作をも分子運動操作によって制御を可能とする。

そして、凝固点マイナス二一〇度の窒素《ちっそ》氷晶にカナエたちが直《じか》に接することができたのは、窒素《ちっそ》氷晶表面の〝冷たさ〟をも内部へと押し込めていたからだ。

冷却に際して等価交換的に発生する排熱は、ゆきの能力では生まれない。

高速分子《あつさ》に関与せずに、低速分子《つめたさ》のみの自在制御を可能とする。

『現象妖精《フェアリー》』としてのゆきは、熱力学第二法則《エントロピーの》を突破する思考実験の果ての空想上の怪物、『永久機関の悪魔《マックスウェル》』をも超える存在だった。

『接続ポール』に展開された氷の網、宙《そら》に懸かる八〇〇メートルもの氷の滑り台が、ゆきの分子運動操作によって組成粒子ごと剝離《はくり》される。

分子間結合を解かれた窒素《ちっそ》氷晶は固体から気体へと逆戻りし、空気中に溶け込んで消えていった。

同時に『絶対空間《テレスティアル・グローブ》』の効果は終わりを告げ、止まっていた時間は再び動き出す――

「――ぜえ……はあ……ぜえ……はあ……ぜえ……はあ……」

玄関にもたれかかりながら、カナエの肉体は呼吸を欲することを止めなかった。

一時的な過呼吸症候群に陥っていた。

瞳には涙を溢《あふ》れさせ、唇の端からは涎《よだれ》が垂れ落ちている。

それでも、言わないと。

「……ただいま……」

＋＋＋＋＋

カナエたちの衣服はボロボロになっていた。

特に血で汚れたゆきの純白のショートドレスや、カナエの制服は先に着替えさせたほうがいいだろう。

しかし、カナエにそんな余裕はなかった。

「俺は、ゆきのことを何も知らない。だから色々と聞きたいんだけど……」

閉め切ったリビングにて、二人掛けの小さなテーブル越しにカナエとゆきは相対していた。

テーブルの上には透明なポットと二つのカップ、レヴィが使うドールハウス用カップ。

それらの中には紫色の液体が注がれている。

「これは……？」

「ラベンダーのハーブティーですっ！　美味《おい》しいついでに鎮痛効果があるんですよっ」

「レヴィはその左腕を心配してんだよ」

ゆきの左手二の腕部分は、血のにじむ包帯で巻かれていた。

ゆきを病院に連れて行くことはできない。

ただ幸いなことに、契約状態の『現象妖精《フェアリー》』は損傷《バグ》の修復が著しく速かった。

「俺は心配する以前に怒ってるからな。二度とそんなことするなよ」

「カナエ、レヴィ、ごめんなさい……」

「謝る相手が違う。ゆきを傷つけたゆき自身に対して謝るべきだと思うぞ。誰《だれ》も傷つけたくないからって、自分なら幾ら傷ついてもいいだなんていうのは、もう止《や》めにしような……」

「……はい……。私、ごめんなさい」

ゆきはカップの中に映る自分に謝った。

そしてハーブティーに口を付ける。

その温かさに目を丸くしつつも、僅かにカップを傾けてはほんの少しだけ口に含んでゆく。

「……で、質問なんだけどさ、なんでゆきは『時間を止める』ことができるの？」

逃走中は必死で考える余裕がなかったが、やはりどう考えてもおかしい。

ゆきの存在は、『現象妖精《フェアリー》』としての範疇《はんちゅう》を超えている。

「分子運動操作――氷を操る能力と、『絶対空間《テレスティアル・グローブ》』による時間停止は別物です。前者が、『現象妖精《フェアリー》』としての物理現象です。後者は、他の『現象妖精《フェアリー》』に干渉する権限です」

「……干渉する権限？　『現象妖精《フェアリー》』が同じ『現象妖精《フェアリー》』に対して命令できるっていうのか？」

「その通りです。地球圏に展開した『星空を満たすもの《エーテル》』を介して、『現象妖精《フェアリー》』に干渉することができます。それによって発せられる特定の命令は、『最上位要請《インペリアルオーダー》』と呼ばれるものです」

「なんだ、そのエーテルってのは？」

「媒体……領域を不可視の流体で満たし、入力した情報を揺らぎとして、彼方《かなた》まで届けるもの」

「もうちょっと日本語で喋《しゃべ》ってくれよ」

「私もレヴィも、日本語、喋《しゃべ》れません……」

「ああ、お前らが日本語喋《しゃべ》ってるんじゃなくて、俺が勝手に『ストレンジコード』を聞き分けてるだけだったな。……さっきのそれ、要は水面に小石投げつけたら波が広がっていく的な？」

「いんぺりあるおーだーとはなんでしょう?」

「なんかインペリアルって響きすごい偉そうだな。……偉いやつの命令?」

カナエはしかめっ面《つら》で、ゆきの情報を頭のなかで練り合わせていた。

『現象妖精《フェアリー》』に干渉する『現象妖精《フェアリー》』。

そんな話は聞いたことがないが、そもそも『現象妖精《フェアリー》』が生まれてから一〇年が経《た》った今でも一向に研究が進んでいない。

何もかもが手付かずで未知のままだ。故に、カナエが知らないというだけでは、その話を否定することはできなかった。

「……要するにゆき、お前は凄《すご》く偉いやつなのか? ゆきは『現象妖精《フェアリー》』の中でも特別で、ゆきの持つ『時間を止める』すごい能力を目当てに、あの黒ずくめの集団が追ってきてたのか?」

そうであれば、カナエたちが時間を止めて逃げてきたことも既に把握されていることになる。

「……私専用の『最上位要請《インペリアルオーダー》』の固有権限を、彼らは知りませんでした。私ですら、今日初めて緊急起動して、その内容を知りましたので……」

「なんだ、なら良かった——って、ちょっと待って」

一瞬安堵《あんど》したカナエは、断片的な単語の意味するところに理解が及び、目眩《めまい》を覚えた。

「黒ずくめどもは時間停止の力を知らない——ってことは、他にもゆきが追われる理由があるのか？」

「………」

「ゆきが逃げ出した『エーゲンフリート・ラボ』はアズガルド直属の施設だ。この神戸《こうべ》もアズガルドが作った街なんだけど、ゆきはあのアズガルドに追われてるのか？　下水道で通信してたゲス男が『灰谷義淵《はいたにぎえん》』とか『七大災害』って言ってたよな？　その言葉とゆきはどういう繋《つな》がりがあるんだ？　ゆきはいったいどれだけの理由で狙われてるんだ？　躊躇《ためら》いなく人を殺すようなヤバイ敵が、黒ずくめの他にも沢山いるのか？」

「――カナエさまっ！　落ち着いてくださいっ！」

思わず立ち上がったカナエを、宙に浮いたレヴィが引き止めた。

精一杯両手を広げるレヴィは、悲しげな表情を浮かべていた。

「……ゆきちゃんが、怯《おび》えています。こんなに強引なの、カナエさまらしくありませんっ……」

頭の俯《うつむ》き加減によって、煌《きら》めく銀髪が両の瞳を覆い隠す。

ゆきは、小さく震えていた。

「あ……すまん……」

再び椅子に掛け直して、ラベンダーティーを啜《すす》る。

ゆきと同じように、俯《うつむ》いて視線を逸《そ》らす。

レヴィに諭されて、カナエは自身の暴走を猛烈に恥《は》じた。

カナエは完全に冷静さを欠いていた。

「あのさ……その……えっと……」

カナエは取り繕うようにゆきに言葉を掛けるが、情けないことに続きが一向に出てこない。

多くを語らないゆきでも、これまでの境遇は何となく察しがつく。

色々な人間に、これ以上無いくらいに傷つけられてきたのだろう。

……そんなゆきを一緒になって傷つけてどうするんだ。

敵ばかりしかいなかったゆきの、味方になるんじゃなかったのか。

「――カナエさまは、ゆきちゃんのことをもっと知りたいんです。もちろんわたしも知りたいですっ。でも、それはきっと、ゆきちゃんにとって辛《つら》かったことや悲しかったことばかりだと思います。だから、今すぐじゃなくていいんですっ。落ち着いてから、また今度聞かせてくださいっ。……ゆきちゃんとは、これからずっと一緒なんですからっ……ねっ？　カナエさまっ」

「ああ、そうだな……。ありがとう、レヴィ」

〝これからずっと一緒〟というレヴィの言葉に、カナエは強く肯定することができなかった。

ついには会話が途切れた。

無言のままでいると、カナエは良くないことばかり考えてしまう。

先ほどゆきに浴びせた質問たちが、今度はカナエの頭のなかでグルグルと駆け巡っていた。

『アズガルド』、『灰谷義淵《はいたにぎえん》』、『七大災害』、『ゆきが追われる沢山の理由』、『ゆきを追う沢山の敵』。

それらの単語一つ一つが、個人では手に負えない規模のものだった。

そもそも、カナエはレヴィのような一般的なサイズの『現象妖精《フエアリー》』を匿《かくま》うつもりでいた。

ゆきの前でこそ自信を見せつけるが、この先も神戸《こうべ》で過ごしていける根拠はどこにもなかった。

どうしたものかとカナエは悩む。

せめてこの暗い空気だけでも変えたいと思っていたところ、

──ぐーぎゅるるるるる。

カナエは音のする方に目をやると、俯《うつむ》いたままお腹《なか》を押さえているゆきがいた。

+++++

「カナエさまぁ、甘《あま》いもの、なんにもありませんっ！　ケーキも今朝食べたので最後ですっ！」

「まじかよ……。確かに今まで、レヴィの分だけあればいいって考えだったからなあ……」

ゆきのような人間サイズの『現象妖精《フェアリー》』に、提供できる食べ物は何もなかった。

「カナエ、玄関にサトウキビ生えてた」

「ダメに決まってんだろ！」

ゆきを置いて買い出しに行くのは不安だ。

かといって、レヴィに買い出しなんて頼めない。

「デリバリー頼むか」

スマートフォンで一九七階層のケーキ屋を検索して、片っ端から電話していった。

『お昼までに全部売り切れちゃいまして』

『うち今バイト足りないんで配達受け付けてないんすよねー』

『シェフとオーナーが喧嘩《けんか》してそれどころじゃないんです』

『ケーキ屋やめてラーメン屋始めたんだ。一杯どうよ？』

『おかけになった電話番号は、現在使われておりません』

「クソ！」

カナエは携帯をベッドに投げつけた。

どうやら詰んだらしい。

どこか虚ろな表情でお腹《なか》をさするゆきを見かねたのか、レヴィは一つの提案をした。

「──ゆきちゃんを連れて、一緒に食べに行けばいいんじゃないでしょうかっ？」

「いやごめん、流石《さすが》にそれは……」

　このままずっと、ゆきを家に閉じ込めておこうとは考えていない。

機を見て外に連れ出してはやりたい。ただ、それが今日なのはマズイだろうと、楽観的なカナエでも言わざるを得ない。

「大丈夫ですっ。下水道は真っ暗だったのでカナエさまの顔は見られていません。それにあの黒ずくめの人たちのゴーグルから、映像の電波は送信されていませんよっ。送受信されている電波は音声だけでしたのでっ。そのゴーグルは全部壊しちゃったので、ひとまず安心ですっ！」

「いや電波って。なんでそんなことが分かるんだよ。レヴィの眼《め》がいいのと関係なくない？」

「あれっ？　――電波って見えません？」

「はあ⁉」

　おおよその電波は人間には視認できない電磁放射である。

　そして視認可能な特定の電波を光と呼ぶ。

「目を凝らすと薄い色がいっぱい見えるんですっ。色の種類で、どんな電波か分かりますよっ」

「いや普通人間は電波とか見えないんだけど！　というかなんで言ってくれなかったんだ⁉」

「ええっ⁉　当たり前だと思っていたのでっ……」

「レヴィ、私にも電波なんて見えない」

人間だけではなく、『現象妖精《フェアリー》』であるゆきにとっても電波は不可視であった。

「……レヴィは『現象妖精《フェアリー》』として物理現象を引き起こせないだけで、ちゃんと何らかの物理現象を司《つかさど》ってるんじゃないか？　というかやっぱ、『現象妖精《フェアリー》』の時点で物理現象だろ。実はレヴィ、ポンコツなんかじゃなくて、本当はすごいやつなんじゃや……」

「レヴィ、すごい」

「ふえええええええええええ!?　わたしがっ、ポンコツじゃないっ!?」

レヴィは興奮してリビングを飛び回る。

瞳の中の星々が、過去最大級に輝いていた。

「ノゾミ先生に今度レヴィを調べてもらわないとな」

これまで学校の旧実験室では、カナエばかりが研究材料になっていたのだ。

「そういえばカナエさまっ、学校はどうするんですかっ？」

「この土日で考えようか。まあ、そんなことは後回しで――」

カナエは今更レヴィの言うことを疑う気はない。

逃走に際して、レヴィはカナエよりも遥《はる》かに活躍していた。

その眼《め》の良さが、何か特殊な能力に由来するものだという納得感すらあった。

「――美味《おい》しいもの食べに行くぞ。研究区画からここまで、一〇〇階層くらい離れてるしな」

「やったぁー！」

「あの、カナエ……、私が外に行っても、いいのでしょうか？」

ゆきはおずおずとカナエを見上げる。

上を向いた際に銀髪が左右に流れ、青い雪の結晶《クリスタルブルー》が垣間《かいま》見《み》えた。

その瞳の揺らめきには、不安な感情と同時に、どこか期待感のようなものがあった。

「いいに決まってるだろ。ただ、その格好どうにかしないとな。……変装でもするか」

+++++

「きゃーこれカナエさまのぱんつでしゅ！」

扉越しにカナエはレヴィの悲鳴を聞いた。

「俺が都合よく女子用のパンツ持ってると思うか!?　小学生の時のブリーフで我慢してくれ」

「感触が気になります……穿《は》かないと、駄目ですか？」

「いいから穿《は》け！　ノーパンとか俺も気になるから！」

「ゆきちゃん！　足を広げてこれを上に持ち上げるんですよっ！」

――ゆきは服の着方を知らなかった。

『現象妖精《フェアリー》』はこの世界に関する知識を携えて〝抽出〟される。

しかし、その知識を応用できるかどうかはまた別の話である。

そしてこれまでのゆきは、花嫁装束にも似た純白のショートドレス一着で生きてきたのだ。

『現象妖精《フェアリー》』は現実世界に顕現する際、肉体と一緒に衣服をも構成することができる。

この初期状態は『標準状態《デフォルト》』と呼ばれるものである。

本来ならばゆきが身に纏《まと》う衣服の損傷《バグ》も自動修復されるはずだが、極度の疲労困憊《こんぱい》のなかで注がれる僅かな修復リソースは、左腕の刺し傷を優先していた。

「カナエさまっ！　ブラジャーは!?」

「だからねえよ！　てか、ゆきの胸にそれ必要ないだろ」

「何をおっしゃいますか！　ちゃんとふっくらしてますよっ？　わたしほどではないですが」

「マジで!?　……んなこと言われてもないものはないから」

「もー！　わたしはちゃんとおっぱいありますっ！」

「おめーのことじゃねーよ！　……ゆき、パンツと一緒に後で買うから、今はナシで頼む……」

「というわけでゆきちゃんはノーブラですよっ！　両手をバンザイしてくださいっ！」

「バンザイ……？　こうでしょうか？」

「ゆきちゃんの髪の毛長すぎてTシャツが入りません！　頭の上に掻《か》き上げてくださいっ！」

ゆきとレヴィの声は、傍《はた》から聞いてるとまるで仲の良い姉妹のようだった。

もっとも、下水道で出会った時の印象とは逆転して、今の状況ではレヴィが姉で、ゆきが妹であるが。

「ゆきちゃんの銀髪すっごくもふもふですっ！　今からTシャツ下ろしますねっ！」

「あっ……痛っ……。カナエ、胸のところが擦《こす》れて、とてもひりひりします……」

「絆創膏《ばんそうこう》でも貼ってやれ！」

カナエは無心を保つために、意味もなくその場を歩き回る。

「――カナエさまっ！　ばっちり終わりましたよっ！」

「まじかよ……クソ適当な服渡したはずなのに……」

あまりのゆきの似合いっぷりに、そのボーイッシュな美少女っぷりに、カナエは絶句した。

カナエが小学生の時に着ていた、白地の上に黒の骸骨が描かれたTシャツがひどく様になっていた。

またカナエは、ゆきの腰回りの細さに合わせて、これまた小学生時代に穿《は》いていた紺色のハーフデニムパンツを差し出した。

使い古されたお陰で生地《きじ》が所々剝《は》げているが、ゆきが穿《は》くとダメージ加工のホットパンツに変身してしまった。

Tシャツとデニムパンツも、ゆきのか細い肉付きに合わせると、どうにも丈の短さが際《きわ》どいものになってしまう。

Tシャツはおへその上で見切れて、デニムパンツは太ももの付け根近くまでを大胆に露出する。

垣間《かいまみ》見える繊細な胴回りのくびれに、すらりと伸びる手足。

雪原のような肌の白さが、カナエの網膜に焼き付いた。

そしてレヴィの言う通り小振りではあるが、それでもはっきりとした少女の胸の膨らみがTシャツの上から見て取れた。

「――カナエ、どうして固まっているのですか?」

ゆきはカナエを見つめて小首を傾げる。

腰までかかる銀髪が、はらりはらりとしなだれる。

「……いや、えっと……、その……。……そうだな！　ちょうど今考えてたところなんだよ。変装するなら、その長い銀髪はバッサリと切ったほうがいいかなって」

「カナエさまっ！　それはあんまりです！　髪は乙女《おとめ》の命なんですよっ⁉」

珍しくレヴィがカナエに反論した。

「でも、レヴィの長かった金髪だってバッサリ切ったぞ？　まあ今は元に戻ってきてるけど」

かつてうなじで切り揃《そろ》えたレヴィの波打つ金髪は、半年を経て背中半ばまで伸びている。

「……だってあの時はっ、カナエさまが切ったほうがいいって言ってくれたのでっ！」

「あれはレヴィの寝相が悪くて、目覚ましのベルに何回も髪が絡《から》まってて可哀想《かわいそう》だったから」

「ううっ、そんな裏事情があったのですかぁ……でもっ、ゆきちゃんはどうなんですかっ？」

「カナエが言うなら、そうします。私は……カナエの言う通りに、したいから……」

「やっぱりゆきちゃんも、わたしと同じなんですねっ」

「何が同じなんだ？　さっぱり分からんぞ」

謎の意気投合をするゆきとレヴィを尻目に、カナエはぶっきらぼうに言う。

「ともかく俺はゆきの髪を切るぞ。すまんが、その量の髪を隠しきれるほどの大きな帽子は家にない。そこまで長くて綺麗《きれい》な銀髪は、外国人が多い神戸《こうべ》の街でも目立ちすぎる」

「髪は長いと、綺麗《きれい》なんでしょうか……？」

「いやいや、ゆきは別に長髪も短髪もどっちでもきれ……ああもう！　ちょっと待ってろ！」

カナエは気恥《きは》ずかしさを隠すように、わざとらしく音を立てる足取りでクローゼットに向かった。

タンスの上から四段目の引き出しから、ステンレス製のハサミと空のスプレー容器、長めの白タオル、折り曲げ式のコンパクトミラーを取り出す。

今度は台所に行き、スプレー容器を軽くゆすいでから中を浄水で満たし、去り際《ぎわ》に棚からポリ袋を引っ摑《つか》む。

テーブルとシングルベッドの間の空間にポリ袋を敷き、重石《おもし》のように上から椅子を載せる。

最後に、椅子に座ったゆきが自分の顔を見えるようにと、コンパクトミラーの角度を調節してからテーブル上に配置した。

「じゃあゆき、そこに座ってくれ」

ゆきはちょこんと椅子に座る。

閉じた膝の上に両手を載せて、鏡の中のカナエを見やった。

「カナエさまは髪を切るのがとってもお上手なんですよっ！　料理だってちゃんと一人で作れます！　……でも、散髪屋じゃなくて、どうして自分で切るんでしょう？」

「……昔っから遊び相手もいないし、一人でできることは何でも暇つぶしにやってたんだよな。……料理とかもそうだけど、こういう一人で極められるものが俺の趣味なのかもしれん」

「つまりカナエは、一人ぼっち……」

「こらそこ憐《あわ》れむな！　人のこと言えねーだろ、てめーもぼっちだったろうがー」

「ひゃっ……ごめんなさい……」

カナエはふざけるように言いながら、ゆきの絹糸のような手触りの銀髪をわしゃわしゃと撫《な》でる。

……少し、後悔した。

シャンプーなんて使われたことがないはずのゆきの髪は、それでも目を背けてしまいそうな濃厚な〝女の子の匂い〟を空間に漂わせたのだ。

『現象妖精《フェアリー》』が『標準状態《デフォルト》』へと戻ろうとする修正力が、髪を常に清潔な状態に保っていたのだろう。

嗅覚《きゅうかく》が否応《いやおう》なく満たされると同時、何か硬いものが手に触れた。

それはゆきの左側頭部に留められている、三つの白い花弁を咲かせる雪待花の髪飾り。

「ゆき、悪いけどこの髪飾りも幽体化でしまってくれるか？」

「……できません。私にとってこの髪飾りは、肉体の一部として規定されています」

下水道で、ゆきの血は髪飾りにも跳ねていた。

カナエが拭き取った覚えはないのに、白い花弁に赤色は見えない。

左腕の刺し傷と同じように、それは肉体の損傷《バグ》として修復されていた。

「わたしが見たところ、ゆきちゃんの髪飾り、構造的に外せないようになってますよっ」

「別に付けっぱでも髪切るのにそこまで困らないけど。ただ、後で隠したほうがいいかな」

そう言って、カナエは作業を開始した。

ゆきのほっそりとした首にタオルを巻いて、Tシャツの下に髪の毛が入り込まないようにする。

今度は浄水を霧状に噴射するミストスプレーで、銀髪をほぐすように湿らせた。

ゆきの髪は長いが、バッサリと切る予定なので、濡《ぬ》らす髪は肩から上のものだけでいい。

カナエは取っ手の穴が指一つ分しかないステンレスのハサミを右手に携え、鏡越しのゆきを見つめた。

「俺女の子の髪形とか分からんから、レヴィと同じ感じに切るぞ」

「カナエの好きに、してください」

「ゆきちゃん、わたしより短くなっちゃいますねっ！」

カナエは切り口を探るように、ゆきの銀髪を見つめる。

そしてワイングラスを逆手で持つように、うなじ半ばの一房を、左手の指の間に挟み込んだ。

掲げてから手を離すと、水分を含んだ髪はさらりさらりと流れていく。

指の隙間から零《こぼ》れ落ちるそれは、まるで砂漠のひとすくい。

「……カナエ、何をしているのですか？」

半ば目的を忘れて銀髪のキャッチ&リリースを繰り返していたカナエは我に返る。

じっと動かずされるがままのゆきが、鏡に映ったカナエを不思議そうに見つめていた。

「いやごめん、なんか、女の子の髪とか触ったことないから、触《さわ》り心地《ごこち》すげーなこれ……」

「カナエさまぁ！　わたしの存在をお忘れですかぁ！」

レヴィはカナエにジト目を利《き》かせながら、小さい体を大きく張って抗議した。

「いや、レヴィ身長三〇センチだし、そもそも指で髪摘《つま》めないから感触が分からん」

「うう～、ちょっとゆきちゃんが羨《うらや》ましいですっ。わたしもゆきちゃんみたいに大きかったら、カナエさまにちゃんと散髪してもらえるのに。……女の子だって、分かってもらえるのにっ」

「あーもー、悪かったって。人形みたいに小さくても、レヴィはゆきと同じ女の子だからな」

「大丈夫です。きっとレヴィも、大きくなりますから」

全く根拠がないゆきの言葉でも、レヴィは多分に勇気づけられた。

主に自分の胸を見ながら。

「そういえば、レヴィの髪はどうやって……？　そのハサミだと、少し大きいです」

「眉毛用の化粧《コスメ》ハサミ買って使った」

ゆきにはその単語の意味が分からないのだろう。

カナエの手の平に収まる頭が、左に傾いた。

「こら、もう動くなよ。ハサミがブレると危ないからな。しばらくじっとしててくれ」

「……はい……！」

何故《なぜ》かゆきは目を瞑《つむ》って、来たる何かに備えるように、表情をほんの少しだけ強張《こわば》らせた。

ゆきの銀髪を弄《いじ》っているうちに切り口の目星を付けたカナエは、肩甲骨辺りの髪を左の指で挟む。

その指の内側に沿うようにして重ねた右手のハサミを、ゆっくりと閉じた。

――じゃきり。

その瞬間にゆきの髪ではなくなった銀の一房は、床に敷いたポリ袋にことりと舞い落ちた。

「……あれ……？　切られたのに、痛くありません……」

「んなことあるわけねーよ。髪の毛は肉体の一部だけど、神経も通ってないから痛みなんか感じないぞ。もしかして――痛いと思ってて、それでも我慢しようとしてたのか？」

「……髪を引っ張られると、すごく痛いので……ごめんなさい」

申し訳なさそうにゆきは言う。

レヴィは下水道での一幕を思い出したのか、瞳に涙を湛《たた》えた。

「――バカ。レヴィが泣き虫妖精なら、ゆきはごめんなさい妖精かよ。そう何回も謝るな、ゆきは何も悪いことをしていない。あと我慢もするな、自分が傷つきそうになったら俺に言え」

「………………はい……」

カナエは仕方ないといった微笑みを浮かべて、ゆきの頭を軽くぽんと撫《な》でる。

作業を再開した。

一旦髪を切り始めてしまえば、カナエは止まることはない。

自分で自分の髪を切って、人形サイズのレヴィの髪をも経験していたカナエにとって、ゆきの髪の攻略は存外簡単だったのだ。

まずは大まかなアウトラインを描くようにざっくりと切り落とす。

要《い》らない部分を気にする必要はないのだ。

カナエもゆきもレヴィも、ずっと無言だった。

じゃきり、じゃきりと軽快な音だけが響く。

「……カナエ、なんだか不思議です。気持ちよくて、ぽわぽわします」

ゆきが話しかけてきた頃には、気がつけば相当な時間が経《た》っていた。

長かった銀髪は、今や肩のラインまで短くなっている。

足元のポリ袋の上に、銀髪が羽毛のように散乱していた。

「確か、散髪時はハサミの振動がその髪を伝って、頭皮を軽く刺激するんだと思うぞ」

カナエは自前の雑学を披露《ひろう》するが、ゆきは聞いてはいなかった。

どこか無愛想さすら覚えるゆきの無表情が、同じ無表情であっても、少し緩やかになったような気がした。

レヴィはテーブル端に両足を投げ出し、両手で頬杖《ほおづえ》をついて、カナエとレヴィを笑顔で見守っていた。


じゃきり、じゃきりと音がする。

窓を閉め切った静かなリビングに、ただ延々と、ハサミと髪がリズムを刻む。

大雑把に切ったアウトラインに、カナエは繊細にフォローを入れていく。

ほんの少しだけ髪を指に挟み、指に重ねたハサミで切り取る。

僅かに切り込みを入れては、再度微調整を繰り返していく。

ゆきの肩のラインに沿って切り残されていた銀髪は、時間経過と共により短くなってゆく。

銀髪が短くなるにつれ、カナエのハサミを切り込むリズムが速まった。

終わりへと近づいた。


――――じゃきり。


「……ふぅ……。できたぞ、ゆき」

「…………」

ベッド横のゴシック時計を見れば三時を示している。

あの下水道での出会いから、僅か一時間半しか経《た》っていない計算になる。

それはどこか、遠い昔の記憶のような気がした。

カナエは少し後ろに下がって、ゆきのショートヘアの仕上がりを眼《め》を細めて確認する。

なかなか満足の行く仕上がりになっていた。

うなじ半ばで切り揃《そろ》えた銀髪は、丁寧に毛先を切り込まれてゆるやかにふわっとしている。

後頭部や側頭部を覆う髪、両耳から頬にかけてのサイドヘアのボリュームに厚みを残してメリハリをつけることで、髪全体の立体感を演出している。

ゆきがロングヘアだった時は、その髪質をストレートだとカナエは思っていたが、どうやら腰まで伸びる髪の自重で真っ直ぐに見えていただけだった。

髪の重みを取っ払ったショートヘアになってから、ゆきの銀髪の印象は一転して、髪はほころんでふわふわとした綿菓子のようだ。

「ゆきちゃん、とっても可愛《かわい》くなりましたねっ！」

レヴィはまるで自分のことのように喜んでいた。

「いや、まだ前髪が残ってる。ゆき、ちょっと眼《め》を閉じててくれよ」

「…………」

カナエはゆきの前方に回りこんで、眼《め》を覆い隠すほどの前髪に手を付けようとした。

「……って、寝てるのか？」

そこでカナエは、初めてゆきが眠っていることに気づいた。

ゆきは椅子に深くもたれ掛かり、リラックスした状態で肩を微《かす》かに上下させていた。

耳を澄ませば、すーすーと可愛《かわい》らしい寝息が聞こえてくる。

寝息と言っても、『現象妖精《フェアリー》』は生命維持に呼吸を必要としないので、これはただ肉体に空気を循環させているに過ぎないのだが。

カナエはゆきの前髪を切りながら、微睡《まどろ》むゆきを起こさないように小声でレヴィに話す。

「レヴィ、ゆきはいつから寝てたんだ？」

前髪をほんの少し左の指で挟んでは、ぱさりぱさりと切り詰めてゆく。

「ずっと前からゆきちゃんは寝てましたよっ。カナエさまは集中してらっしゃったのでっ」

目の前で安らかに眠るゆきを、カナエはさも嬉《うれ》しそうに、少し恥《は》ずかしそうに眺めていた。

「でも、なんで散髪されてると寝ちゃうんでしょうねっ。わたしも前は寝ちゃいましたし」

「散髪中はぽわぽわして気持ちよくなるって、さっき言っただろ？　でも、それだけじゃ眠れないかな。単純に疲れてたのもあるんだろうけど……それでも大切な所を預けても良いと思える人じゃないと、散髪中に眠れない気がする。俺が勝手にそう思っているだけかもしれないけれど——俺だってそうだったからさ」

ゆきは、もう既にカナエのことを信用してくれている。

それが、カナエには嬉《うれ》しかった。

「カナエさまは自分の髪を切りながら眠れちゃうんですすねっ。すっごく器用ですっ！」

「器用すぎんだろ、どんな夢遊病者だソイツ。俺もしてもらってたんだよ……母さんに、昔」

「カナエさまの、お母さま……？」

「あ、できた」

カナエはまた少し後ろに下がって、ゆきの銀髪のショートを確認した。

心なしかゆきの左目の方向に逸《そ》れて伸びる前髪が、ふんわりと広がるサイドヘアによく似合っている気がした。

まだ、終わりではない。

今でこそゆきは眼《め》を閉じているが、瞼《まぶた》の中に宿す瞳は人間にはありえない青い雪の結晶《クリスタルブルー》の紋様だ。

前髪を切らないでいても良かったが、ここまでやっておいて肝心の場所に手を付けないというのをカナエは許せなかった。

だから、隠さないといけない。

カナエはクローゼットへと向かうと、一番下の引き出しから古びた帽子を取り出して、ぱんぱんと丁寧に叩《はた》いて埃《ほこり》を取り払う。

それをすやすやと眠るゆきの頭部に、そっと置いた。

ラフな銀髪のショートの上から、目を隠すようにつばを目深《まぶか》に被《かぶ》らせる。

灰と黒《モノトーン》でグラフチェック模様を描く洒落《しゃれ》たキャスケットは、ゆきのボーイッシュな美少女っぷりを増させた。

「カナエさまって帽子持ってたんですか？　さっき、長髪を隠せる大きさの帽子はないと……」

「目を隠せるぐらいの帽子なら、ずっとしまってたからな。それは、父さんの」

「カナエさまの、お母さまに、お父さま……。今はどこかにいらっしゃるのですかっ?」

「言ったことなかったっけ。七年前の『神戸《こうべ》グラビティバウンド』で被災死した一三六人の内の一人が、俺の母さんだった。……ちょうど、避難誘導が遅れた区画だったらしい。俺はその時、自然学校に行ってたから助かった。今俺がそれなりの生活を一人で送れてるのは、見舞金名目で毎月お金が振り込まれてるからなんだ。確か名義は国からだったような……」

何でもないようにカナエは言う。

結果的に母を殺した市政を、恨んでいないと言えば嘘《うそ》になる。

しかしその恨みは、『七大災害』を引き起こした『現象妖精《フェアリー》』という存在にも向かってしまう。

カナエは彼女たちを恨むことができない。

だから、そんな感情は風化させると決めていた。

「…………お父さまの方は?」

「全然記憶にないし、今どうしているかも分からないかな。俺が小さい頃に母さんと別れて、ほとんど母子家庭として育ったし。母さんは父さんのことを酷《ひど》く嫌っていたけど、その男物のキャスケットは父さんの唯一の形見として、なぜか昔、母さんが俺にくれたんだ」

「……わたしはカナエさまのメイドなのにっ、カナエさまのことを何も……うぅ、ひっぐ……」

「なんかごめんな、湿っぽい話して――その、ありがとう」

「ほえ？」

自分のために泣いてくれたレヴィを、カナエは泣き虫妖精と責めることはできなかった。

しかしカナエは、レヴィに聞き返されて恥《は》ずかしくなったのか、話題を逸《そ》らすように提案する。

「……そうだな、レヴィも少し寝てろよ。今三時だろ？　四時になったら出掛けるから。ちょうどその頃には、ゆきの左腕の傷も治っているだろうし」

「なんで四時なんでしょう？」

「今朝、約束しただろ。三ツ星フランス洋菓子店『ルネ・ベルモンド』のいちご尽くしケーキ」

「あっ、ルネは閉まるのがとっても早いですからねっ！」

「ゆきは道端《みちばた》のサトウキビ以外食ったことないって言うしな……」

「わたしもゆきちゃんの喜ぶ顔がみたいですっ！　ではっ、しばしお休みなさいっ」

椅子に座るゆきのむき出しのふとももにレヴィはゆっくりと降り立つと、甘《あま》えるようにゆきの手を取って共に眠りにつく。

瞬く間に、二つの静かな寝息がカナエの耳に届いていた。

「寝るの早すぎだろ！」

カナエは二人掛けテーブルのもう一方の椅子に座って、仲睦《むつ》まじく眠るゆきとレヴィを見守っていた。

するとポケットから突然、携帯の着信音が鳴り響いた。

着信相手を確認すると——

「——ぐえっ、ノゾミ先生……」

2

一九七階層の神戸《こうべ》の街並みにカナエたちはいた。

カナエの左肩にはレヴィが留まり、カナエの左斜め後ろをゆきが歩いている。

ゆきは周囲の視線に怯《おび》えるように、灰と黒《モノトーン》のグラフチェック・キャスケットのつばを左手で目深《まぶか》に引き下げた。

「左腕の傷、もう大丈夫か？」

「はい、問題ありません。……それよりも、さっきから皆さんが、こちらをじっと見ています」

ゆきは一見して、ボーイッシュな絶世の美少女だった。

白地の上に黒の骸骨が描かれた、おへそまでの丈しかないTシャツを着て、ダメージ加工が施されたホットパンツ〝らしきもの〟を穿《は》いている。

九月初めの残暑の午後、惜しげもなく晒《さら》される季節違いの雪原のような柔肌。髪の色も人目を惹《ひ》く。

うなじ辺りで切り揃《そろ》えられた、ゆるやかにふんわりとほころぶ銀色のショートヘアも相まって、どこぞの外国人モデルと勘違いされてもおかしくない風貌《ふうぼう》をしている。

その目つきこそ目深《まぶか》に被《かぶ》ったキャスケットのつばで隠されてはいるが、小顔を描く両頰と顎の輪郭、整った鼻梁《びりょう》、桜色の艶《つや》やかな唇を見て、ゆきの美しさを察せないわけがない。

そんなゆきを、薄手のブラウン・パーカーに黒のカーゴパンツという極めて平凡な格好をしたカナエが、その左横に侍《はべ》らせているのだ。それが不釣り合いに見えるのだろう。

ゆきに向けられる憧れの視線と同数の、「なんであいつが」といった妬《ねた》みの視線がカナエに向けられていた。

「……カナエ……あの、カナエ……もしかして私、女の子らしくないのですか？」

ゆきは心細げにカナエに寄り添った。

一瞬、ビクリとして距離を離しそうになる。

「……いや、その、実際ザ・女の子みたいな格好ではないんだけど、ゆきみたいな女の子が男の子らしい格好をすると、かえって女の子らしさが強調されるというか、何と言うか……」

「カ・ナ・エ・さ・まっ！　ゆきちゃんにハッキリと言ってあげてくださいっ！」

左肩に乗るレヴィが、しどろもどろのカナエをジト目で戒める。

実際、誠実に答えてあげるべきなのだ。

ゆきは向けられる視線の意味がまるで分からず、本当に不安がっている。

「その、なんだ、要するにゆきが綺麗《きれい》だから、みんな見惚《みほ》れてるんだよ」

レヴィはよくできましたとばかりに両手で丸を描く。

カナエは気恥《きは》ずかしさを隠して、ずんずんと前を歩いた。

少し歩いてから振り返って、そこでゆきが立ち止まっていることに気づく。

「カナエさまっ！　ゆきちゃんがナンパされてます！」

俯《うつむ》いて頬を朱に染め固まるゆきに、ガラの悪そうな青年二人組が寄り付いて口撃を受けていた。

「おれらとお茶しない？　てかこの帽子邪魔だから取っていい？　眼《め》見えないんだけど」

「この子スタイルめっちゃヤバくない⁉　銀髪ってもしかして地毛⁉」

「…………」

ゆきは青年たちの足元に視線を向けて、子リスのように肩をビクビクと震えさせていた。

ゆきは青年たちを拒絶することができない。

そもそも、ゆきの口から発せられる言語は、カナエにしか理解できない『ストレンジコード』だ。声を聴《き》かれたら、眼《め》を見られたらアウトだった。

青年の一人がゆきの目深《まぶか》に被《かぶ》ったキャスケットに手をかけようとしたところで――たまらずカナエは駆け出した。

青年たちの間に割って入って、ただ一言をきっぱりと言い放つ。

「――俺の彼女なんですけど！」

カナエはゆきの左手をさっと握って、青年たちの間に挟まれたゆきを引き抜いた。

「はあ⁉　おめーみたいな地味メンにこんな可愛《かわい》い女が似合うわけねーだろ！　帰れや！」

「てかその子一言も喋《しゃべ》ってないんだけど。お前の彼女って言うんならなんか言わせろよオイ」

「………………」

不満げな青年たちは、足早に去りゆくカナエたちを追い掛けようとする。

「ゆき、ちょっと走るぞ！　前見なくていいから、足元だけに気をつけて！」

「……カナエ、ありがとう……」

カナエはゆきの手を取って、人混みの中を掻《か》き分ける。

ひんやりとしたゆきの体温をカナエはその手に感じながら、数時間前に電話で伝授されたノゾミの教えを思いだしていた。

――シャキッとして、自信を持ちたまえ。カナエ君がリードするのだよ。

++++

『――要するに、カナエ君は二九三階層の避難騒動に巻き込まれはしたが、それ以上のことは何もないと？　本当にその言葉を信じていいのかね？』

「本当ですよ！　てかなんで、さっきからそんなに疑っているんですか！」

『最新の研究区画で、『隔壁』が降りるレベルの出来事だろう？　そんなもの、『現象妖精《フェアリー》』に決まっているじゃないか。だとすれば、『現象妖精《フェアリー》』大好きなカナエ君が、突っ込まなくてもいい首を無理やりねじ込んでてもおかしくはないからね。むしろ、これまでの君には前科がある。それこそ少年院に連行されるまで至った、馬鹿なマネをしでかし続けた過去がね』

「それはそうですけど、でも今回は大丈夫です！　本当に本当に……俺の方からは何もしてません！」

嘘《うそ》は言っていない。

ただカナエは、自分から巻き込まれにいっただけだ。

『そこまで言うなら不問にしてあげよう。……それよりも、さっきの話の続きが聞きたいが』

「えっと……女の子は、どうすれば喜んでくれるのか、なんですけど……」

『まさか、いつの間にかカナエ君に彼女ができていたとはね。学校ではカナエ君が前科付きだと知られているから、きっと他の所の子だろう？　いったいどうやってたぶらかしたんだい？』

「たぶらかしてませんし、彼女じゃないですって！」

『カナエ君が女の子の髪を切って、しかもその最中にぐっすり寝ちゃった、と。そこまでカナエ君を信用してくれている女の子を、カナエ君は彼女じゃないと言い切るのかい？　それは女の子にとっても失礼なことじゃないかね。というか君、巡ってきたフラグをへし折れるほど女の子に恵まれていないだろう。ここでがっつかないと、永遠に童貞のままだろうねえ』

「うう……とりあえず童貞云々《うんぬん》は置いといて、教えてください。俺は、どうすればいいですか？」

『まずは女の子の特徴を言いたまえ。話はそれからだね』

「……その、笑わないでくださいね。すっごく綺麗《きれい》で可愛《かわい》くて、でも自覚がないみたいで、それどころか自分のことにまるで無頓着で、服は着回しで、同じものしか食べてなくて……なんだか、何も知らないような感じがするんです」

『要点を纏《まと》めると、その女の子は、自分が女の子であることに無知であると。それはまるで、純粋無垢《じゅんすいむく》な『現象妖精《フェアリー》』のようだね。——その女の子、本当に人間かい？』

「何言ってるんですか！　ちゃんとした人間ですよ！　俺は現象妖精《フェアリー》学の講師みたいに人形サイズに興奮なんてしませんから！」

『今時珍しい性質ではある。でも、だからこそカナエ君を好いていてくれるのだろう。今現在のカナエ君を、色眼鏡なく見てくれる女の子はとても貴重だよ。絶滅危惧種と言ってもいい』

「で、ノゾミ先生、いったい俺はどうすればいいんですか……？」

『縋《すが》るような声で言うな、甘《あま》える相手が違うぞ。それに簡単なことだよ。その女の子は何も知らないのだろう？　ならば、カナエ君が教えてあげればいい。それこそ、女の子である喜びを』

「そんないっぺんに全部は無理ですよ俺……」

『ならば、先ほど言っていた三つを実行しよう。可愛《かわい》い服を一緒に選んで、美味《おい》しいものを一緒に食べて、そしてその女の子に、自分がれっきとした女の子であることを知ってもらう』

「最後の知ってもらうってのは、どうすればいいんですか……」

『押し倒せ』

「無理です！」

『甲斐性《かいしょう》なしだなあ、ではキスにしよう。そう、服と食べ物とキス。ちなみにこれは、奇《く》しくもデートの基礎的三原則と呼ばれている。衣食チュウ……ふふっ』

「絶対今適当に考えたでしょ！　最後のはやりませんけど、残り二つはちゃんとします。というか、この後で一緒に食事する予定だったんで」

『では食事後に、服も一緒に選んで買おうか。さっきのは冗談で、別に強引にいかなくてもいい。一緒にいるだけでいいんだ。あとは時間がその女の子を――女の子にしてくれるはずだよ』

「……俺にそこまでの価値あるとは思えないんですけどね……」

『君まで自らの価値を貶《おとし》めてどうする。聞いたところ、その女の子は自主性に欠けているようだね。ならばせめてカナエ君はシャキッとしたまえ。しっかりリードするのだよ』

＋＋＋＋＋

カナエとキャスケットを被《かぶ》ったままのゆきは、『ルネ・ベルモンド』最奥《さいおう》のカップル席に案内された。周囲に他の客はおらず、ゆきの声が聴《き》かれる心配はなかった。

「ご注文のいちご尽くしケーキ二つになりまーす」

垢抜《あかぬ》けたルネのメイド服を着た女性が、二つの皿とドリンクを危なげもなく運び、てきぱきとナプキンを敷いて銀食器《カトラリー》を配膳する。テーブル端に座るレヴィはしきりに感心していた。

「わたしもあんなふうに、しっかりしたメイドになりたいものですっ」

「レヴィは、充分しっかりしています。頼りにしています」

カナエとレヴィの対面に座るゆきは、至って真面目な口調で言う。

しかし、ゆきの目線はレヴィにではなく、目の前のケーキに釘付《くぎづ》けだ。

漂う甘《あま》い匂いに、くんくんと鼻をひくつかせた。

「というかゆき、その気になればサトウキビ以外のものだって食べられたよな？」

気になってカナエが聞くと、ゆきは目線を落とした。その無表情に僅かな陰りを浮かべて語る。

「……そのような状況は、何度かありました。でも、許されないことだと、思っています……」

ゆきはいつだって自罰的だ。カナエはそれを、無理やり説得すべきではないと思った。

今はまだその時ではない。

だからゆきの言葉の文脈に合わせて、無理矢理にでも食べさせる方向に誘導する。

「なら、俺が許すよ。俺が買ったケーキだ。それを俺が、ゆきに食べて欲しいと言ってる。ちなみにそのケーキを食べないのは、俺が許さないからな」

「わたしもゆきちゃんがケーキを美味《おい》しそうに食べないと、ゆ、許さないですっ！」

「……意外と、強引ですね……」

「つべこべ言ってないでさっさと食おうぜ」

カナエは自分のケーキを切り分けて小皿に載せる。

テーブル端のレヴィにすっと差し出すと、レヴィは「わあ！　わあ！　わあ！」と嬉《うれ》しそうに手を叩《たた》いて、妖精用《ミニ》フォークを握りこんだ。

「ゆき、ものを食う前はこう言うんだよ。いただきまーす」

「……い、いただきます……？　こうですか？」

「いただきますっ！」

レヴィは言うが早いか、ケーキの切れ端にミニフォークを差し込んだ。

掘削機のように抉《えぐ》っては口に運び、「んまあっ！」「ひあわへ！」「とりょけますっ！」などと一人勝手に感嘆する。

瞳の中の星々を輝かせて、めくるめくいちご尽くしケーキの世界へとトリップしていった。

「レヴィはもうちょい静かに食えよ……って、ゆきはなんで食わないんだ？」

ゆきはまるで暗殺者のようにフォークを逆手に構えて、困惑した表情をカナエに向けていた。

「どうやって、食べればいいのでしょうか？」

「そっか、食ったことなかったら知らないよな。この銀色の尖《とが》ったやつ、フォークっていうんだ。ケーキを食べる時はな、このフォークを、ボールペンを持つような感じで握りこむ」

「ボールペンとは……？」

「ボールペンも知らないよな！　えっと、親指と人差し指の間に……サトウキビを添える感じ！」

何を言っているんだ、とカナエは自分に突っ込む。

しかし、ゆきはその言葉で持ち方を理解したようだった。

ぎこちなくもフォークを握りこむことに成功したゆきは、そのフォークの矛先《ほこさき》を、ケーキに敷き詰められた輪切りの苺《いちご》に向ける。

おっかなびっくりといった様子でその苺《いちご》の一つにフォークを貫通させたゆきは――そのまま深く突き刺してケーキを真っ二つに引き裂いてしまった。

切り口から赤いムースが溢《あふ》れ出し、輪切りの苺《いちご》は皿の上に散乱する。

「……あの……。……カナエ、このフォークというものは、私には使えません……」

押して刺して運ぶ。その力の塩梅《あんばい》すらも、何もかもが初めてのゆきには分からないようだ。

ゆきはどんよりと落ち込んだ。

そこに追い打ちを掛けるように、ぐーぎゅるるるるると音が鳴る。

さしものゆきも我慢できなくなったようで、ナプキンの上にフォークをとんと置いて──潰れたケーキにそのまま顔を近づけた。

「ストップ！　待て！　ストーップ！」

慌ててカナエはゆきを制止する。

ゆきには、人間の女の子として生きて欲しいとカナエは思っているのだ。

「カナエ、お腹《なか》が空《す》いて、苦しいです……」

犬のように食べて欲しくないが、かといって食べ方を教える時間はない。

「フォーク借りるぞ」

カナエはゆきのフォークを手に取って、目の前にある〝綺麗《きれい》な方の〟ケーキに突き刺した。

レヴィの分を切り分けただけで、このケーキをカナエはまだ口にしていない。

そうやって一口サイズに誂《あつら》えたケーキを右手のフォークに載せて、空腹で虚ろげなゆきの口もとまで運んだ。

「今日は食べさせてやるから、次からはフォークで食うんだぞ。ちゃんと教えるからな」

「……お願いします……」

ゆきは目の前のフォークに顔を近づけるでもなく、その場で口を小さく開けてみせた。

上目遣いのその顔付きは、餌を待つ雛鳥《ひなどり》のようで。

言葉通り、ゆきは食べさせてもらうつもりらしい。

カナエは今更言葉を訂正するわけにもいかず、小さく開いた口の中にケーキを差し出した。

「…………！」

――ゆきは目をぱちくりとさせた。

ゆきはただ生きるためだけに、サトウキビから必要最低限の糖分しか摂取してこなかったのだ。だから、初めて口に含んだケーキの濃厚な甘味《あまみ》に驚いているらしい。

「食べないのか？」

そう言われて、ゆきはおずおずと口を閉じる。

カナエは唇の隙間からフォークを引き抜くと、口の中のケーキをゆっくりと咀嚼《そしゃく》するゆきを観察していた。

カナエの方に上目遣いで向けられたその顔付きはいつもの無表情のままで、一見したところ変化は見られない。

カナエは少しだけ残念がった。喜ぶゆきの顔が見たかったのだ。

カナエは黙ってゆきを観察していると――ゆきは何の前触れもなく前のめりに揺らいだ。

「おい大丈夫か！」

テーブルにぶつかるすんでのところで、ゆきの肩を両手で受け止める。

キャスケットがテーブル上に落ちた。

「ゆきちゃんどうかしたんですかっ⁉」

いちご尽くしケーキの世界に没入していたレヴィが、騒動に気づいてゆきを心配した。

「ゆきがケーキ食ったらなんか急に気絶したんだけど！」

「あっ……、そういうことならゆきちゃんは大丈夫ですよっ」

「どういうことだよ⁉」

「きっと、びっくりしちゃったんですっ。『現象妖精《フェアリー》』は、すっごくお腹《なか》が空《す》いてる時にすっごく甘《あま》いものを食べちゃうと、美味《おい》しすぎて意識がぶっ飛んじゃいそうになるんですよっ」

「なんだそれ……。でも確かに、レヴィと出会った頃にそんな記憶があったような……」

「本当に意識がぶっ飛んじゃうのはわたしもびっくりしましたけどねっ！　でもカナエさまっ、それよりも早くゆきちゃんを起こしましょう！　店員さんがこっちに来ちゃいますっ！」

カナエは慌ててゆきのすぐ横に回りこむ。

机に伏せたゆきの肩を揺するが、全く反応がないので――心のなかで謝りながら――ゆきの額に強烈なデコピンを叩《たた》き込んだ。

「………あれ？　カナエ、私は何を……おかしいです、なぜ私は、泣いているのですか

「……？」

時間差《タイムラグ》を経て、ゆきはしとしとと泣きだした。

瞳《ひとみ》の青い雪の結晶《クリスタルブルー》に涙を湛《たた》える様子は、カナエにとってても感慨深い。

でも今は、落ちたキャスケットを被《かぶ》らせてその瞳を隠す。

さっと席に戻った。

「——お客様、どうかされましたか？」

「すいませんミルクティー二つ頼めますか！　妖精用《ミニ》ストローも付けてください！」

「はい。かしこまりました」

キャスケットの下で、ゆきは静かに泣いていた。

ただじっと、言葉も嗚咽《おえつ》も漏らさずに。

「………………………お願いします」

しばらくしてからゆきはカナエにそう言うと、また上目遣いで口を小さく開けた。

カナエは一口サイズのケーキをフォークに載せて、ゆきの口の中に運ぶ。

唇の隙間から引き抜いてはケーキを一口サイズに誂《あつら》えてと繰り返す。

「どうだ？」

「……美味《おい》しい、です……」

「もーっ！　ゆきちゃんだけカナエさまに食べさせてもらうのずるいですっ！」

「じゃ、ほら」

今度は欠片《かけら》サイズのケーキをレヴィの口もとに運んだ。

はむっ、とレヴィは欠片《かけら》を頬張る。

「同じケーキでも、カナエさまからいただけると何十倍も美味《おい》しいですっ」

「そんなもんかなあ……？」

運ばれてきたミルクティーを、ゆきとレヴィは同じコップからストローで飲む。

「咥《くわ》えて吸うだけでいい」という使い方を、ゆきはぎこちなく実践している。

コップの傍《かたわ》らに立つレヴィは、直径が爪楊枝《つまようじ》サイズのミニストローでちびちびと幸せそうに飲んでいた。

ただ、レヴィはカナエが引くレベルでシュガースティックを投入していたので、ミルクティーは目を背けたくなるぐらいドロドロになっていた。

「カナエ、お願いします」

もはやゆきの中では、そう唱えればケーキが口内に運ばれるものだと認識されているらしい。

「あのなあ、ゆき。本当は、ケーキってこうやって食べるもんじゃないんだぞ？」

カナエは苦笑いで答えるが、右手のフォークはケーキの皿とゆきの口の中を往復していた。

「人間は、食べさせてもらわないのでしょうか？」

「だいたいの人は、自分で食うものだと思う」

「では、女の子は……？　女の子は、こうやって、食べさせてもらわないのでしょうか？」

「……あ」

そういえばここはカップル席だった。カナエは今更ながら、その行為の意味に赤面した。

＋＋＋＋＋

残暑の秋に、爽やかな風が街に吹き抜けた。

「――あのネバネバしたものは、なんでしょう……？」

「わたしも食べてみたいですっ！」

ゆきとレヴィがカナエの袖を引っ張って、トルコ風アイスクリームを売り歩く車を指さした。

「そこの真っ赤なザクロアイスくださーい」

「ハイマイドアリー！　アトキミ！　カワイイカノジョサン、ダイジニネ！」

褐色肌《かっしょくはだ》のお兄さんは人懐《ひとなつ》っこい笑みを浮かべて、フレンドリーにカナエの肩を叩《たた》いた。

「カナエ、お願いします」

トルコアイスは粘性が高いので、スプーンも使えないゆきは一人で食べられない。

「わたしもわたしもっ！　あーん！」

ゆきを備え付けの椅子に座らせ、はだけた太ももの上にレヴィが収まった。

高低差のあるそれぞれの口に、カナエはせっせと交互にアイスを運ぶ。

周囲から嫉妬《しっと》の視線がカナエに向けられており、ボーイッシュな美少女と平凡な少年とでは、やはり不釣り合いに映るらしい。

「――カナエ、あの透明で、ぷるぷるしたものは？」

「あそこのあんみつ屋さんとっても美味《お》しいんですよっ！　ゆきちゃんお目が高いですっ！」

「さっきからほんとよく食えるな……行くか」

カナエがそう言うと、ゆきは左手をすっとカナエに差し出した。

ゆきはいきなり道端《みちばた》に立ち止まってはぼうっとしたり、そして何回もナンパに合う。

一人で歩かせるのは不安なので、いつの間にかカナエがゆきの左手を引いてリードしていた。

それが、当たり前になっていた。

「ようおこしやす。ご注文はお決まりですかえ？」

言い方こそ古風だが、口上を述べる着物女性はゲルマン系の金髪美人だった。

「カナエさまっ！　ここはいつもの黒蜜《くろみつ》がけの抹茶《まっちゃ》あんみつにしましょう！」

ゆきは聞き漏らしてしまいそうな小さな声で「……それ、食べたいです……」と言う。

「じゃあそれで――じゃなくて！　黒蜜《くろみつ》がけの抹茶《まっちゃ》あんみつください」

「はて？　注文おおきに。こちらにお掛けしてくれやす」

案内された席は四人掛けで、ルネと違ってその席は常連らしき老人に囲まれていた。

ゆきの声が極力小さくても済むように、カナエはゆきを隣に座らせる。

間にはレヴィが挟まっていた。

「あれあれ、あったこうしてはるねえ。さあさ、仲良うおあがりやす」

レヴィが待ちきれないといった様子でカナエの膝を叩《たた》くので、先に小皿に取り分けた。

小さく潰してカットして、レヴィの食べやすいサイズに誂《あつら》えてからミニスプーンを添える。

「カナエ、お願いします」

今のゆきではみつ豆や寒天を掬《すく》うこともできないだろう。

「……一回自分で食ってみなよ。どんだけ時間掛かってもいいからさ」

「……〝今日は食べさせてやるから〟と、カナエはそう言ってくれました」

「妙な所で耳聡《みみざと》いな……。分かったよ、ほんと、今日だけだぞ」

カナエは呆《あき》れ顔で、みつ豆と寒天とシロップを一緒にスプーンに載せて、すぐ隣のゆきの口内に運んでいく。

ゆきは上目遣いのまま、ぱくりと唇を閉じてじっくりと味わった。

人知れず羞恥心《しゅうちしん》に悶《もだ》えるカナエ。

我関せずにカナエの方を向いて口をもぐもぐと動かし続けるゆき。

周囲に座る常連の老人たちが面白そうに囃《はや》し立てた。

「あらまあ、若いっていいわねえ」

「七〇年前は、わしもトメさんにあーんてしてたぞい」

「にしても、あの男地味じゃのう」

「いいじゃないの、男は中身よ。女の選択にケチつけないの」

生暖かい目線は、非難のそれよりもいた堪《たま》れない。たまらずカナエはこう言った。

「そろそろお腹《なか》いっぱいだろ？　だから、これ食べたら服買いに行こう」

＋＋＋＋＋

「じゃんじゃじゃーん！　清楚《せいそ》なお嬢さまに変身したゆきちゃんですっ！」

防音性の試着室から、ゆきとレヴィが姿を現した。

フリルエプロンの小さなメイドに連れられておずおずと試着室の扉を開けたゆきは、膝丈までである純白のノースリーブワンピースを身に纏《まと》っていた。

麦わら帽子を目深《まぶか》に被《かぶ》った姿は、なるほど休暇を避暑地で過ごす令嬢風だった。

「ちゃんと可愛《かわい》い下着も穿《は》いてるんですよっ！　もうカナエさまのおぱんつはポイですっ！」

レヴィのその言葉を受けてか、ゆきは膝丈のスカートの裾を両手でたくし上げてみせた。

「ポイしました」

「手を下ろせ！　パンツを見せろとは誰も言ってない！」

裾から手を離したゆきは、カナエ以外に自分の声を聴《き》かれぬように、努めて小さく囁《ささや》いた。

「ブラジャーというものも、着けてみました。胸を覆われる感触が、少し気になります」

今度は襟元を摑《つか》み、際《きわ》どい位置までぐいっと引き下げた。

「代わりにブラジャーを見せろとも言ってないからな！」

カナエはこめかみを押さえて、これからどうやってゆきに常識を学ばせようかと悩む。

「……で、それを着てみてゆきはどう思った？　俺は、その、似合ってると思うけど」

「私が着ていたものと、似ている気がします……。それが、私には……」

これまでゆきは、『標準状態《デフォルト》』である西欧の花嫁装束にも似た白のショートドレスを着ていた。

呪《のろ》いの装備のように、脱げないそれを、ずっとだ。

「じゃあ違うのにしよう。レヴィ、また着替えさせてやってくれ」

「お任せあれっ！　さーてゆきちゃん！　もーっといっぱい可愛《かわい》くしちゃいますよっ！」

レヴィはゆきを引いて試着室の中に戻る。

密閉された防音性の空間では、いったいどんなやり取りが行われているのだろうか。

仲良くじゃれ合って、それはきっと楽しげなものだろう。

「——ではこれはっ!?　金魚の模様が刺繡《ししゅう》された着物っ、本格和風美人のゆきちゃんです！」

銀髪の上から、大正時代を彷彿《ほうふつ》とさせるレトロチックな赤の帽子が被《かぶ》せられている。

「この全体的につばの広いお帽子で、ゆきちゃんのおめめケアも万全ですっ！」

「ちょっと待って！　このタグ数字が六桁ぐらい書いてるんですけど！」

「パンツとブラジャーを、レヴィに脱がされてしまいました。とてもすーすーします」

「そこまで本格的にする必要ないだろうが！　……で、その服はどうなんだ？」

一応カナエは聞いておいた。

「服が、重たいです……、それと、お腹《なか》を締め付ける帯《これ》が、窮屈で少し苦しいです……」

「あんだけ食ってたらそりゃあな。じゃあレヴィ、また頼んだぞ」

試着室の中には、大量の衣服を購入候補として寄せ集めていた。

その中で、ゆきがレヴィの着せ替え人形となる。

ファッションショーのようにカナエに見せつけては、試着室に逆戻りしてまた着替える。

それからも、カナエはゆきの着替えた姿を肯定するが、ゆきはなかなか首を縦に振らなかった。

似合っている似合っていないの問題ではなく、誰にも言い表せないゆきだけの感覚で判断しているのだろう。

カナエはゆきの些細《ささい》な自己主張を、大切にしたいと思った。

なかなか自分で決めることができないようだが、そんなゆきも三回だけ首を縦に振った。

「――わたしとお揃《そろ》いですっ！　さあ、ゆきちゃんもカナエさまにご奉仕しましょう！」

レヴィと同じメイド服。

黒のロングワンピースの上から白のフリルエプロンを着けた姿は、丈の長さやフリルの描き方に至るまで瓜二《うりふた》つと呼べるものだった。

ゆきの銀髪には白のフリルキャップが結び付けられていた。

「レヴィと、お揃《そろ》い……、カナエに、ご奉仕……。……これを、お願いできますか？」

二度目のゆきの頷《うなず》きは、やっぱりとでも言うべきか、カナエのお下がりと似たコーディネートだった。

おへそ丸出しの白地のタンクトップに――カナエのお下がりのTシャツよりも――挑発的に描かれた朽ちた骸骨が鎮座している。

穿《は》き物は、ダメージ加工によって傷《いた》み方が緻密《ちみつ》に計算された紺のホットパンツ。

お馴《な》染《じ》みのキャスケットを被《かぶ》る姿は実に様になっていた。

「カナエ、これがいいです。涼しくて、とても楽です。それになんだか、模様が素敵です」

何かにつけて、初めての記憶というものは価値観の形成に根深く影響する。

「……初動で失敗した気がする……もっとまともな服を着せておけば……」

「カナエ？　どうして、困った顔をしているのですか？」

そして三度目。

ゆきが納得した衣服には、さしものカナエも驚くしかなかった。

「どうですかカナエさまっ！　ゆきちゃんの名に因《ちな》むウィンターコーデですっ！」

膝先まで覆う灰色のダッフルコートに、黒に近い紅色のフレアスカート。

足は白のルーズソックスに覆われて、頭には毛糸で編まれた鮮やかな真紅のニットキャスケットを目深《まぶか》に被《かぶ》る。

ウールの手袋を両手に嵌《は》めてぱたぱたとそのつけ心地《ごこち》を確認するゆきの姿は、似合ってはいた。

「まだ九月だからな⁉　なんて暑苦しい格好なんだ……」

「カナエ、このぶかぶかの衣服は、何のためにあるのですか？」

「そりゃあ、雪が降ってるような寒い場所に着ていくんだよ。ゆきにはそんな予定ないだろ？」

「……あの……これを買ってもらえませんか？」

カナエがそう言うと、ゆきは手袋を嵌《は》めた両手をじっと見つめてから、ぽつりと呟《つぶや》いた。

「ん？　まあ、ゆきがそう言うのなら」

メイド服にタンクトップとホットパンツ、ウィンターコーデ一式という何とも珍妙な組み合わせの計三着をカナエは購入した。

値段は張ったが、どうせ一人では使い切れない見舞金だ。

誰かを幸せにできるならその方が良《い》いだろうと、カナエはどこか満足していた。

真空パックで圧縮されてコンパクトになった衣服を大きなリュックに詰め込んで、カナエたちは店を出た。少し先にある街の外側、淡く赤めく空の色が垣間《かいま》見《み》えた。

時刻は一八時半。九月初めの今ならば、地表ではきっと夕焼けが沈みきった頃だろう。

しかし、ここから見える夕日の色はまだ始まったばかりだ。

高度数十キロに存在する『逆さまの街・神戸《こうべ》』では、太陽の入射角の関係上、夕焼けの時間もその性質も全く異なっていた。

カナエはゆきの左手を引く。カナエとゆきの手の上に、バランスよくレヴィが座っていた。

「――あれれっ？　カナエさまっ、風が全く吹いてません。何か、おかしくないですかっ……？」

神戸《こうべ》の街では区画用空調機《フロア・ラギング》によって階層ごとに特定の気候を再現している。

確かに、入店前は秋風がそよいでいた。

「気にしすぎだろ？　さて、靴も買ったし、服も揃《そろ》えたし、夕日が沈むまでには家に帰るぞ。その前に食べ物を買い溜《だ》めしないと。……というか、これからどうするかも決めてかないとな……」

途中から独り言になったカナエの言葉に、ゆきは被《かぶ》せるようにしどろもどろに言葉を紡《つむ》いだ。

「……あの……カナエ……レヴィ……、私は……、これ……から……も――」

＋＋＋＋＋

「――こちら『フォネティック』二四《エクスレイ》班。約二一・五キロ先、『エルウェシィ』を捕捉しました」

「二五《ヤンキー》班、二六《ズール》班も射線を確保。これより射撃秒読みに入ります。スリィ、トゥ、ワン――」

幕間《まくあい》二『夢の終わり——Teardrop——』

階層と階層を隔てる分厚い地盤の中には、光源装置や区画用空調機《フロア・ラギング》などの諸設備とその整備ルームが内包されている。

一九七階層の天井にも、例外なくその空間は張り巡らされていた。

「『エルウェシィ』と通常個体の『現象妖精《フェアリー》』、そして例の少年——ムロツキカナエを確認しました。どうやら行動を共にしているようです」

床に寝そべった匍匐《ほふく》状態で、黒ずくめの男二人組が通信する。

外された光源装置の代わりには、定点観測用単眼鏡《スポッティングスコープ》と電磁投射式《ソレノイド》ライフルの銃口が天井からちらりと姿を覗かせていた。

『……よもや本当に、二九三階層から一九七階層まで逃げおおせたのか……。何をどうやって『フォネティック』の目を欺いたのか、全く見当がつかん……。まことに奇々怪々なことよ……』

「どうか『首領《オメガ》』の判断を」

『……まずは不確定因子たる少年を可及的速《かきゅうてきすみ》やかに沈黙させよ。……二四班《エクスレイ》は同じく天井裏に配置した二五班《ヤンキー》、二六班《ズール》と共に三方向から少年を同時狙撃。……次いで待機させている一班《アルファ》、二班《ブラボー》、三班《チャーリー》を突撃させて早急に『エルウェシィ』を確保するのだ。……それら一連の流れを観測部隊に監視させ、万が一の際は能力のカラクリを見極めよ……』

一旦通信が途切れると、今度は観測手が事務的に数値を読み上げた。

「電子照準器の規格を四番に変更。上に三・五ポイント、右に一・七ポイント……」

観測手の傍《かたわ》らには、重器材を首に繋《つな》がれた黒衣の『現象妖精《フェアリー》』が佇《たたず》んでいる。

狙撃に際して、空に反転して浮かぶ『逆さまの街・神戸《こうべ》』では重力加速度と地球の自転作用の影響が地表とは全く異なるため、正確無比な弾道計算を行うためには、重力を司《つかさど》る彼女を使う必要があった。

「……上に〇・五ポイント、右に〇・二ポイント……、……確定条件は風速〇・〇メートル」

一九七階層の区画用空調機《フロア・ラギング》を操作して、無風という狙撃に最適化した環境を作り出す。

観測手の的確な修正値を受けて、狙撃手が電子照準器の調整を逐一繰り返す。

狙撃手は告げる。

「充電しろ」

狙撃手の隣に座る黒衣の『現象妖精《フェアリー》』が、弦鳴器《ハープ》の如き鋭い鳴き声を上げた。

電荷変動に特化した彼女が、電磁投射式《ソレノイド》ライフルの銃床から伸びる送電コネクタを握りこむ。

初速二一五七メートル毎秒で撃ち出す炭素結晶弾頭《カーボニクスバレット》三五発分の大規模充電が、一瞬のうちに行われた。

「スリィ、トゥ、ワン——射て《ファイア》」
狙撃手は右人差し指に力を込めた。

＋＋＋＋＋

「……あの……カナエ……レヴィ……、私は……、これ……から……も——」
「——時間を止めてっ！」
突如としてレヴィが悲鳴を上げた。
それは本当にいきなりのことで、カナエは理由を問おうとして——次の瞬間には声は音として伝わらなくなっていた。
——地球圏に『星空を満たすもの《エーテル》』を急速展開
——全『現象妖精《フェアリー》』との連絡回路を確立
——最上位要請《インペリアルオーダー》『絶対空間《テレスティアル・グローブ》』を緊急起動します
——いきなりごめんなさい、じっとしてて——
世界の質感が一変する。

空気分子すらも完全静止する世界で声が、音響子《フォノン》が伝わることはない。

代わりにカナエは、『ストレンジコード』を介した脳内通話でレヴィに話しかけた。

（いきなりどうしたんだレヴィ⁉）

（カナエさまっ、慌てずに少し前に歩いてから、ゆっくりと振り返ってくださいっ。……すぐ右横、左斜め後ろ、真後ろですっ）

常駐する『除外フィルタ』が、カナエに接触する空気分子の静止状態をその都度解除する。

結果として、カナエは振り向いてその光景を目の当たりにすることができた。


目に見える距離に、それらはあった。

そのうちの一つは、時間停止前ならカナエの右耳寸前まで迫っていた。

――大口径の銃弾が三つ。

空気を切り裂くような乱流の波紋を描いて静止していた。

（カナエさまは狙撃されました……。誰かが、カナエさまを殺そうとしたんですっ。……あともう少しで、カナエさまが死んじゃうところだったんですっ……うぅ……う、うわーん！）

思わずカナエは静止する銃弾から後ずさる。

手を繋《つな》いでいたゆきがつられて揺らぐ。

（……カナエ、ごめんなさい……、私に、これからなんてものは、なかったのです……）

問題を先送りにして、見ないふりをして得た仮初《かりそ》めの日常――これから――があっけなく崩れ去る。

明確な殺意が込められた三つの銃弾は、カナエに日常の終わりを突きつけていた。

(見つかるにしても早すぎるだろ……！　研究区画から九六階層分離れてんだぞ！　街一つ一つが直径一五キロの規模なのに、なんでこんなにあっさりと！)

冷静さを欠いたカナエは、音のない空間で怒鳴り声を出そうとしていたことに気づく。

すると急激に息苦しさを覚えた。

いきなりのことだから、時間停止の前に呼吸を溜《た》めていないのだ。

(ともかく逃げるぞ！　あっちは知らないけど、ゆきは時間を止められるんだからな……！)

(それもダメなんですっ！　空気分子の動きを追跡する観測用『現象妖精《フェアリー》』がたくさんこちらを見ているんですっ！　囲まれているんです！　――時間を止めて逃げてもバレますっ！)

その言葉にカナエは目眩《めまい》を覚えた。

逃走において、カナエたちの優位点であり縋《すが》るもの。

それは敵が知らないもう一つの力。

あらゆる物理現象を機能停止《フリーズ》させて時間を止める、ゆきの『絶対空間《テレスティアル・グローブ》』だ。

時間停止した中でカナエたちが動くと、接触面に『除外フィルタ』が働き、動いた分だけ空気分子は押しのけられる。

レヴィの言うことはつまり、その空気の変化を観測用『現象妖精《フェアリー》』に追跡されるという話だった。

今逃げたところで、カナエたちの逃走経路が特定される。

――唯一の有利すら潰された。

（……カナエ、どうすれば……）

ゆきは繋《つな》いでいた手をぎゅっと握る。

伝わる不安。

そこでカナエは、守るべきものを思い出した。

――助けて。

後悔はしていない。

諦めはしない。

これからどうなるなんて分からない。

それでも、今はただ逃げるしか道はない。

カナエは、酸素が行き届かない脳をフル回転させた。

（ゆき、時間停止はあと何回できる？）

（……一回だけです……。『最上位要請《インペリアルオーダー》』緊急起動に『星空を満たすもの《エーテル》』を、無理やり展開したので……）

（レヴィ、三つの弾がどこから飛んできたか、その銃口の角度まで見えるか？）

（今三ヶ所とも確認しましたっ……、天井裏から正確にカナエさまの頭部を狙ってますっ……）

話を聞いたカナエは、ふと静止する銃弾へと歩き出した。

つられてゆきも歩き出す。

（ゆきはもう少し左に寄って。レヴィも手の上に乗って、泣くのはやめていつもの笑顔だ）

（カナエ……、何をするつもりなの……？）

（カナエさまは、いったい何をっ？）

空気を引き裂いて静止する銃弾に、カナエは顔を近づけて振り返る。

三つの銃弾はすぐ右横、左斜め後ろ、そして真後ろに配置される形となる。

それは奇《く》しくも時間停止前と同じ光景だった。

少しばかしは移動したがこれくらいなら誤差だろうと、カナエは肝を据えて言い聞かせた。

（いいか、これはゆきの能力と、レヴィの目の良さがないと絶対にできない作戦なんだ――）

3
三章
ギエンの子どもたち
——Seven sisters, and more——
PHysics PHenomenon PHantom

1

「スリィ、トゥ、ワン——射て《ファイア》」

狙撃手がトリガーを引き、電磁投射式《ソレノイド》ライフルの銃口から初速二一五七メートル毎秒炭素結晶弾頭《カーボニクス・バレット》が射出された。

観測手は定点観測用単眼鏡《スポッティングスコープ》を覗《のぞ》きこんで状況を確認する。

銃弾は二・五キロ先の少年の頭部寸前まで一秒未満で到達して、

——少年の耳元で空間が爆《は》ぜた。

『……突撃を開始せ——』

「——いいえ『首領《オメガ》』、銃弾が防がれました……！　どうやら二五班《ヤンキー》、二六班《ズール》の狙撃も被弾していません。……淡青色《たんせいしょく》の立方体が三つ、少年の周囲に浮かんでいるようです」

観測手が慌てて部隊間通信で連絡を取り合う。

手はずではもう既に少年は沈黙し、取り残された『エルウェシィ』を遊撃部隊が制圧しているはずだった。

『一三班《マイク》からの報告です。観測用『現象妖精《フェアリー》』が目標の存在する空間に一瞬、奇妙な空気分子の揺らぎを捉えました。ですがその規模はとても小さく、この情報だけでは解析不能です

『……』

『……ふむ、作戦は続行だ……。引き続き一班《アルファ》、二班《ブラボー》、三班《チャーリー》は『エルウェシィ』の鎮圧に取り掛かれ……。予備戦力も参加させよ。……二四班《エクスレイ》、二五班《ヤンキー》、二六班《ズール》は少年を狙撃して援護せよ……』

観測手の修正値通りに電子照準器を微調整した狙撃手は、次弾を目標の頭部に目掛けて放つ。

＋＋＋＋＋

「ゆきちゃん！　次は〝ここ〟と〝ここ〟です！」

敵の狙撃は精密だった。

必ずカナエの頭部を狙い撃つ。

――だからこそ、対策することができた。

「こうですか……！」

ゆきは手を伸ばし、レヴィに指定された空間の窒素《ちつそ》気体をマイナス二一〇度以下まで一瞬で冷却する。

生成した立方体の窒素《ちつそ》氷晶を空間に固定し、――それと同時に飛来した銃弾を受け止める。

カナエの後頭部付近で二つの爆砕音が響いた。

「あいつら街の人間に見られても平気かよ！　本当になりふり構ってねーな！」

――狙撃が行われてからすぐに、衆人環視のもと黒ずくめたちが躊躇《ためら》いなくゆきを襲ってきた。

悲鳴を上げてパニックに陥る人混みの中に紛《まぎ》れて、カナエはゆきの左手を引いて逃走した。

レヴィはカナエの横を狙撃に注視しながら並走する。

目的地は街の外周だ。

人混みを掻《か》き分けてカナエたちは街を駆ける。

狙撃の射線を切るために道を曲がって人気《ひとけ》のない交差点に出ると、先回りしてきた黒ずくめの四人組がカナエの前に立ち塞がった。

赤眼を煌《きら》めかせる黒衣の『現象妖精《フェアリー》』をそれぞれ従えた彼らは、皆一様に右腕を横に一薙《ひとな》ぎした。

防護籠手《アームプロテクター》から空中散布された炭素結晶粉塵《カーボニクス・エアロゾル》が、電磁相互作用によって一定の姿形へと収束していく。

黒の刃《やいば》がギザギザに宙を伸びて、一気に数十メートル規模に伸長した。

不気味に歪《ゆが》む化け物じみた黒き鉤爪《かぎつめ》が、カナエの頭上へと振り下ろされる。

「カナエ、危ない……！」

ゆきは右手を突き出して窒素《ちっそ》氷晶の塊を生成し、黒の鉤爪《かぎつめ》の横腹にぶつけて軌道を逸《そ》らした。

黒の鉤爪《かぎつめ》は舗装された道路に突き刺さる。

轟音《ごうおん》と破砕片を散らして道路を深くまで抉《えぐ》った。

「ゆき、あいつらの胴体に氷をぶつけるんだ！」

「分かりました……！」

……黒衣の『現象妖精《フェアリー》』でもなくそれと紐付《ひもづ》く『エフティ』でもなく、黒ずくめの男たちを〝殺さないように〟攻撃する。

カナエの願いを聞き入れて――ゆきは初めて人を攻撃した。

ゆきは巨大な氷柱《つらら》を生成して、右腕を横に振るった。

それと連動するように、氷の柱も運動操作によって右横に振るわれる。

黒ずくめたちは黒の鉤爪《かぎつめ》を振りかざして氷柱《つらら》に応じた。

氷柱《つらら》は切り裂かれて細切れになるが、防がれるのは想定内だ。

カナエが予《あらかじ》め出していた指示によって、いつの間にか道路を氷が覆っている。

侵食する氷は道路表面を波打つように突き進み、氷柱《ブラフ》に気を取られた黒ずくめたちの足ごと氷漬けにした。

「もう一度ぶつけろ！」

「ごめんなさい……！」

今度は左腕を薙《な》いで、連動して氷柱《つらら》を左に振るう。

動けずにたじろぐ黒ずくめたちをまとめて道路に横倒しにした。

その胴体を、黒の鉤爪《かぎつめ》を接面する道路ごと凍結させてその場に固定する。

ゆきは生成した氷から〝冷たさ〟を取り除くことができるため、凍傷や凍死に至ることはない。

しかし足場を固定された状態で無理やり横倒しにしたことに変わりない。

全員の足が不自然な方向に折れ曲がった。

「……私が、人を傷つけて……、また、人を凍らせて……！」

「ゆきは何も悪くない。俺と契約したゆきは、命令に逆らえないからな。——だから、全部俺が悪い」

戦闘を目撃した一般人が囃《はや》し立てた。

ざわめく喧騒《けんそう》はあっという間に伝播《でんぱ》してゆく。

「ひ、人殺しだあ！」

「なにこれ、映画の撮影？」

「なんか女の子が氷出してたんだけど……」

喧騒《けんそう》に構わずにカナエは駆ける。

ゆきはカナエに左手を引かれて、つられて走り出した。

「ゆきちゃん！　この道を抜けると射線が一つ繋《つな》がるので狙撃に気をつけてくださいっ！」

レヴィの的確な指示で、ゆきが立方体の窒素《ちっそ》氷晶を生成する。

同時にカナエの耳元で空間が爆《は》ぜた。カナエは耳をつんざく爆砕音に構わずに、懸命に街中を走り抜けた。

天井裏からの狙撃と地上部隊との交戦、どちらか一方ならば何とか対処は可能だった。

しかしその両方から同時に攻められたら——間違いなくカナエは殺される。

レヴィの的確なルート指示を受けて、時折狙撃の射線を切っては地上部隊と交戦する。

その一瞬一瞬がいつ殺されてもおかしくはない命懸けの綱渡りだった。

息も絶え絶えでカナエとゆきはただひたすらに駆けた。

狭い路地に入り込み、追手を撒《ま》くようにあえてジグザグに進む。

そうして、開けた場所に出た。

「——カナエさまっ！　今なら狙撃手にも追手にも、誰にも見られてませんっ！」

開けた先には延々と広がる壮大な薄紅色《うすべにいろ》、未《いま》だピークに達していない夕焼けの空があった。

「ゆき、最後の力を振り絞ってくれ！　時間を止めるんだ！」

ゆきは風に揺らぐ赤らんだ雲海を望んで、世界を止める祈りの言葉を諳《そら》んじた。

——地球圏に『星空を満たすもの《エーテル》』の展開を開始します
——充塡《じゅうてん》終了、全『現象妖精《フェアリー》』との連絡回路を確立

——最上位要請《インペリアルオーダー》『絶対空間《テレスティアル・グローブ》』を起動します
——じっとしててください——

カナエの脳内に響くゆきの声がそう唱えた瞬間、目の前にあった空模様が完全静止した。

微動だにしない夕焼け空の雲海は、映画のフィルムを突然停止させたかのようだった。

すかさずカナエたちは落下防止用安全柵《さく》に駆け寄った。

（とりあえずここから二階層下に逃げる！）

方法は不明だが、敵はカナエたちが一九七階層居住区画にいることを突き止めた。

街に逃げ込むのは危ない。

ならば、都会のシステムが排除された原始的な森に逃げ込む。

一九五階層には自然解放区画、直径一五キロ高度一〇〇メートル超の広葉樹林地帯『ブナの森』があった。

（カナエさまっ！　食べ物と寝る場所はどうするんですかっ⁉）

（……俺、小学生の時はよく一人で『ブナの森』に遊びに行ってたんだ。一九五階層の間取りも、森のなかにある無人コテージも知ってる。食料も備蓄されてるから、……しばらくは大丈夫）

——もう、家には帰れないだろう。

カナエとレヴィ、そしてゆきも理解していた。

（……ごめんなさい、本当に……、ごめんなさい――）

ぽつりぽつりとゆきは声を漏らす。

そんなゆきに、カナエはキャスケット越しに頭を撫《な》でた。

（――今からまた滑り棒だ。行くぞ！）

カナエはゆきの手を無理やり引っ張って柵《さく》を越える。

リュックを手に持って、代わりにゆきが背負われる形となる。

（俺もレヴィも覚悟してた。気にすんな）

（気にすんなですっ！）

（はい……）

呉服店で買ったタオル越しに『接続ポール』を握りこんで、カナエは滑落を開始した。

今朝の滑り棒で見た景色だった。

ビルの立ち並ぶオフィス街と、その地盤を突き抜ければ生《お》い茂るブナの木々。

点在する二六本の『エレベータ』と、森を走る幾つもの川。

緑の木々と澄んだ川は光を受けて赤らんでいた。

光源装置によって、夕暮れ時の太陽光を演出しているのだ。

一五〇メートルもの距離を滑落して、一九五階層の落下防止用安全柵《さく》寸前まで到達した。

ゆきはカナエの指示によって、氷の滑り台を足元に生成した。

カナエは『接続ポール』から手を離す。氷の滑り台に沿って、柵《さく》の内側にカナエたちは投げ出された。

(逃げ切ったか……！　ゆき、もういいぞ！)

——最上位要請《インペリアルオーダー》『絶対空間《テレスティアル・グローブ》』を停止します
その瞬間に、世界の質感が元に戻る。

秋のそよ風は『ブナの森』を吹き抜けた。

カナエはうずくまるゆきの手を取って立ち上がらせて、柵《さく》に立て掛けられた標識を一目する。

「ここの位置は東南東《ESE》一二〇度……だとするとコテージに行くためには——」

そうして、風がさざめく森へと逃げ込もうとして、

「——ゆきちゃん！　しゃがんでください！」

反応が遅れたゆきの代わりに、カナエがゆきを地に伏せさせる。

鋭い音がした。

伏せた拍子にゆきの頭から外れたキャスケットが——地面にナイフで縫い付けられていた。

レヴィがキッと睨《にら》む巨木の陰から、青年と少女が姿を現した。

「――左側頭部に雪待花《エルウエシイ》の髪飾り。間違いないわ、でも……」

「――お、当たり《ビンゴ》」

青年はやり手の営業マンのような風貌《ふうぼう》をしていた。

薄手のビジネススーツに、黒い短髪をオールバックに固めている。

ポケットから伸びたイヤホンで両耳を塞いでいるようだ。

一方、少女はアレンジを施したセーラー服を着ていた。

随所には刺繍《ししゅう》が施され、スカート丈も太もも半ばまで詰められている。

理知的な顔付きに、年相応の弁《わきま》えたお洒落《しやれ》。

黒髪のロングストレートの上から、水色の眼鏡フレームと、月桂樹《げつけいじゅ》を模したカチューシャが掛かっていた。

「……短髪に、パンクファッション？　おいおい、データに間違いがなければ、『エルウェシイ』の『標準状態《デフオルト》』は銀髪ロングに白のショートドレスだったよな？」

「おそらく手を加えたものでしょうね。……虫唾《むしず》が走るわ」

「ちょっと待ってくれ！　あんたら確か――」

――青年はスーツの脇からリボルバー拳銃を取り出す。

ゆきを庇《かば》うように立つカナエに向けた。

「ともかく、初めましてだな。――いきなりで悪いが、ニイチャンが『エルウェシィ』のマスターか?」

無言でその場に佇《たたず》むカナエとレヴィを見て、改造制服の少女は何かに気づいたようだった。

「……え? 待ってタツミ! 初めましてじゃないわ! この男の子、今朝の滑り棒くんよ!」

「かさね、何言ってんだ? ――て、マジで豚の串焼きじゃねえか」

++++

「話は簡単だ。ソイツと契約したからには番《つがい》の『専用エフティ』を持っているはずだ。それをおとなしくこっちに差し出してくれるなら、ニイチャンには何もしねーよ」

今朝会った人間だということは両者共に認識した。

しかし、だからといってタツミはリボルバーを下げることはなかった。

前方のカナエに銃口を向けたまま、気さくな声で要求した。

「『専用エフティ』……? なんだよ、それ?」

「しらばっくれても無駄だぞ。これがないと、ニイチャンは『エルウェシィ』のマスターにはなれないはずだろ？　〝こいつら〟との契約は、そういうルールになってるからな」

タツミはスーツのポケットから、イヤホンに繋《つな》がれた携帯電話を取り出した。

それは、スマートフォンではなかった。

あまりにも型遅れなシロモノ。遥《はる》か昔に市場から姿を消した旧時代の中折れ式携帯……かつてガラケーと呼ばれていたものだった。

「——な、な、懐《なつ》かし！　教科書でしか見たことないやつ！」

思わず突っ込んでしまったカナエに、タツミは苦笑した。

掲げるリボルバーを軽く揺らした。

「あんまり話をはぐらかさないでくれ。そろそろ人差し指が滑っちまう」

「いや、知らない！　本当に心当たりがない！」

タツミの脅しにカナエは違和感を覚えた。

容赦ない黒ずくめの敵と違ってどこか温《ぬる》い対応だ。

「……あんたらは……、俺を、殺しに来たんじゃないのか？」

ブナの巨大の幹にもたれていたかさねが、仕方がないといった風に弾みを付けて立ち上がる。

「タツミ、分かってないようだから言ってあげて」

「確かに上から色々と命令は受けたが、そんなことは今どうでもいい。オレたちには、仕事とは関係ない、ちょいとオフの用事があるんだよ。……一応、マスターを殺してからでもその目的は果たせるが、ニイチャンみたいなガキを殺すのは寝覚めが悪い。だから、大人しく『専用エフティ』を差し出してくれると助かるんだが。……それを、目の前でぶっ壊させてもらう」

「……おい……！　『現象妖精《フェアリー》』に紐付《ひもづ》く『エフティ』を壊すっていうのは……！」

「そうですカナエさまっ！　最初に飛んできたナイフ、完全にゆきちゃんを狙ってましたっ！」

黒ずくめの敵はカナエを殺そうとしたが、ゆきへの方針は殺害ではなく生きたままの捕獲だった。

対してタツミとかさねは、カナエに敵意はないが、ゆきを殺す気でいるらしい。

「ただの牽制《けんせい》だ。あれぐらいで『エルウェシィ』がくたばるとは思ってねーよ。契約状態にある『現象妖精《フェアリー》』は……特にソイツらは損傷《バグ》の修復力が凄《すさ》まじいからな。──って、ゆき？　誰だよ？」

「俺の後ろにいる、女の子のことだ。……お前らの言う『エルウェシィ』が、自分で名乗った名前だ……！」

カナエはタツミに向けて言葉を放ったが、代わりにかさねが静かな怒気《どき》を孕《はら》んだ声で応じた。

「自分の名を付け、人間みたいな服を着て……挙げ句の果てに女の子扱いだなんてね……！」

「くはっ、くははっ！　これは傑作《けっさく》だな！　──なあ、かさね！　お前と全く同じことしているぞ！」

「あたしはタツミに女の子扱いされた覚えはないわ！」

カナエにはその会話の意味が分からなかった。

タツミとかさねは一瞬だけ内輪《うちわ》揉《も》めをすると、仕切り直しとでも言うように再度カナエに向き合った。

タツミはリボルバーを掲げたまま言う。

「――もう一度言う。『専用エフティ』を差し出せ。素直に応じるならアフターサービス付きだ。……ニイチャンは、アズガルドに追われている。今ならオレらがどうにか解決してやるぜ」

神戸《こうべ》の街を作った世界一の資本を有する多国籍工業企業、アズガルドファクトリー。

そのアズガルドに、カナエたちは追われている。

それは、薄々感じていた悪寒《おかん》の答え合わせだった。

「ほとぼりが冷めるまで安全な場所に匿《かくま》ってやるよ。だから『専用エフティ』を差し出せ。この場でそれを撃ち抜いて、『エルウェシィ』をぶっ殺して終わり。オレたちは目的を達成して、ニイチャンは火遊びを思い出に留《とど》めてまた日常に戻れる。冷静に考えろ。これは決して悪い話じゃないはずだ」

「……ダメだ。あんたの話には、応じられない……」

タツミの要求は、あまりにもゆきの命を軽視している。それにそもそも――

「ニイチャンはあのアズガルドから逃げ切れるつもりでいるのか？　この階層に来たからには、『ブナの森』に潜伏するつもりだったんだろう。たった一日で居所を突き止められたのに、随分と脳天気な考えだな」

「……なら、別の場所に逃げるだけだ……」

「無計画な逃避行は感心しないなあ。飛行船の検問も既に強化されてるぞ。――空に浮かぶ『逆さまの街』に、他に逃げ場がないことぐらいニイチャンも分かってるだろ？」

タツミの言うことは正論だった。

反論できずに黙りこむカナエの背後から、声がした。

「……カナエさまが危険な目には、あってほしくはありませんっ！　でも、ゆきちゃんは――」

「………カナエが無事なら………、私は………、私は………」

「レヴィ、分かってるよ。俺はゆきを見捨てない。だから、ゆきもそんなこと言うな」

ゆきとレヴィを背中で隠したカナエは、それぞれに言葉を返して、きっとタツミを睨《にら》んだ。

「おい、いい加減諦めて、『エルウェシィ』と紐付《ひもづ》く端末をよこせ。まだ死にたくないだろ？」

「死にたくねえよ。――だから、渡せない。あんたの言う端末は、たぶんココにあるんだからさ」

カナエは立ち向かう決意を固め、手の震えを抑えながら、自らの頭頂部をトントンと叩《たた》いた。

「…………………はあ？　どういうことだよ？」

「……生まれつき俺は、『ストレンジコード』を聴《き》き分けることができる特異体質なんだ」

それは『現象妖精《フェアリー》』の言語であり、『エフティ』のコアプログラムを記述するコードでもある。

「俺は『エフティ』なしで『現象妖精《フェアリー》』と直接契約することができる。現にレヴィとゆきがここにいる。この脳みそが『エフティ』なんだから、俺が死ぬと二人も一緒に死ぬんだ。だから、死にたくない――死ぬわけにはいかないんだ」

タツミとかさねの目つきが急に冷めたものになった。

「……かさね、こんな戯言《たわごと》をぬかすニイチャンを、いったいオレたちはどう扱えばいいんだ？　嘘《うそ》にしてもどこかで落としたとか、ちっとはマシな言い訳があるだろうによ」

「どうするも何も、少し痛い目を見てもらって『専用エフティ』を無理やり奪い取るしかないでしょ？　〝こんな茶番〟、付き合ってられな――」

「――〝茶番じゃねえよ〟！　そっちがそのつもりなら、戦う覚悟はできている」

タツミとかさねの表情が凍りついた。

「――え？　……なんで？　どうして、あたしの言葉が聴《き》こえてるのよ……⁉」

「何をそんなに驚いているんだ？　俺はあんたらの要求は呑《の》まないぞ！」

「そうじゃないわ！　──きみはあたしが何を喋《しゃべ》っているか分かるっていうの⁉」

「いや、普通に君の言葉は通じるけど、それがどうかしたのか？」

「……かさね、『専用エフティ』の翻訳機能は、契約した一体にしか作用しないはずだよな？」

「ええ、タツミのそのイヤホンを介した再生音声も、画面の文字も、対応する個体の言葉しか翻訳できない仕様よ。つまりあたしたちは、マスター以外と会話できない」

「……というかこのニイチャン、『エルウェシィ』の他に、そこのメイド服の『現象妖精《フェアリー》』とも契約しているとか言ってたよな？　おいおい、『現象妖精《フェアリー》』との多重契約とか聞いたことねーぞ」

「でも今朝確かに、滑り棒くんの横にはメイドちゃんがいたわ……信じられない……」

そのやり取りに、カナエたちは蚊帳《かや》の外だった。

しかし、カナエが足止めされる理由はない。

「おい！　何を話し合ってるのかしらないけれど、俺たちの邪魔をするのなら、それでもゆきを殺すと言うのならば──ゆき、力を貸してくれ──俺たちはあんたらと戦うしかないぞ」

カナエはゆきの左手を握って立ち上がらせる。

左にゆきを並ばせて、右にレヴィを携える。

タツミは依然として神妙な顔付きをしていた。

対して、ふとかさねの頬が優しく緩んだ。

「確か今朝、あたしはきみに言った。――滑ってみなさいよ、この意気地《いくじ》なし……だったかしら？」

「……そういえば、今朝言われた言葉だな」

「ごめんね。意地悪のつもりで言ったわけじゃないの。ただの、独り言のつもりだったのよ」

「いや、そのことにはむしろ感謝しているよ。……場違いだけれど、その……ありがとう……」

かさねの言葉がなければ、カナエは『接続ポール』を逃走経路として使えなかった。

そして、あまりにも短いけれどそれでも楽しかったあの日常を、過ごすこともできなかっただろう。

「……きみは、なんて名前なの？」

「室月《むろつき》カナエ、だ」

「むろつき……カナエ……？　カナエはもしかして、一人暮らしなの？　……両親は、いないの？」

「そうだけど……。……というか君、なんで泣いているんだ？」

カナエは怪訝《けげん》そうにかさねに尋ねるが、返事はなかった。

かさねは水色の眼鏡フレームの内側の、涙ぐんだ瞳を指で拭ってタツミに言う。

「……もう疑うべくもないでしょう？　こんな偶然ってあるかしら？　今目の前にいる男の子は『ストレンジコード』を脳で解する多重契約者、要するにイレギュラーよ。そしてカナエは――あたしの罪よ」

「……にわかに信じられないが、どうやらそう考えるしかなさそうだな……。だとすると、損傷《グ》の修復力《バ》が追いつかなくなるまで、『エルウェシィ』を殺し尽くす方針で行くか？」

――どうしても、ゆきを殺すと言うのなら。

「いつまでも無駄話に付き合ってると思うな！　ゆき、その男の動きを封じろ！」

「チッ！」

前方に手をかざしたゆきに、タツミはリボルバーを向け間髪《かんはつ》を入れずに発砲した。

ゆきは窒素《ちっそ》氷晶の生成座標を僅かに修正し、銃弾を受け止めた。

「そっちが『現象妖精《フェアリー》』を出さないなら、遠慮なく氷漬けにさせてもらう！」

そちらの方が都合が良かった。

カナエは『現象妖精《フェアリー》』を傷つけたくない。

『現象妖精《フェアリー》』に戦う意思なんてなく、人間の武器として無理やり使われているのだと――そう思っていたのだから。

ゆきの突き出した右手の先の空間が冷却され、窒素《ちっそ》気体は固体へと相転移する。

連なるように生成された窒素《ちっそ》氷晶はタツミへと、雷の如くギザギザの軌道を描いて伸びていく。

突き進む氷とタツミの間に、

「ここにいるわよ」

そっとかさねの手が差し出された。

「おい、あぶなっ――」

かさねの手に纏《まと》わりつく空気が、蜃気楼《しんきろう》のように霞《かす》んで見えた。

――グシャシャシャシャシャシャシャシャシャ！

連なる氷はかさねの手に接触する寸前に、その全てが真下の地表に叩《たた》きつけられる。

先に地面に接触した氷は連なる後続の氷とぶつかり合い圧搾《あっさく》され、破砕片は同心円状に拡散した。

「カナエさまっ！　大量の〝小さなつぶつぶ〟がゆきちゃんの氷にのしかかってました！」

カナエには、レヴィの言う小さなつぶつぶは見えなかった。

「あら？　不思議、メイドちゃんには――あたしの能力が見えるのね」

「能力……？　何なんだ君は⁉」

「おいニイチャン。まさか、まだ気づいてないのか？」

タツミは足元で粉々になった窒素氷晶《ちつそ》をものともせず、呆《あき》れたようにカナエに言う。

「——そうね、少し遅れたけれど、自己紹介をしましょうか」

かさねはピークに達した夕焼けをその身に浴びて、自嘲するような微笑《ほほえ》みを浮かべて告白した。

「あたしの名前はかさね。……灰谷義淵《はいたにぎえん》が生み出した『七大災害』の一つ。識別端子は束ねた葉で冠《かんむり》を成す月桂樹《ラウルス》。そこの三つの白い花弁を咲かせる雪待花《エルウエシイ》と同じ存在で、——この世界にいてはいけないイレギュラーよ」

かさねは右手を天へと伸《の》ばし、虚空《こくう》をわし掴《づか》みにするかのように指を内側に丸めた。

瞬間、手の上にある『虚空《グラビテイ》』が周囲から切り取られた。

『虚空《グラビテイ》』を通した景色がぐにゃりと歪曲《わいきよく》する。

「カナエとメイドちゃんには悪いけど、あたしたちには『エルウェシィ』を殺さないといけない理由があるの。——だから少しだけ、静かに寝ててもらえるかしら？」

かさねは手の平の上に浮かべる『虚空《グラビテイ》』を、カナエたちの頭上へと軽く投げ上げた。

「——危険ですっ！　あのつぶつぶが圧縮されています！」

カナエたちはその場から走り去ろうとしたが、遅すぎた。

軌道上の景色を歪曲《わいきよく》させる『虚空《グラビテイ》』はカナエたちの遥《はる》か頭上へと到達し、唐突に停止した。

同時に、耐え難《がた》い不可視の重圧が下へと降り注ぐ。

それは見えない壁に圧迫されるような感覚に似ていた。

重圧はカナエたちをまるで磔《はりつけ》のように地面にうつ伏せにさせた。

顔を上げることすらできない。

「そのまま、じっとしててちょうだい」

かさねはミニスカートのポケットに左手を入れると、刃渡り三〇センチ超の鉈《なた》状のブッシュナイフを四本、それぞれの指の間に挟んだ状態で取り出した。

かさねはおもむろに左手を振りかざし、鈍重な四本のブッシュナイフを軽々と斜め上に放り投げた。

刃《やいば》の角度を調節して投げられた四本のブッシュナイフは――滞空する『虚空《グラビティ》』の重圧を受けて急激な落下を開始する――

「――あああ……あっ……！　あえっ……！　……いっ……、痛い……！」

「おい！　ゆきに何をしたんだッ⁉」

辛《かろ》うじて顔を横に向けることができたレヴィが、地に伏せ咽《むせ》び泣くゆきの姿を確認した。

「うぅ……ガナエざまああ……！　ゆきちゃんの手足に、な、ナイフが刺さっていますっ……」

四本のブッシュナイフはそれぞれゆきの両手両足を貫通して、地面に深く縫い付けていた。

「…………このッ！　このッ！」

カナエは怒鳴り声を上げようとしたが、自身の無力感のあまりそれは声にならなかった。

「かさね、悠長《ゆうちょう》なことはするな」

「あたしにそんな趣味はないわ。損傷《バグ》の修復力を確かめる必要があるのよ。……流石《さすが》は『七大災害』、もう外皮が塞がれてる。ただし、刺さったままだと肉体内部の損傷《バグ》は維持されるようね」

「とすりゃあ、まずは損傷《バグ》を維持させたまま地道に中身を削ってくか？」

まるでゲームのボス攻略のような言い草に、カナエは言葉を失うしかなかった。

先ほどまでカナエと話していた時とは全く違う、一欠片《ひとかけら》の同情心すら存在しない冷淡で酷薄な態度だった。

かさねは無言でミニスカートの両ポケットから、合計八本のプッシュナイフを取り出す――

「――頭上全体に高密度の氷の壁を展開してくださいっ！」

かさねが投擲《とうてき》の構えを取る寸前、レヴィは言った。

カナエはその言葉を信じるしかなかった。

「ゆきッ！」

「……は……い！」

ゆきは四肢を貫く激痛に苛《さいな》まれながらも、地面に縫い付けられた右腕を無理やり捻《ねじ》り、傷口が抉《えぐ》れるのも構わずに手の平を上に向けた。

上空に立方長方体の窒素《ちつそ》氷晶を生み出し、分子座標単位で空間に固定した。

窒素《ちつそ》氷晶は『虚空《グラビティ》』の重圧を浴びて、同時に『虚空《グラビティ》』により落下速度を得た八本のブッシュナイフをも受け止めて深々と突き刺さる。

防御の成功……レヴィの指示による恩恵は、それだけではなかった。

「――立てたぞ⁉　重圧が消えたのか⁉」

「急いでこの場から離れてくださいっ！　氷も長く持ちませんっ！」

地面ごと刺し貫かれたゆきの惨状を見て、カナエは我を失いそうになる。

しかし本能が、ゆきを助けろと言った。

カナエは「ごめん」と告げ、ゆきの四肢を地面に縫い付けるブッシュナイフを素早く引き抜いていった。

カナエはゆきを抱き上げて、レヴィと共に走り去る。

カナエたちがその場を離れると、構造全体に罅《ひび》を入れた窒素《ちつそ》氷晶は落下して地面に粉々に砕け散った。

「ゆきちゃん！　大丈夫ですか⁉　……こんなこと、ひどいですっ……」

かさねは上空に浮かぶ用済みの『虚空《グラビティ》』に手をかざして、球状の特異領域を消滅させた。

「ふーん……。これはつまり、あたしの能力が遮断されたのかしら？」

「ちと想定外が過ぎるな……」

戦闘を見守っていたタツミでさえも眉を顰《ひそ》めて、かさねと同様の感想を抱いたようだった。

「──ふッざけんなよ!! ゆきに、なんてことをしてくれたんだッ!」

カナエの腕の中に収まるゆきはぶるぶると震え、カナエの胸にきつく顔を当てていた。

見たところ、傷口はもう塞がれており、べったりとした血だけが皮膚や衣服に付着している。

しかしゆきが四肢に受けた鮮烈なる苦痛は、癒えない記憶として脳裏に深く刻まれ続けるのだ。

「何回も言ったでしょう?『エルウェシィ』を殺すって。……あなたも早くカナエから離れなさい。でないと怪我《けが》だけじゃ済まないわ。あたしたちと違って、人は簡単に死ぬのよ?

──それともあなたは、自分のマスターを盾にするつもり?」

「……い、や……、絶対に、嫌です……! そんなことは、したくありません……!」

ゆきはおずおずとカナエの腕を払いのけて、カナエの胸をそっと押して後ろに移動させた。

「……ごめんなさい……。カナエとレヴィは、下がってください。……一人で、戦います」

「賢明な判断ね。あたしはその二人を傷つけるつもりはないわ。タツミも、そうよね?」

「なるべく、な」

「カナエ、命令して貰《もら》えませんか? ……上手《うま》く私を、使ってください」

ゆきは今しがた受けた苦痛を浮かべる悲痛の涙など何もないかのようにカナエに懇願した。

「……ッ！　……わ、分かった……」

カナエは下水道でのやり取りを思い出した。

全てを背負い込み離れていくゆきを、カナエは追いかけることができなかった。

分かってはいた。

自分はただの人間なのだと。

それでも浮かれていた。

『ストレンジコード』を解する多重契約者という特異性に。

何か、特別なことができると思っていた。

それが今に至り、突き付けられる。

自分はただの、無力な人間なのだということを。

「……かさねさん」

「なによ？　降伏の申し出かしら？」

「――逆です。かさねさんが、降伏してください。……でないと私は、貴方《あなた》を本気で倒します」

かさねは水色の眼鏡を静かに外してミニスカートのポケットに入れ、両手を下に差し出した。

「あたしも舐《な》められたものね。……とてもとても、屈辱的よ‼」

かさねは両手の平を外側に向けて『虚空《グラビティ》』を二つ生成し、左右の空間に飛ばして配置。

返す刀でポケットから指の間に二本ずつ、計一六本のブッシュナイフを取り出し、左右の『虚空《グラビティ》』に向かって投げ入れた。

一六の刃《やいば》は横方向への驚異的な加速度を得て、ゆきの元へと殺到する。

一方ゆきは、広げた右手を突き出し、手首をくるりと一回転させた。

一瞬にして一六の氷晶立方体を空間に展開する。

迫り来る同数のブッシュナイフは――接触する寸前に一斉爆発した。

刀身内部から炸裂《さくれつ》し、撃砕した刃《は》の金属片を進行方向に拡散させる。

硝煙《しょうえん》が周囲を覆い尽くした。

「それは偽装榴弾《ダミーナイフ》よ。正々堂々だなんて思わないで」

数秒を経て、燻る《くすぶ》硝煙《しょうえん》は夕刻の風に吹き流される。

煙から現れた円を成す二つの氷盾《ひようじゆん》。

……一六の氷晶立方体を結合させたものが、ゆきの真横を覆い、刃《は》の金属片を余すこと無く受け止めていた。

氷盾《ひようじゆん》は偽装榴弾《ダミーナイフ》を防ぐと同時に、『虚空《グラビティ》』の重圧をも遮断していた。

「点ではなく、面で防げばいいのですね。……理解しました」

「なら、これはどう？」

かさねは左手で一本のブッシュナイフを引き抜き、右手で生成した『虚空《グラビティ》』の中にその刀身を差し込んだ。

内部で絶えず循環する『虚空《グラビティ》』が、刃《やいば》の中に吸い込まれてゆく。

一見して何の変化もない刃《やいば》を左に携《たずさ》え、先ほど生成した右方の『虚空《グラビティ》』の重圧に、ふらりとその身を委ねた。

真横に作用する重圧を利用した『虚空《グラビティ》』の加速装置――一瞬にして達するトップスピード。

ゆきは真横に配置した円を成す氷盾《ひょうじゅん》から、その円を底面にした円錐《えんすい》状の氷槍《ひょうそう》を射出する。

相対《あいたい》する刃《やいば》と氷槍《ひょうそう》。

かさねは左の逆手で携えたブッシュナイフを、迫る氷槍《ひょうそう》のその先端に突き立てる。

その後の出来事にゆきは驚いた。

強固なはずの氷槍《ひょうそう》が――差し込まれたブッシュナイフによって、バターを裂くかのように真っ二つに切り分けられていった。

かさねと共に突き進む刃《やいば》は、いずれゆきの肉体へと到達する。

「――氷の固定を解除して前に逃げろ！」

カナエの思い描いたイメージをゆきは実行に移す。

氷盾《ひょうじゅん》の座標固定を解除。

同時に背後斜め下に手を回して、氷槍《ひょうそう》を射出する。

……地面に突き刺さる氷槍《ひょうそう》の反作用で、ゆきは前方に脱出した。

座標固定を解かれた氷盾《ひょうじゅん》は、遠方の『虚空《グラビティ》』の重圧を受けて真横に吹き飛び、突き進むかさねに襲いかかる。

かさねは氷盾《ひょうじゅん》の真ん中にブッシュナイフを差し込み、そのまま振り切った。

氷盾《ひょうじゅん》は力業《ちからわざ》で粉々に砕かれた。

氷の礫《つぶて》で頬に切り傷を作ったかさねが、ゆきに向いて言う。

「足元がお留守よ?」

──地面には、砕け散った氷に混じる八本の偽装榴弾《ダミーナイフ》。

戦闘開始前に氷の壁で防がれて、かさねが起爆を留《とど》めておいた伏兵が、今になって炸裂《さくれつ》する。

ゆきに防御する猶予はなかった。

「──うぐっ……! ……っあ……!」

ゆきは地面に倒れ伏した。

それでもかさねに屈することなく、青い雪の結晶《クリスタルブルー》の敵意を向けた。

「胴体から下を満遍なく。被弾面積が多いと、さしもの損傷《バグ》の修復にも時間が掛かるみたいね」

「おい、何なんだよ。そのふざけた戦い方は、いったい何なんだよ!」

「ファンタジーのような見栄《みば》えの良い戦い方は、非効率的なのよ。……理由はもう一つあるけども」

「理由ってなんだよ⁉　『現象妖精《フェアリー》』がなんでそんな、卑怯《ひきょう》で残酷なことができるんだ⁉」

「それも答える必要が無いし、そもそもに殺し合いに卑怯《ひきょう》も残酷もないわ。甘《あま》いわね。……お話はこれで終わりよ。『エルウェシィ』の機動を封じている今のうちにトドメをささないと……」

カナエは今すぐにでもゆきに駆け寄って抱き起こしたかった。

しかし、その場に留《とど》まる。

怖気《おじけ》づいたからではない。

……かさねに話し掛けて気を引くのも、作戦のうちなのだから。

かさねが左手のブッシュナイフを、地面にうずくまるゆきに向けた時だった。

「──今だ！　閉じ込めろ！」

ゆきは両手を地面に押し付けて、きっ、とした上目遣いでかさねを見つめて言った。

「貴方《あなた》も、足元がお留守です……！」

かさねの足元から──ついさっきまでゆきがいた地面から──ダイヤモンドダストが間欠泉《かんけつせん》の如く噴き出した。

ゆうに一〇〇メートルを超える階層天井まで到達すると、唐突に円柱状の氷塊へと形態を安定させる。

青白く透けた円柱のなかで、かさねは静止していた。

琥珀《こはく》に閉じ込められた化石のように。

それと同時に、空間に展開された〝虚空《こくう》〟が、霧散するように自然消滅した。

(そしてカナエは、命令して貰《もら》えませんか？　……上手《うま》く私を、使ってください)

(……ッ！　……わ、分かった……じゃあ……不意打ちで一気にカタをつけよう。真意を悟られないように、こっそりと足元から地面を通して氷を展開していくんだ……)

「相手はまだ生きていますっ！　……なんだか少し、ほっとしましたっ」

「……これでひとまずは終わったな」

カナエとレヴィは、地面にうずくまるゆきへと駆ける。

応じてゆきは、立ち上がろうとした。

「いっ……！　ああ……」

「無理するな！　しばらくじっとしてろ」

ゆきはボロボロだった。丈の短いTシャツもデニムパンツも布切れになって、胴体から下の肌を自らの鮮血で真っ赤に染め上げている。

時折ゆきの皮膚表面が蠢動《しゅんどう》しては、修復力によって肉体内部に留《とど》まっていた刃《は》の金属片を吐き出す。

その度にゆきが苦悶《くもん》の表情を浮かべた。

「おいおい、なぜかさねにトドメを刺そうとしないんだ？」

戦闘を傍観していたタツミは心底不思議そうに尋ねた。

リボルバーをゆきに向けて聞くが、応答がない。

タツミは銃口を、横にスライドさせた。

すかさずゆきが右手をかざす。

カナエに銃口が向けられた瞬間に、氷を伸ばしリボルバーを凍結させた。

「……かさねさんは、カナエには手出しをしないと、そう言ってくれました、ので……」

「刃《やいば》の刺突に金属片。再生する肉体に、繰り返される苦痛。……常人ならとっくに壊れてっぞ」

「……私は、何も知りませんでした。今日出会ったカナエに、レヴィに、教えられてばかりです。けれども、与えられる痛みだけは、よく知っています。……もう、慣れたつもりです」

嘘《うそ》だ、とカナエは思った。

髪を切ろうとした時、ゆきは確かに、未知の痛みに怯《おび》えていた。

「……俺だって、『現象妖精《フェアリー》』を傷つけたくない。そうせずに済むのなら、そうしたいんだ

「……」

「やれやれ、『エルウェシィ』もマスターも、こんなに甘《あま》ちゃんだとはちっとも思わなかったぜ」

タツミは独り言のように小さな声でぼやいた——クッソ、やり辛《づれ》え。

「頼む、もう退《ひ》いてくれ。そのかさねって子は、『現象妖精《フエアリー》』の能力を全然使おうとしない。なら、ゆきの氷に勝てないよ。こんなことは言いたくないけど、能力の規模が違う」

かさねの戦い方は効率的であると同時に、どこか不足した能力を補おうとする節があった。

「ニイチャンは勘違いをしているぞ？　まだ何も、終わっていない」

「もうとっくに決着はついて……」

タツミはカナエに構わずに、氷柱の中で静止するかさねを向いて宣言した。

「かさね、『斥力子《レプルシオン》』の解放を許可する。遠慮はいらねえ。——何もかもを抉《えぐ》り取れ」

カナエたちの背後から、鞭《むち》がしなるような空間を裂く音が断続的に響く。

慌てて振り向くと、階層を貫く夕陽《ゆうひ》に透けた氷柱外周に無数もの空洞が走っていた。

氷柱の崩壊は、すぐに起きた。

——降りしくる超質量の氷の瓦礫《がれき》を、左手に『虚空《グラビテイ》』を掲げたかさねが受け流していた。

「……できればこれは使いたくなかったけど……仕方ないわね」

かさねの右手の指先からそれぞれ五本、赤く燃ゆるような複数の軌跡が伸びていた。

夕陽《ゆうひ》よりも鮮明な赤光《しやっこう》を煌々《こうこう》と放つ糸状の何かが、指に遊ばれふわりと弛《たゆ》み、かさねの周囲に揺らいで漂う。

緩やかに綻《ほころ》ぶ赤光《しやっこう》の糸に包まれて、地面にうずくまるゆきを見下ろした。

「……レプルシオン。斥力《せきりょく》を司《つかさど》るその小さな女の子の名前を、聞いたことがあるはずよ」

灰谷義淵《はいたにぎえん》が、かの伝説的な講演で召喚した超常の存在。

世界の法則を再定義した、

「始まりの『現象妖精《フェアリー》』……！」

「これは――あたしたちのお姉ちゃんの力」

かさねは右手の五指を動かして、伸縮自在の赤光《しやっこう》の糸を前方に放つ。

弛《たゆ》み無くしなる赤光《しやっこう》の糸は離れたゆきの元へと殺到する。

ゆきは氷柱が切断されたことを受けて、分子配列を極めて強固にした分厚い氷盾《ひょうじゅん》を目の前に展開し、赤光《しやっこう》の糸を受けて立とうと――

「――ゆきちゃん！　それは絶対に防げませんっ！」

「え――」

未《いま》だ傷の治癒が終わらないゆきをカナエは抱き上げて、勢いよく真横に飛んだ。

赤光《しやっこう》の糸は分厚い氷盾《ひょうじゅん》をすり抜けて横幅一〇センチの空洞を作り出し、後方の『ブナの森』へと飛来した。

宙を横断する赤の煌《きらめ》き。

かさねは右手を返し、赤光《しゃっこう》の糸をたぐり寄せた。

「カナエは、あたしの能力の規模が小さいと言ったわね。——これで満足？」

森から、大地を震えさせる倒木音が響き渡った。

数百メートルもの直線上にわたる木々に、一瞬にして横幅一〇センチの空洞が刻まれ、だるま落としのように倒木していったのだ。

「カナエさまっ、あの糸は、球体から沢山出ていた小さなつぶつぶが〝裏返った〟ものですっ！」

「……その通り。観測装置並みの視力ね、もはや隠す必要もないわ。メイドちゃんの言う小さなつぶつぶの正体は、あたしたちが今もこの身に浴びている重力、『重力子《グラビトン》』のことよ」

——重力とは質量を持った物体同士がお互いを引き寄せる力であり、空間の歪《ゆが》みの現れである。

そして物体間を絶えず行き来し重力を伝達させる相互作用は、素粒子物理学では『重力子《グラビトン》』によるものと定義される。

『重力子《グラビトン》』を介した重力操作が、かさねが生み出す重圧の壁——『虚空《グラビティ》』の正体だった。

「対してこの赤い糸は、物体を引き寄せる『重力子《グラビトン》』の性質を反転させた仮想粒子、『斥力子《レプルシオン》』を連結、結合させたモノ。あたしの『斥力子《レプルシオン》』の連鎖は——何物にも触れられることを許さないわ」

斥力《せきりよく》とは物体を突き放し拒絶する力である。

一方的に斥力《せきりよく》を外部に放出する『斥力子《レプルシオン》』の空間軌道は、半径五センチ以内に存在するあらゆる物体を粒子組成レベルで霧散・消滅させ、糸の形に沿って空間を直径一〇センチの真空状態へと変換する。

それは存在そのものを否定する万死の刃《やいば》。

何物にも触れられることを許さない。

つまり、『斥力子《レプルシオン》』を防ぐことは物理的に不可能である。

「さあ『エルウェシィ』、──二人っきりで戦いましょ？」

2

「……分かりました……。……カナエ、私はもう一人で立て――っぁ……！　……うぐっ……」

「待てよ！　まだ全然治って――」

ゆきはカナエを突き放すと、右手をさっと横に振り下ろし、カナエとの間にどこまでも続く氷壁《ひょうへき》を築き上げた。ゆきとかさね、カナエとレヴィとタツミといった形で双方が分断される。

「……そこにいる限り、カナエはきっと無事です。……待っていて、ください……」

氷壁の向こう側で痛みを堪《こら》えて立ち上がったゆきが、カナエから遠ざかる。

ゆきはかさねと向かい合い、戦闘が再開された。

それは戦いというには、あまりに一方的な展開だった。

ゆきの窒素《ちっそ》氷晶を生成し操作する力は、攻防共に転用可能な万能に等しい能力だ。

だが、そんなゆきの氷もかさねの振るう『斥力子《レプルシオン》』の連鎖の前では無力に等しい。

赤光《しゃっこう》の糸はかさねの右腕の指先に従って運動し、軌道上のゆきの氷を尽《ことごと》く抉《えぐ》り取る。

ゆきは必死に走って飛び退《の》いて、あるいは氷槍《ひょうそう》を放つ反作用によって赤光《しゃっこう》の糸を紙一重で避《よ》け続けるしかなかった。

かさねは攻撃の手を緩めない。

まばらな方向に重力を放つ『虚空《グラビティ》』を複数展開し、空いた左手でブッシュナイフと偽装榴弾《ダミーナイフ》をそれぞれ投げ入れて加速させる。

更には自身すらも『虚空《グラビティ》』に身を預け、重力から重力へと乗り換えるように、空間を縦横無尽に飛び回った。

ゆきは力を温存することも許されない。

氷盾《ひようじゆん》の生成。爆撃のように轟音《ごうおん》はこだまする。

氷盾《ひようじゆん》は赤光《しやっこう》の糸によってあっけなく引き裂かれてしまう。

容赦のない連続攻撃の嵐についにゆきは体勢を崩す。

かさねはそんな一瞬の隙を見逃さなかった。

よろめくゆきの胴体を分断せんと、赤光《しやっこう》の五本糸は尾を引いて迫る――

ゆきは地面へと傾く傍《かたわ》ら、両手をかざし、目の前に存在する全ての粒子の動きを立方体の形に停止させた。

ゆきは唇を噛《か》み締める。

それは持てる力を全て込めた能力の最大行使だった。

「学習能力がないのかしら？」

形成された氷晶立方体に赤光《しやっこう》の糸は触れる。

半ばまで抉《えぐ》り取られると——赤光《しやっこう》の五本糸は真っ二つに千切れた。

生き別れたそれらは、ゆきの背後にある夕焼け空へと飛来していった。

かさねの制御を外れた『斥力子《レプルシオン》』の連鎖は、街の外側に乱立する『接続ポール』をまとめて抉《えぐ》り取り、遥《はる》か彼方《かなた》の赤めく雲海へと吸い込まれる。

雲海に切り込まれた五本の空洞はひび割れるように断裂を深めて、やがて雲模様をぐちゃぐちゃに引き裂いた。

「……『斥力子《レプルシオン》』に物理的に接触することは、理論上ありえないはずなんだけど……」

存在を否定する絶対の攻撃を防いだゆきに対して、かさねはしばし唖然《あぜん》としていた。

「——狼狽《うろた》えるな、『エルウェシィ』は『斥力子《レプルシオン》』を物理的に防いだわけじゃねえ。氷の生成は『熱量操作』に属する。その能力の本質は、〝粒子の加減速操作〟。だから素粒子としての『重力子《グラビトン》』を遮断したり、はたまた仮想粒子『斥力子《レプルシオン》』にも直接干渉して逸《そ》らせたんだろうな」

かさねとは氷壁を隔てたタツミが、冷静に状況を分析した。

「能力は確かに脅威だが、まだこっちに分がある。『重力子《グラビトン》』と違って、『斥力子《レプルシオン》』は完全に防げない」

『斥力子《レプルシオン》』はゆきの右脇腹を掠《かす》めて、拳大の空洞を刻んでいた。

粒子組成レベルまで霧散した肉体の欠損に修復が追いつかず、大量の血を腹部から垂れ流して地にのたうち回る。

あまりの苦痛に悲鳴を上げることすらできず、吐血とともにかひゅ、かひゅとか細い息を漏らす。

「『エルウェシィ』が弱っている今のうちにケリつけてこい」

「分かったわ。タツミは……そこのカナエの面倒でも見てて」

──ガリッ、ガリッ、ガリッ、ガリッ……。

カナエは地面に落ちていたかさねのブッシュナイフで、氷壁を削り取ろうとしていた。

レヴィは戦闘に手出しすることも、カナエの蛮勇も止めることができず、ただぼろぼろと涙を流す。

「クソッ！　このッ！　クソッ！　……待てよ……！」

カナエはふと何かに気づいたのか、血走った眼《め》でタツミを睨《にら》みつけた。

「あんたはかさねのマスターだよな!?　なら今すぐかさねの行動を止《や》めさせろ！」

氷壁の向こう側でゆきは今も、必死にかさねの『斥力子《レプルシオン》』をすんでのところで食い止めている。

「はいそうですか、と従うわけねえだろ？」

「……あんたのリボルバーは、ゆきの氷でもう使い物にならない！」

カナエは震える両手でブッシュナイフを握り込み、タツミへと向けた。

「そう思うのなら、力ずくでかかってこいよ」

タツミは飄々《ひょうひょう》と笑んで挑発する。

カナエは唇を嚙《か》みしめると、雄叫《おたけ》びをあげて突進した。

「うおおおおおおおおおおおおおッ！」

タツミは迫り来る刃《やいば》の横腹に、正確に右の裏拳を叩《たた》き込んで、カナエの手元から弾《はじ》き飛ばす。

右の裏拳から流れる動作でタツミは、闘牛士のようにその場で身を翻《ひるがえ》して突進を躱《かわ》す。

前のめりに体勢を崩したカナエの背中に、回転の勢いを乗せた右肘を突き刺した。

「ごふっ！」

カナエは前方に吹き飛ばされて転倒する。

「まだやるかい？　ここで諦めるなら、今からでもニイチャンは日常に引き返せるぞ？」

「ふざけるな！　大切な女の子を見殺しにして得る日常なんて、そんなものはいらねえよ‼」

カナエは、近くに落ちていたもう一本のブッシュナイフを手に取ってタツミへと走りこむ。

「くははっ、また拾うか。かさねの戦い方も考えものだな」

カナエが表情を歪《ゆが》めて、両手でブッシュナイフを振りかざす。

相対するタツミは薄《うす》ら笑いを浮かべ、刃《やいば》の軌道を見極めた。

左横に僅かに移動して刃《やいば》を避《よ》けると同時、引き絞った右の拳をラリアット気味に、カナエの鳩尾《みぞおち》に叩《たた》き込む。

胃が揺られ、ごぽりと、波打つような音がした。

「――うっぷ、あげっ……！　おごっ……」

カナエは地面に倒れこむと同時、自らの吐瀉物《としゃぶつ》に顔面を汚した。

原形を失ったいちごのケーキ、トルコアイス、抹茶《まっちゃ》あんみつ……ゆきやレヴィと一緒に食べた甘《あま》いものが、汚物として口から吐き出される。

大切な思い出が、欠け落ちていくような気がした。

「……へえ、まだ立てるのか」

カナエは口もとをぶっきらぼうに拭うと、ブッシュナイフを構え直してタツミへと駆ける。

その足取りは覚束《おぼつか》ず、反撃にしても虚《むな》しく無意味な行いだった。

タツミ目掛けた刃《やいば》は――パシッ。

二本指で軽々と挟まれる。

タツミはブッシュナイフを引き抜き、氷壁へと投擲《とうてき》して突き立てる。

直後にカナエの足を横に払い、右腕を掴《つか》み、うつ伏せに押し倒した。

「がはっ……！」

「かさね、そっちは終わったか？」

地に伏せながらも、カナエは氷壁の向こうを見た。

ゆきは地面に仰向けに倒れながらも両手を伸ばし、かさねの右手から伸びる赤光《しやっこう》の糸、『斥力子《レプルシオン》』の連鎖を食い止めている。

その身は全身に傷を負い、カナエのお下がりの衣服はボロボロの布切れに成り果てている。中でも右脇腹に刻まれた空洞状の欠損部分は、能力にリソースを割《さ》いているため未《いま》だに修復できずに、鮮血を垂れ流している。

「まだだわ、いったいどれだけしぶといのかしら……」

ゆきだけでなく無傷のかさねも、どこか疲弊しているようだった。

「……オレたちは、やり方が間違っていたのかもな」

タツミはスーツのポケットから、鞘《さや》付きのナイフを左の逆手で取り出す。

ナイフを振り鞘《さや》を飛ばすと、刃渡り一〇センチ弱の諸刃《もろは》の切っ先を地面に拘束したカナエの首筋に突きつけた。

「『エルウェシィ』、抵抗をやめて大人しく殺されろ。さもなくば、——お前のマスターを殺す」

「……い、や……！　なら、ば……カ、カナ、エ……の、か、わり……に……私、が……！」

「――ゆき、絶対に死ぬなッ！」

カナエが叫ぶ。

マスターの命令は『現象妖精《フェアリー》』にとって絶対的なものだ。

カナエが命令したことにより、ゆきの意思がどうであれ、これでゆきに生を諦めるという選択肢はなくなった。

タツミは両耳に嵌《は》めたイヤホンの接続先、『専用エフティ』をちらりと覗《のぞ》く。

「面倒なこと言いやがって……。これはもう、殺《や》るしかねえな」

「ちょっと待ってタツミ！　それ脅しじゃないの⁉　『七大災害』のマスターであっても、なるべく人間の方は殺さないって言ったじゃない！　――それにカナエは……！」

「なるべく、な？　仕方ねえんだ。壊すべき『専用エフティ』がないのなら、他に方法がないのなら――人間《こっち》を殺すしかねえだろ。命令だ。かさねは黙って『エルウェシィ』に対処しろ」

かさねが自らの意思とは関係なく、ゆきに向き直る。

ふとタツミは、カナエの首筋に刃《は》を当てた。

正面に、レヴィが浮いていた。

「――なんだ？　そこのチビ助《すけ》……って、ああ、このニイチャンを殺したら、お前も死ぬのか」

　タツミにそう言われるが、レヴィは自分のことはどうでもいいといった様子で葛藤《かっとう》していた。

「……カナエさまも、ゆきちゃんも、……どっちが死んでも、どっちもが死ぬなんて、そんなのは、そんなのはっ！　わたしもいやなんですうううううううううっ！」

　自暴自棄になって突進するレヴィを、タツミはナイフの柄《つか》で打ち落とした。

「ひぎゃん！」

　レヴィはカナエの隣へと墜落した。小さな体で必死に這《は》いずり、カナエの顔に手を触れる。

「……カナエ、だけじゃ、なくて……レヴィまで、も……死ぬ、なんて……嫌です……！　だから……お、お願い、します……！　私に、死ねと、言ってください……！」

「一人を見殺しにするか、三人まとめて心中するか。一目瞭然《いちもくりょうぜん》の命の選択《トリアージ》だと思うがな」

「そう簡単に見殺しにできるわけねえだろッ！　割り切れるわけねえだろが！」

「そうか。──そいつは残念だ」

　タツミはナイフを構えた左の逆手を振り下ろす。

　頸椎《けいつい》を叩《たた》く、鈍い音が響いた。

　カナエの首筋にはナイフの柄《つか》が押し当てられていた。

　首の裏からどろりとした赤色が広がり、垂れ落ちる。

「……カナエさま？　カナエさま？　……あ、れ……動かなく……なって……」

タツミはナイフを素早く引き上げると、刃《は》にこびり付いた赤色が糸のように尾を引いた。

ゆきは脱力し、赤光《しやっこう》の糸を食い止めていた両手をだらりと地に下ろした。

粒子減速を解かれた『斥力子《レプルシオン》』の連鎖に、右足が根元から消滅させられる。

しかしゆきは、ごぼごぼと吹き出す出血をまるで気にも留めていない。

「脳死までのタイムラグがあるようだな。かさね、一応トドメは刺しておけ」

「……ッ!!」

ゆきの無表情とは対照的に、表情を歪《ゆが》めたかさねが赤光《しやっこう》の糸を振るおうと――した。

「――あ、あ……あああ………。カ、ナエ……」

マイナス七〇度以下の烈風が吹き荒れた。

烈風はかさねを氷壁へと叩《たた》きつける。

区画用空調機《フロア・ラギング》によって再現されていた、直径一五キロの『ブナの森』の気候全域が、一瞬にして、シベリアの如き極寒《ごっかん》地帯へと塗り替えられていった。

沈みかけの夕陽《ゆうひ》に照らされ、森は凍える。

吹雪《ふぶき》の中、ゆきは西欧の花嫁装束にも似た白のショートドレスを身に纏《まと》い、立ち上がる。

霧散した右足も、全身の切り傷も、右脇腹に開いた空洞も、全てがなかったことになっていた。

ゆきの腰までの長さに戻った銀髪が、吹雪《ふぶき》に動じることなく、歩みに従ってしとやかに波打つ。

「損傷《バグ》の全修復ですって……。……無理やり『標準状態《デフォルト》』にリセットしたとでも言うの……?」

ゆきは氷壁越しの、カナエに伸《の》し掛かるタツミに右手を向ける。

——ザザ……、『マスターキー』……

ゆきの左側頭部に飾られた雪待花《エルウエシイ》の髪飾りが、青い雪の結晶《クリスタルブルー》の瞳と同じ水色の燐光《りんこう》を灯《とも》した。

ゆきの右手周囲の空間から抽出された窒素《ちっそ》氷晶が螺旋《らせん》を描き、一振りの長剣の形に収束する。

——それは稠密《ちゆうみつ》な幾何学《きかがく》模様を描く、氷のロングソードだった。

ゆきの右腕は重量を感じさせない素振りで、氷剣を横に薙《な》ぐ。

振るわれた氷剣は刃《は》の軌跡から、大質量の氷を生み出し、氷の斬撃を射出する。

急いでかさねは赤光《しやっこう》の糸で氷壁を切り抜き、タツミの元に駆けつけた。

かさねは右の指を操り、赤光《しやっこう》の糸で前方にぐるぐるととぐろを巻き、物理的接触を拒絶する斥力《せきりよく》の円盾《えんじゆん》を形成した。

迫り来る氷の斬撃は容易《たやす》く氷壁を切断し、赤光《しゃっこう》の円盾《えんじゅん》とぶつかり、そして拮抗《きっこう》した。

「この力はなんなのよ……⁉」

ぎちぎちと不協和音を立てて競《せ》り合うが、氷の斬撃が消滅する気配はない。

その勢いにかさねが押されてじりじりと後退する。

かさねは足元に『虚空《グラビティ》』を生成し、タツミの腕を掴《つか》む。

かさねとタツミは後方斜め上へと作用する重力によって宙を舞い、氷の斬撃を眼下に回避した。

氷の斬撃は地面に倒れこんだカナエの上を素通りして、森の木々を根こそぎ刈り取り、地面を抉《えぐ》り穿《うが》った。

宙に浮かぶかさねはタツミを抱えて、離れた場所に着地する。

ゆきはカナエの元まで歩み寄ると、肩へと左手を伸ばし、ゆっくりと抱き起こした。

「…………」

「ゆ、ゆきちゃん！　あ、あの！　カナエさまはっ……！」

レヴィは必死にゆきへと訴えかけるが、反応はない。

ゆきはただ無表情で、虚《うつ》ろな目をタツミへと投げかけている。

左手にカナエを抱えたまま、やがて右手の氷剣をのそりと構えた。

「――かさね、『最上位要請《インペリアルオーダー》』を使え」

「……分かったわ。ただ、今の力の残量だと、近くにしか……」

「そうか。なら……」

タツミの命令を受け、かさねは右手を払い、指から伸びる残り四本の赤光《しゃっこう》の糸を消滅させた。

「──既視圏に『星空を満たすもの《エーテル》』を展開します

──局地的『現象妖精《フェアリー》』との連絡回路を確立

──次いで重力測地線《ジオシツクライン》を検出します

──終了、最適な空間歪曲率《アフインパラメータ》の代入

──臨界値達成──」

ゆきが氷剣を振るう。

刃《は》の軌跡に沿って発生した大質量の氷の斬撃が、広がり、飛来する。

「最上位要請《インペリアルオーダー》『事象の地平線《アップル・イーター》』を起動するわ

──みんなみんな、お別れよ」

かさねを中点として、黒い靄《もや》が半円形状にぼうっと発生した。

氷の斬撃は縦横に膨張して地面を抉《えぐ》り取る。

雪崩《なだれ》の如き迫力で拡散する氷の斬撃は、黒い靄《もや》に呑《の》み込まれて、消失した。

「……あ、え……」

消失した氷の大規模斬撃は――ゆきの目の前に突如として出現する。

ゆきの放った攻撃が、そっくりそのまま返ってきたのだ。

速度と広がりを維持したまま。

ゆきは咄嗟《とっさ》に右手の氷剣で防ぐも、氷の斬撃に吹き飛ばされ、カナエとレヴィごと押し出される。

ぴきりぴきりと氷剣に亀裂が走り、粉々に砕け散る。

そしてそのままの勢いで街の外周へと――夕焼けの沈みゆく逆さの空へと投げ出された。

＋＋＋＋

重力が反転した逆さまの街では。

天高く、空に向かって落下する。

遠く離れた斜め上、水平線上の果てに太陽が欠けてゆく。

「ゆきちゃん！　しっかりしてください！　ゆきちゃん！　カナエさまはっ……！」

ゆきはカナエとレヴィに縋《すが》るように、一緒にぎゅっと抱きしめていた。

レヴィが必死に声を掛けても、白のショートドレスを纏《まと》うゆきは虚《うつ》ろな無表情で、カナエをじっと見つめている。

カナエは沈黙し、ゆきは心ここにあらず。

レヴィしか、この状況でまともに動くことができない。

しかし、この小さな体では、声では、力では、何もできない。

レヴィは思う。

わたしはただ、眼《め》が良いだけの――

「ゆきちゃん！　わたしの話を聞いてくださいっ！　ゆきちゃん！　お願いだからっ！」

ゆきの長く伸びた銀髪がばさばさと翼のようにはためき、レヴィの声をかき消した。

「……うぅ……！　カナエさまも、ゆきちゃんも、あんなにもがんばったのにっ――」

ゆきは必死に戦った。

目を塞ぎたくなるほどにボロボロになろうとも、生きようとした。

それでもカナエのためならと、生を諦めようとしたゆきを……カナエは絶対に許さなかった。

カナエは自身を危険な状況に置き、的確な指示を繰り出した。

タツミと戦い、何度負かされても立ち上がった。

何度も何度も勧告された甘言《かんげん》に耳を貸さず、ゆきの生を諦めようとしなかった。

「――なんでわたしは、なんにもできないんですかぁ！」

レヴィはカナエの指示通りに動き、後はただ黙って状況を見守ることしかできなかった。

ゆきが傷つけられ、カナエが戦いに身を投じても、レヴィはその場を動くことができなかった。

全ての原因は力不足にあった。

ただ眼《め》が良いだけで、他に能力がなく、人形のようなレヴィが歯向かったところで、状況を何も変えられない。

そんな不甲斐《ふがい》なさに、レヴィは自分を責めた。

「ゆきちゃん！　眼《め》を覚ましてくださいっ！」

レヴィは精一杯振りかぶってゆきの頬を叩《たた》くが、レヴィの小さな指はゆきの頬の弾力に押し返される。

レヴィは何度も何度もゆきの頬を叩《たた》く。

むにゅ、むにゅ、とその度に虚《むな》しさが募る。

レヴィは何も変えられない自分を変えたかった。

この冷たい現実を変えるだけの——力が欲しかった。

「——わたしはっ、ポンコツのままじゃ嫌なんですっ！」

——ぱちん、と。

ゆきの頬を平手で叩《たた》く音が、はっきりと響いた。

無表情に、色が宿る。

目をぱちくりとさせ、目の前にいるレヴィを見て驚いた。

「……レヴィ……？　……変ですね、いったいどうしたのですか。なぜそんなにおおき——」

＋＋＋＋＋

『ブナの森』を覆っていた極寒《ごっかん》の吹雪《ふぶき》は途絶え、区画用空調機《フロア・ラギング》による気候再現が作動する。

明るさを失ってゆく暁空《あかつきそら》を眺めるタツミの、その頬を。

かさねは思い切り叩《たた》いた。

「——なんでカナエを殺したの!?　それにメイドちゃんまで！　……カナエは、あたしが償《つぐな》うべき相手なのに……。殺《や》りようは、他にいくらでもあったはずよ……！」

「ちっとは冷静になれ。最初に交わした〝マスターを殺さない〟という約束を、オレはまだ破ってねえぞ」

「……どういうこと？」

タツミの襟元から手を離す。

タツミはポケットから赤黒く塗られたナイフを取り出すと、その刃先《はさき》をシャコシャコと柄内《つか》部に出し入れした。

柄《つか》の上部には血糊《ちのり》のポケットと、昏睡剤《こんすいざい》を注入する小さな注射針が見えた。

「刃《は》が引っ込む玩具のナイフ《スイッチブレード》。こんな陳腐なハッタリ、めったに使わねえけどな。『エルウェシィ』の動揺を誘ってその隙をつくつもりが……どうやら虎の尾を踏んでしまったらしいぜ。これでまた、仕切り直しだ。オレらも早いところここから去らないとな」

「仕切り直しって……。あたしはカナエを空に突き落として、殺してしまったのよ……！」

「おいおい、神戸《こうべ》重力反転《グラビテイバウンド》による特異な空間構造を当の本人が分かってねえのか？」

「もう何もかも、覚えてないわ。……自分のしたことを、忘れたかったのかしら」

「地表から高度二〇キロに重力反転境界面があるんだよ。ここの重力ってのは、その面に引き寄せられる形で作用しているんだ。そして神戸《こうべ》という積層都市は、その重力反転境界面を基盤にして、軌道エレベータに肉付けされる形で建設されている。……ここまでは分かるか？」

「その重力反転境界面を超えると、重力の性質が入れ替わるのね」

「『接続ポール』に引っかかったり、真下の都市地盤にぶつからない限り、神戸《こうべ》で落下死するなんて滅多にねえ。そしてあいつらは、街の外側、逆さの空へと勢いよく吹き飛ばされた」

「だとすると、落下するカナエたちは、……どうやって止まるの？」

「そりゃ、勝手に勢いが止まるまで境界面を行き来するんだよ。……バンジージャンプのようにな」

＋＋＋＋＋

おぼろげな意識のなか、ほのかな暖かさが頭を包み込んでいた。

誰かの両手が、自分の顎と額に添えられている。

頭を少し揺すると、ソファに沈み込むような柔らかな弾性を覚えた。

「あっ！　カナエさまが起きましたっ！　大丈夫ですかっ⁉」

「……んあ……？」

カナエは薄《うっす》らと瞼《まぶた》を開く。

雲一つ無い、一面の夜が広がっていた。

隣に荘厳にそびえ立つ、重力に反して伸びる積層都市『逆さまの街・神戸《こうべ》』。

積層都市は街の光源が外部に漏れない構造になっており、都会のように夜空がかき消されることはない。

約二〇キロ離れた大地の天蓋から繋《つな》がる海面に、鏡映しの星空と満月が浮かぶ。

そして、カナエのすぐ頭上には——

「——ふごっ！」

カナエの顔が覆われる。

ゆきがカナエの横たわる体に沿うようにして、ぎゅっと抱き着いた。

「カナエ……！　良かった……！　カナエが、生きている……！」

「ちょっと離してくれ！　顔に胸当たってるから胸！」

ゆきはカナエがそこにいることを確かめるように、全身を使ってカナエを抱きしめていた。

「もーっ、ゆきちゃん。重いですよぉー」

「というか俺、なんで生きてるんだ？　……てか、ここどこ？」

「なんと街の一番下ですよっ！　うんっ？　……神戸《こうべ》は逆さまだからっ、一番上って言うのかもっ⁉」

レヴィの声が、ゆきの体越しに聴《き》こえる。

心なしか、いつもより声量が大きい気がした。

「あれ？」

違和感。

カナエの視界はゆきに隠されているが、見えなくとも頭の下に敷かれた柔らかい感触の正体は察している。

気恥《きは》ずかしいが、カナエはどうやら膝枕をされているらしかった。


——誰に？


ゆきは全身でカナエを抱きしめている。

それは、カナエに膝枕をする体勢ではない。

「ちょっとゆき、すまんがそこをどいてくれないか？」

「……はい……」

ゆきが名残惜《なごりお》しそうに体を離すと、もう一つの人影が心配そうにカナエを覗《のぞ》きこんでいた。

「——カナエさまっ、お気分はいかがですかっ？　殴《なぐ》られたりしたところ、痛みませんかっ？」

カナエの目の前に、服にぴっちりと張り付いた大きな膨らみがあった。

その膨らみの少し上から、幼い少女の顔がカナエを見つめる。

少女の小さな体を包み込む、黒のロングワンピース。

その上から白のフリルエプロンを着けたメイド服。

翡翠《ひすい》色の澄んだ瞳と、幾つかの煌《きら》めく黄色い星模様。

ウェーブがかった金髪は少女の背中半ばまで伸びて、カナエの頬に触れた。

「俺、おかしくなっちまったのか……？　――レヴィが大きくなっているように見えるんだが」

「その通りですっ。わたしはカナエさまに仕えるメイドっ！　カナエさまのレヴィですよっ！」

「は？　えっ、えっ……？　ええええええええええええええええええええええええ!?」

レヴィの膝枕から飛び起きたカナエは、思わず後ずさってしまい――そこで浮遊感を覚えた。

「危ないですよぉ！」

下には逆さま、夜空の底。

レヴィがすんでのところでカナエの右腕を両手で掴《つか》み、綱引きの如く引き戻した。

足場に尻もちをついたカナエは、その材質が氷で出来ていることを知る。

夜空に突き出す形で生成された氷の足場は、ずっと先の『落下物処理設備』へと繋《つな》がっていた。

カナエはレヴィに掴《つか》まれた右腕の感触を思い出す。

等身大の少女の手。

どうやらこれは、夢ではないらしい。

「カナエ、ぼうっとして、どうしたの？　やはり、まだどこかが痛みますか……？」

ゆきの姿も変わり果てていた。

白のショートドレスを纏《まと》い、家で切ったはずの銀髪は腰まで伸びている。

『現象妖精《フェアリー》』としての、かつての『標準状態《デフォルト》』。

出会った時と、同じ姿。

「……いや、俺は大丈夫なんだけど……とりあえず二人とも、今の状況を教えてくれないか？」

＋＋＋＋＋

外周に沿うように造られた氷の螺旋《らせん》階段を、カナエたちは登っていた。

このまま夜空の底で朝を迎えるわけにもいかず、ひとまず上を目指すことにしたのだ。

壁に電灯の類は一切ないが、眼下に臨む星空と満月の明かりだけで充分だった。

ゆきが適時氷の階段を追加する傍《かたわ》らで、レヴィはカナエに話をする。

「——というわけで、ゆきちゃんの力がマスターであるカナエさまを通して、わたしに逆流してきたみたいなんですよっ！　そしたら、こんなに大きくなっちゃいましたっ！　わーい‼」

「……私の保有する『星空を満たすもの《エーテル》』の一部が、レヴィに移行したことを確認しています。

『最上位要請《インペリアルオーダー》』の出力媒体以外にも……想定外の作用があるようです」

「強くなりたいと願ったら、大きくなった。本当にそれだけなんだな……ってアバウトすぎるわ！」

「服が破けて、空中で丸裸になってとても困ったんですよっ。バンジージャンプみたいに重力反転境界面を行ったり来たりして、わたしもゆきちゃんも大変だったんですっ。落ち着いてからカナエさまのリュックを開けて、お店で買った下着や靴、メイド服を借りた次第ですっ！」

「ああ、そうか。……胸、でっ――ゴッホン！　……、……よく似あってると思うぞ」

「ゆきちゃん用のサイズなのに、靴もパンツもわたしにピッタリでした。でもメイド服は足元は裾が余ってダボダボで、なのに胸の部分だけ布が張ってすっごくきつきつなんですっ」

「おいゆき、今レヴィにすっげえ嫌味言われたぞ」

「そうなのですか……？　全く、気が付きませんでした」

「あとブラジャーもサイズが全然足りなかったので、――わたし今ノーブラなんですっ」

「ぶふっ！」

「こうやって大きくなって、信じてもらえましたか？　……わたし、ちゃんとあるんですよっ」

レヴィは恥《は》ずかしげもなく、プレゼントでも差し出すかのように自らの巨乳をもち上げた。

「あるのはもう分かった！　今まで疑った俺が悪かった！　だからその手を下げてくれ！」

「カナエさまの反応、とっても新鮮で、なんだかちょっと嬉《うれ》しいですっ——えいっ」

レヴィが悪戯《いたずら》な笑みを浮かべて、カナエにぎゅっと抱き着こうとした。

思わずそれを回避したカナエは、氷の階段を踏み外す。

ゆきが咄嗟《とっさ》に足場を生成していなければ落下していただろう。

「カナエ、……もう落ちないでください。レヴィも、危ないです」

「ごめんなさいっ！　はしゃぎすぎちゃいましたっ！　……わたしの、夢が叶《かな》ってて っ……」

レヴィはカナエとゆきに必死に頭を下げる。

最後の言葉は小さくてよく聴《き》き取れなかった。

「レヴィのことはもう、考えようがないな。大きくなった、以上。……ゆきはどうなんだ？」

カナエにはあり得ないものだが、今日の出来事が奇想天外すぎて感覚が麻痺《まひ》していた。

「……実を言うと、何も覚えていません……。あのタツミという人に、カナエが……殺されたと勘違いして、何だか頭が真っ白になって……気がついたら、私はこの姿で空にいました」

ゆきは自らの長い銀髪を撫《な》で付けて、どこか申し訳なさそうに俯《うつむ》く。

「そ、その通りなんですよ！　いきなりゆきちゃんが変身してびっくりしましたっ！　そのまま戦って、……いきなりかさねさんにどびゅーん！　って吹っ飛ばされて、カナエさまとわたしごと街の外側に落っこちたんですっ……」

レヴィはあたふたと言葉を紡《つむ》ぐ。

その時のカナエは昏睡《こんすい》していて、ゆきも記憶がないので、ことの真相はレヴィ頼りになる。

しかしレヴィは、どうやら隠し事をしている様子だった。

「レヴィ……、お前何か――」

レヴィが〝お口にチャック〟のジェスチャーを取った。

カナエに近づき小声で耳打ちする。

「……カナエさまにだけ、また後でお話ししますっ。だから今はっ……」

レヴィの表情は真剣だ。

ゆきがきょとんとこちらを見つめるので、カナエは話題を転換した。

「しかし、こんなに空に落ちたのに、思ったほど寒くないな。ゆきが能力で何かしてるのか？」

「……いいえ、私の能力は基本的に、高速分子《あつさ》による炎、熱は生成できません……」

「カナエさまっ、それは神戸《こうべ》付近の大気構造が他の場所とは違うからですっ。本来ならこの高度だとマイナス七〇度を下回りますが、重力反転現象で周囲の外気から隔絶されてるんですっ」

レヴィはさも当たり前のように補足すると、人差し指を立てて専門的な話を連ねていった。

「重力反転境界面がちょうど二〇キロ上空にあって助かりましたねっ。高度二五キロに展開された一番高濃度のオゾン層に穴が開いちゃうところでしたよっ。……あっ、オゾン層っていうのは宇宙から地球に降り注ぐ有害な紫外線を吸収、遮断してくれる大気層のことですっ。その層がないと紫外線を丸浴びで、神戸《こうべ》に街を作っても人が誰も住めないところだったんですよっ」

「……レヴィが何を言っているのか、よく分かりません」

「俺も授業で習ったことないぞ……。失礼なことを聞くが……レヴィ、そんな頭良かったか？」

「何をおっしゃいますかっ、わたしはお馬鹿さんですよ？　……でも前から、見たものの性質はぼんやりと分かりましたっ。そしてなんとっ、ついさっきわたしが大きくなってから、〝そこに何がどのように存在するのか〟なんてのがはっきりと全部、理解できるようになったんですっ」

「ゆきみたいに、何か固有の物理現象を引き起こせるようになったわけじゃないのな」

「うぅ、それは言わないでくださいよぉ……。わたしは『現象妖精《フェアリー》』らしい派手なことはできませんが——何でも解説できる便利キャラにはなれますっ！　困ったときのレヴィさんですっ！」

「そんなに自分を売り込まなくてもいいから！」

「だってせっかくゆきちゃんの力を分けてもらったのに、わたしには他にっ……」

「レヴィ……カナエの家で飲んだラベンダーというものは、とても美味《おい》しかったです」

「今のレヴィなら、紅茶もケーキも一から全部、俺が手伝わずに作れるんじゃないか？」

「レヴィの手作り、私もいただいてよろしいですか？」

「……カナエさま、ゆきちゃん……。ではっ、みんな一緒にお家《うち》で――あっ」

「……そうでしたね……、カナエの家は、もう……」

ゆきとレヴィが立ち止まる。

今のカナエに帰る家などなく、これから行く当てなんてどこにもない。

身長がちぐはぐなゆきとレヴィの肩に、カナエは両手をぽんと置いて、前へと歩かせた。

「家じゃなくてもいいよ。三人一緒に、作ろうな。……そのためには……その……」

励まそうとしたカナエの言葉も途切れる。

現状を打破する方法がまるで思い浮かばないのだ。

タツミ曰《いわ》く、飛行船の検問は強化されている。

空に浮かぶ〝逆さまの街〟では、飛行船の他に神戸《こうべ》を出る手段は存在しない。

かといって街の中を転々と逃げ続けるのでは、結末は目に見えている。

たった数時間で、アズガルドは九六階層離れたカナエを発見したのだから。

「……ひとまず、少しの間だけでも落ち着ける場所を探さないとな。このまま氷の階段を登っていけば、少なくとも一階層に着くだろうし」

「この街の一階層とは、どのような場所なのでしょうか？」

「俺も詳しくは分からない。『エレベータ』も一基しか通ってないし。神戸《こうべ》の下層部はスラム化して治安が悪いけど、一階層はそもそも人が誰も住んでない。――廃棄区画なんだとか」

「ひえええぇ！　幽霊とか出ちゃうんですかぁ！」

「……？　幽霊とは？」

「お前らが幽霊みたいなもんなんだけどな。まあ幽霊ってのは……」

『現象妖精《フェアリー》』発見以前に観測された、心霊現象やポルターガイストなどなど。

それらは中途半端《はんぱ》な形で自然抽出された『現象妖精《フェアリー》』によるものだと、後年の研究で報告されている。

「……死んだ生き物が、ゆきやレヴィのような〝幽体〟で化けて出たやつのことを言うんだよ」

夜空を眼下に、興が乗ってカナエは話した。

ゆきはただ頷《うなず》き、レヴィはびくびくと震える。

「幽霊は、そのだいたいが生前に未練があって現世に残っているんだ。例えばある人が不幸な事件で誰かに殺されて……こんな形相で化けて彷徨《さまよ》い、……う～ら～め～し～や～！」

「聞こえませんっ聞こえませんっ聞こえませんっ聞こえませんっ聞こえませんっ聞こえませんっ！」

「うーらーめーしーやー？　……何語ですか？」

「恨んでいる、って意味。この話だと幽霊は、自分を殺した相手を恨んでいることになるな」

「ではカナエ……誰かに殺された者は、皆幽霊となり、――永遠と、恨みを抱いて彷徨《さまよ》うのですか……？」

ゆきがいつになく真剣な口調で聞くので、カナエは戸惑った。

慌てて話の方向性を修正する。

「幽霊が全員そんな悲しいやつばかりじゃないと思うぞ。未練と言っても色々あるな。例えば生前にやり残した些細《ささい》なことを、誰かに叶《かな》えて欲しくて、死後も幽霊として残り続けたりとか」

「カナエさまがいなければわたし、甘《あま》いお菓子食べたいお化けになっちゃってましたねっ……」

「食い意地の張った未練だな……って前も言ったぞ。そういえばレヴィ、――横に幽霊がいるぞ！」

カナエは灰色の外周壁を指差し、怯《おび》えたレヴィが神速でぴゅんと振り向いた。

そこには当然何かがあるというわけではなく、単にカナエはレヴィを驚かしたつもりだった。

なのに、――ガンガンガンガンガンガンガンガン。

壁の内側から音がした。

「ぴぎゃああああああああああああああああああああああああああああああああああああ⁉」

「マジかよおおおおおおおおおおおおおおおおおおおおおおおおおおおおおおおおおおお⁉」

カナエとレヴィは同時に飛び去り、はたまた氷の階段から足を踏み外してしまう。

一切動じてないゆきが追加の足場を生成して事なきを得た。

「ですから、落ちないでください。とても心配です」

「それどころじゃねえって！　なんで壁の内側から物音がするんだよ！　——ここ上空だぞ⁉」

「カナエさまぁああぁあ！　これ本当に幽霊なんじゃないですかぁ！」

カナエとレヴィは追加された氷の足場で尻もちをついて後ずさる。

ふと、声が聞こえた。


——コの気配はギ——様？

レぷは、寂シいノデす。

ギ——様ノ好きナ紅茶ヲ——淹《い》レて。


壁の内側からの音が、次第に弱まる。

そこには少なくとも何かが、もしくは誰かがいる。

「……今なんか、ちぐはぐな女の子の声が聴《き》こえなかった？」

ゆきとレヴィは揃《そろ》って首を横に振る。

この悲しそうな声は、カナエにしか聴《き》こえないらしい。

「じゃあレヴィ、一旦ちょっと冷静になってから、この壁をしっかり〝見てくれ〟」

少ししてレヴィは落ち着くと、外周の壁をじっと注視した。

レヴィの瞳の中の星々が煌《きら》めく。

「――カナエさまっ！　これ、壁に偽装された扉ですっ！　それにここは後付けされた積層都市の外周ではなく、どうやらその下地である『軌道エレベータ』が剝《む》き出している部分ですっ！」

「そもそもなんで扉が高度二〇キロの上空にあるんだよ……。内側に何があるか分かるか？」

「それが全く分かりませんっ。この辺りの壁だけ特殊な観測阻害材質《ステルス》で出来ているみたいですっ」

『重力子《グラビトン》』のような素粒子を〝つぶつぶ〟として認識できたレヴィですらお手上げらしい。

「……開けましょうか？」

ゆきが右手を横に伸ばし、周囲に氷槍《ひょうそう》を幾つも生成した。

「ストーップ！　中に誰かいたら危ないだろ！　扉だったら、正攻法の開け方はないのか？」

「しばしお待ちくださいっ……むむむっ……あっ！　ここの部分に認証装置がありますっ！」

レヴィは壁に右人差し指を当て、成人男性の手の平が収まるサイズの正方形をなぞった。

「でもこれっ、けっきょく認証装置をパスできる人じゃないと扉を開けられませんよっ？」

レヴィが壁に手を当てて言うが、無反応だ。

つられてゆきも手を置くが、同じく反応がない。

「くそー、やっぱりゆきに壊してもらうしかないのか。……さらっと開いてくれたらいいのに」

ついでのようにカナエも壁に手をつく。

——Identified.
Class : Administrator.

直後、扉内部でガチャンガチャンと駆動音がした。

「開きました」

「まじで？」

灰色の壁面に鋭角的な凹凸《おうとつ》を描く隙間が生まれ、ゆっくりと左右に広がる。

——ちぐはぐな声がした。

壊れたオルゴールのような、随所の音階が欠け落ちたソプラノボイス。

「オ帰りナさい、ギぇン様。――レぷはずッット、オ待ちシてマシた」

暗闇のなか宙に浮く人形大の少女。

ボロボロの赤褐色《せきかっしょく》のフリルドレスを身に纏《まと》い、フレアスカートの両端を摘《つま》んでかしずいている。

少女の肉体は精気を失い痩せこけて、肌は病的なほどに青白い。

床にまで触れる長髪は色褪《いろあ》せた黄昏《たそがれ》のようで。

何もかもが風化していて、今にもかき消えそうな印象だった。

ボロボロの少女はふと顔を上げて、カナエを見つめた。

「ギぇン様の好きナ、アーるぐれイを用意シテいマすノ。中国産ノ茶葉をブれんドしテ……」

少女の瞳だけは、風化に取り残されて綺麗《きれい》なままだった。

深い藍色を基調として、水晶細工で編み上げたかのような神秘的な幾何学《きかがく》模様が数ミリの瞳の中にぎっしりと埋め込まれている。

……カナエは少女の、かつての姿を想起する。

赤のドレス。

黄昏《たそがれ》色の長い髪と、水晶細工の碧眼《へきがん》。

灰谷義淵《はいたにぎえん》のあの伝説的な講演の資料映像に映っていて、或《あるい》は講師が持つキーホルダーとして、

そしてかさね曰《いわ》く「あたしたちのお姉ちゃん」と称された存在。

斥力《せきりょく》を司《つかさど》る、始まりの『現象妖精《フェアリー》』。

「レプルシオンなのか!? ……じゃあ、ここはもしかして……!?」

授業での言葉を思い出す。

『灰谷義淵《はいたにぎえん》が個人で所有するラボは、公言されていた東京以外、現在に至るまでその全てが未発見だったかと……』

「はイ。レぷはギぇン様のオ側付《そばづ》キでス。――ココは神戸《こうべ》ノ『秘密基地《はイド・ラぼ》』でスよ?」

幕間三《まくあい》『夢に眠る赤――Repulsion――』

室内の明かりがさっと灯《とも》り、内部の全貌《ぜんぼう》を明らかにする。

カナエは息を呑《の》んで中を見渡した。

扉の内側には書斎と研究室とリビングとを仕切らずにごちゃ混ぜにしたかのような、高密度の混沌《こんとん》空間が広がっていた。用途不明の実験器具が所狭しと配置されて室内を圧迫して、実質の居住空間は極端に少ない。慣れ親しんだノゾミの旧実験室と似ている。

……なのに、違和感があった。

「さアさ、ギえン様。コちらに掛ケテお待チくダさイ」

ボロボロのレプルシオンが屈託のない笑みを浮かべてそう言うので、カナエは一層混乱する。

「ギエン様……？　もしやこの子は、俺が灰谷義淵《はいたにぎえん》だと思い込んでいるのか……？」

カナエはレプルシオンに言われるがままに、埃《ほこり》一つ無い安楽椅子に座らされる。

安楽椅子《す》だけでなく部屋の隅々に至るまで、まるで昨日まで誰かがいたかのように状態が維持されている。

レプルシオンは危なっかしくふらふらと宙を飛び、台所らしき空間へと移動していった。

「……ここはちょうど一〇年前に作られた部屋ですっ。電気や水など、生活に必要なエネルギーを全て独立して賄《まかな》い、外部にはそのエネルギーを漏らさないような作りになっていますっ」

「一〇年前って『七大災害』以前の話じゃないか⁉　『神戸《こうべ》グラビティバウンド』が起きる前に作られた施設が──なんで反転した重力に対応してるんだ？」

違和感の正体はそれだった。なぜ、『秘密基地《ハイド・ラボ》』はひっくり返されていないのか？

「……信じられないことですがっ、この部屋の外殻は球体状で、『軌道エレベータ』内部の切り抜かれた空洞にすっぽりと嵌《は》めこまれているんですっ。そしてあらゆる方向からの重力に、外殻が回転して対応しますっ！　重力が反転して、同じく部屋の外殻も反転したようでっ……」

水面が常に真っ直ぐであるように、『秘密基地《ハイド・ラボ》』は重力に対して常に平行となる。

……まるで灰谷義淵《はいたにぎえん》自身が、『神戸《こうべ》グラビティバウンド』を想定していたような仕様だった。

「『軌道《きどう》エレベータ』内外からの様々な秘密経路がここに通じていたようですがっ、外殻の回転によって全経路が途絶され隠蔽処理されていますっ。もうあの空の扉しか、出入口としてっ……」

「……日本人は、空に玄関を作るのですか？」

「作らねえよ！　……しかし、ここまで部屋の手入れが行き届いてるとなると、もしかすると灰谷義淵《はいたにぎえん》が今もまだ生きていて、この『秘密基地《ハイド・ラボ》』で何らかの研究をしていることになるのか？」

「カナエさまっ、ここには誰も来ていませんっ。ずっとずっと昔からです。この七年間、この部屋にあのレプルシオンちゃん以外の誰かがいた痕跡が、何もないのですっ……！」

「七年間……、……七年前には……」

ゆきがぽつりぽつりと呟《つぶや》いた。その言葉でカナエは、現在の定説を再確認する。

七年前に起きた『東京アブソルートゼロ』で灰谷義淵《はいたにぎえん》は死亡したとされているのだ。

「じゃあレプルシオンは……帰ってこない灰谷義淵《はいたにぎえん》を、七年間ずっと待っていたのか……!?

たった一人で部屋を手入れして——……あれ、甘《あま》い物は？　何食って生きてたんだ!?」

「……何も、食べていませんっ。だからもう、——いつ死んじゃってもおかしくないんですっ……」

「私ですら、サトウキビを食べないと、苦しかったのに……」

「じゃあ今からでも何か甘《あま》いものを食べさせないと！」

「……もう、手遅れなんですっ……。長らく『エフティ』との接続が途切れていたせいで自己修復力もなくなり、内部の損傷《バグ》が致命的なまでに進行していますっ……！」

——ガシャン！

台所の方から食器の割れる音がした。慌ててカナエたちは駆けつける。

「申シ訳ありマセン。食器ヲ扱うのハ久シぶリデシて……。ギえン様がオ手ヲ煩《わずら》わセルこトハありまセン。ドウぞイつモ通り、レぷのコとナド放っテおイテ、研究ニ没頭しテイてくダさイ」

「自分の体がどんな状況か分かっているのか⁉　もう、何もしないでくれ……！」

「確カに、少シ疲れガ溜《た》マッていマス。けレどもレぷは、ギえン様ニ少しデも楽ヲシてもラウこトが何よリも嬉《うれ》シイのデす。ドウかレぷの、そンナ些細《ささい》ナ幸セを許シテもラえマせんカ？」

レプルシオンは台所に座り込み、なけなしの斥力《せきりよく》操作能力を振り絞る。割れたカップを片付けて、引き出しから新しいものを取り出して洗う。

一挙手一投足に命を削っているのだ。

そんなレプルシオンをカナエは止めることはできなかった。

カナエは書架の隣に設置されたデスクに座り、ファイリングされた資料を取り出しては目を通す。

ほとんどが専門用語ばかりでまるで意味が分からないが、〝研究に没頭している〟ように見えたらいいのだから関係ない。

「レプルシオンちゃんが用意しているあの茶葉……とっくの昔に腐敗していま──むぐっ」

カナエはレヴィの唇を摘《つま》んで横に流す。レヴィがよくする〝お口にチャック〟の動作だ。

「……そうヤッテお仕事ヲなサるギぇン様ヲ見るノハ、トテも久シイでスね。――できまシタ」

カナエはさっと台所に赴《おもむ》く。中身の入ったカップを手に取って、一人でデスクまで運んだ。

「レぷがオ運びシマすノに」

「……零《こぼ》すと危ないからな。それにすごくいい香りがするもんだから、早く飲みたいんだ」

「そレはレぷも嬉《うれ》シイのデす。柑橘《かんきつ》系のべるガモっトの香りデ、落ち着イたテいすトを……」

嬉《うれ》しそうに説明するレプルシオンの傍《かたわ》らで、カナエはポケットにあった飴玉《あめだま》を取り出す。

旧実験室でノゾミが用意してくれていたものだ。

それをデスク上で砕く。

包装紙を解いて、欠片《かけら》になった飴《あめ》を摘《つま》み、レプルシオンの口もとに近づけた。

「……そレは、レぷが頂イてモよロしいノでシょウか？」

「ああ」

頬の瘦せこけたレプルシオンの、小さく開いた唇に、飴《あめ》の欠片《かけら》をそっと差し込む。

飴《あめ》の欠片《かけら》を頬張り、味わうように頰の中を左右に移動させて、レプルシオンは満面の笑みを咲かせた。

「コンなニ美味《おい》シい物ヲ食ベタノは、本当に久シブり……」

カナエはレプルシオンを見守りながら、凄絶《せいぜつ》な異臭を放つカップを手に取った。

ゆきとレヴィは、ただ状況を見守ることしかできなかった。

「……なあ、レプルシオン。俺と契約しないか？」

「何ヲ言ッテいルノですカ？　レぷは既ニ、ギぇン様ト契約シてオリまス。……それにレぷは、他ノ誰かト契約スルつモりハありマセン。レぷのあルじはタだ一人、ギぇン様ダケなノでス」

「……カナエさまっ。レプルシオンちゃんの今の損傷保有率《バグ》でははっ……」

それに何よりも、カナエを覗《のぞ》き込む水晶細工の藍色の瞳がレプルシオンの強固な意志を示している。

「……そうか、分かったよ」

カナエは笑みを浮かべると、カップの中の紅茶だったものを一口で飲み干した。

「……ギぇン様ノお口に、合いマシたカ？」

「うん。とっても美味《おい》しいよ、レプ」

カナエが優しい声でそう言うと――レプルシオンに変化が起きた。

レプルシオンを構成する幽体に、ノイズのようなものがザザザと走る。

赤褐色《せきかっしょく》のフリルドレスも、折れそうなほどに細い体躯《たいく》も、病的なまでに青白い肌も、色褪《いろあ》せた黄昏色《たそがれ》の長髪も、その全てが朧《おぼろ》げに霞《かす》んでゆく。

『現象妖精《フェアリー》』を現実世界に留《とど》めていた幽体が、バチンと細切れに霧散して──


「ありがとう」

──レプルシオンは鈴の音のような言葉を残して、この世界から消え去った。


ころんころんと、床に何かが転がった。

レプルシオンが消化できなかった飴《あめ》の欠片《かけら》だった。

「……今、観測しました……。レプルシオンちゃんはもう、ここにはいませんっ」

「……死んだの、ですか？　……幽霊となり、永遠と、恨みを抱いて彷徨《さまよ》うのですか……？」

「逆だよ。今までのレプルシオンが、もう幽霊みたいな状態だった。そして幽霊は、未練がなくなると消えてしまう。それを、成仏《じょうぶつ》っていうんだ。……たぶんこれで、良かったんだと思う」

カナエたちはレプルシオンが消えた空間をぼうっと眺める。

ふとゆきが、幽《かす》かに呟《つぶや》いた。

「──お、ねえ、ちゃん……？」

4

四章

叶える者と望む者

——For you / Myself——

1

「んぐっ、おえっ、きっつ……」

「……カナエ、大丈夫ですか？」

腐敗した紅茶が、カナエのお腹《なか》にすぐさまあたった。

安楽椅子の前で膝をつき、俯《うつむ》いてもたれかかり悶絶《もんぜつ》している。

左右のゆきとレヴィが、カナエの背中をせっせとさすっていた。

「カナエさまっ！　ここは下水施設も外部から独立しているようですよっ！　トイレがあちらにありますっ！　付き添いますので、おええって口から全部吐き出してきましょうっ！」

──原形を失ったいちごのケーキ、トルコアイス、抹茶《まっちゃ》あんみつ
……ゆきやレヴィと一緒に食べた甘《あま》いものが、汚物として口から吐き出され、大切な思い出が欠け落ちていくような──

「俺は吐かない！　絶対に吐かないからな！　あの紅茶は俺が最後までちゃんと飲み切る！」

カナエは意地になっていた。

喉元に迫る嘔吐感《おうと》を必死に堪《こら》え、胃の奥へと無理やり戻す。

「意味が分からないですよぉ！　吐いたら楽になれるのにっ！」

「……私も、分からない。けれどもカナエが言うなら、それはきっと、大切なこと……」

カナエが悶《もだ》えている間、ゆきとレヴィはつきっきりで看病する。

レヴィが台所から水を持ってきて飲ませたり、ゆきは生成した氷をカナエのおでこに当てて気を紛《まぎ》らす。

三〇分ほど経《た》って山場を越え、カナエからは嘔吐《おうと》感が消えていた。

しかし、代わりに――

「やっべ、今度はお腹《なか》緩くなってきた……」

床の上でもぞもぞと悶《もだ》えるカナエに、レヴィはすっと細長い容器を差し出した。

「――吐くのはだめでも、出すのはいいんじゃないでしょうかっ」

「下剤……？　なんでこんなところにあるんだよ……！」

「カナエさまのリュックのミニポケットに、わたしが入れていたんですっ……。学校でノゾミさんに……そのっ……紅茶を振る舞った時の余り物ですっ！」

カナエは呆《あき》れたように苦笑して、コップの水に下剤を混ぜ込んだ。

「やっぱレヴィ……、お前は大きくなっても『便通を司《つかさど》る妖精』だよ……」

コップの水を飲み干すと、カナエはトイレに駆け込んだ。

＋＋＋＋＋

数十分後、カナエが落ち着いた面持《おもも》ちで部屋に戻ると、その光景に絶句した。

茶色のカーペット上のマッサージチェアにレヴィはだらりと座り込み、ゆきは羨《うらや》ましそうに見下ろしている。

「ふにゃあ……！　このさすりマッサージもみたたきコースはなかなか至福ですねぇ」

「レヴィ、代わってください。五分で交代すると、言ったはずです」

「あっはいどうぞ！　見たところ、ゆきちゃんは今までずっと色んなところを歩き回っていたようですねっ。お次は太もも・ふくらはぎもみほぐしコースなんていかがでしょうっ？」

「……あ……あっ……、……これ……いい……。とても……気持ちいいです……」

「これが一〇年前の型遅れだなんてとても信じられませんっ……人類の発明は偉大ですっ」

「――おッまえらリラックスしすぎだろ!!」

壁にかかった時計を見やれば、今は午後一〇時半。

夕刻の一九七階層からの逃走劇と、一九五階層『ブナの森』での凄惨《せいさん》な交戦から、約四時間しか経《た》っていないことになる。

カナエは茶色のカーペットにずかずかと上がりこもうとして、レヴィに咎《とが》められる。

「カナエさまっ、この一〇年の間カーペット上には、靴の足跡が見られませんでしたよっ？」

要するに靴を脱げと言っているらしい。

ゆきとレヴィの靴の隣に、カナエも靴を置く。

「で、これからどうするんだ？　……とりあえずみんな、腹減ってないか？」

ゆきとレヴィは揃《そろ》って首をぶんぶんと縦に振る。

「まあ言わなくてもいいと思うけど、俺は食ったもの全部出しちまった」

「私は『標準状態《デフォルト》』の姿になった時に、栄養がほぼ全て、消費されてしまいました」

「わたしもいきなり大きくなっちゃったので、今日食べた分じゃ全然足りませんっ……」

「レプルシオンがああなってしまった以上、ここに食べ物が残っているわけないし……」

「一応、食べ物はありましたよっ」

レヴィはカーペットの端に置いていた大きな缶を、こちらまで持ってきた。

「……乾パン？　でもこれって……」

カナエが缶を開けると、横からゆきの手がすっと伸《の》びてくる。

カナエも摘《つま》んでみた。

「……砂、みたい……」

「全く甘《あま》さがないな。てかむしろ苦っ」

「カナエさまの食料にはなりますがっ、わたしたち『現象妖精《フェアリー》』の栄養素にはなりませんっ」

「俺でも、ここまで苦いとキツイわ。何か甘《あま》いものでもまぶして、味を上書きできたら……」

「甘《あま》いもの、苦いもの……。……そういえば、サトウキビなら、ありますけど……」

「いやいや、そんなものがどこにあるんだよ」

ゆきはカナエのリュックの一番奥底から、すっとサトウキビを取り出した。

「カナエの玄関に、生えていたものです」

「いつの間にとって入れたんだよ！　……いやでも、これはイケるかも。問題は、どうやって砂糖作るかなんだけど」

「私はいつも、茎を齧《かじ》っていました」

「茎から搾り取るのか？」

「わたしにお任せくださいっ！　お砂糖のことについてはこっそりお勉強しているんですよっ。茎の汁液《じゆうえき》から精糖するための調理器具なら台所に揃《そろ》っていますっ！　今からやってきますねっ」

「茎の汁液《じゆうえき》から精糖？　……てかレヴィがするの⁉」

「一人で料理は初めてですが、イメトレならバッチリですっ！　一時間ほどお待ちくださいっ」

「いやいや、イメトレって……」

レヴィはサトウキビを受け取り台所へと直行した。

「カナエ、私は、何をすればいいのですか？」

「俺もゆきも、しばらくお役御免だとよ。……ちょっと探検しようか」

メイド服姿のレヴィが台所で奮闘するのを他所《よそ》に、カナエとゆきは『秘密基地《ハイド・ラボ》』を徘徊《はいかい》する。

本棚の合間を縫ったかと思えば、用途不明の実験器具に行き当たる。

ぐるりと回って機械群を抜けだすと、壁際《かべぎわ》の棚には木彫《もくちょう》の仏像やマトリョーシカ人形、アステカのお面などの統一性の無いお土産《みやげ》がずらりと飾られている。

棚の続く果てには台所があり、レヴィの姿が目に映る。

「……この混沌《こんとん》っぷり、本当に学校の旧実験室と変わらないな」

「旧、実験室……？　あの白衣の研究者たちが、沢山いる場所ですか？」

ゆきが怯《おび》えたような言動でカナエに尋ねる。

心無い研究者の残酷な実験に、散々付き合わされたのだろうか。

「沢山はいないけど、白衣の女性は一人いる。……それに、ゆきが思うような悪い人じゃないから」

「悪くない、研究者ですか？」

「うん、良い人。ノゾミ先生って言うんだけど、物理学の講師で、『現象妖精《フエアリー》』の声が聴《き》こえるっていう俺の言葉を、唯一笑わないでいてくれた人。……俺にとって、一番信用できる人だよ」

「それはカナエの、いわゆる、好きな人ですか？」

「ぶふっ！　飛躍しすぎ！　……確かに好きっちゃ好きだけど、そういう好きじゃないんだ」

「では、どういう好きなのですか？」

「……感謝してるって感じかな。ノゾミ先生が俺を変えてくれたんだ。ノゾミ先生がいなかったらずっと塞ぎこんだままだったろうし、レヴィを助けようとも思わなかった。こうやって、ゆきとも出会えなかった」

「私もノゾミさんという方に、会ってみたいです」

「……俺たちはアズガルドに追われてる身だし、きっともう、ノゾミ先生には会えないよ」

カナエにとってノゾミは唯一信頼できる大人だ。

本当は、置かれた境遇を全て打ち明けたかった。助けて欲しかった。

——そんな心を押し殺す。

受けた恩を、仇《あだ》で返したくはないからだ。

「そうですか……。いつかその、カナエの大切な人と、話がしてみたいですね」

カナエとゆきはその後も飽きることなく『秘密基地《ハイド・ラボ》』を探索した。

部屋の隅に置かれていた未使用の黒い革張りソファを発見。

特に理由は無いが、何となくカーペットの前まで移動させる。

突き出したデスクを機材群へと移動させ、カーペットの周囲をリビングらしく整えた。

「カナエ、何をしているのですか？」

「……生活空間の確保？」

「――ゆきちゃん、これを少しだけ冷やしてもらえませんかっ？」

レヴィはミトンの手袋を両手に嵌《は》めて、底で液体の煮えた高温の鍋を保持している。

「はい」

ゆきはすっと右手をかざす。

鍋は一瞬で冷却され、煮えた液体はペースト状に固まった。

「これを粉末状に細かく砕けばお砂糖の出来上がりですよっ」

「俺もやるよ」

「私も、手伝いたいです」

カナエとゆき、レヴィは仲良くペースト状の砂糖を砕いてゆく。

レヴィは勿論《もちろん》のこと、能力を使わないゆきの腕力も年頃の女の子相当でしかない。

少しばかしの見せ場に浮かれてしまう。

結果、カナエは力を込めすぎて肩を痛めた。

洗った大皿の上に乾パンをよそって、ほんの少し茶色がかった砂糖をまぶす。

「あ、ちょっと待ってて」

カナエは小さな皿に甘《あま》くした乾パンを取り分けて、デスク上にぽんと置いた。

「何をしているのですか？」

「レプルシオンへのお供え物。……死んだやつのことを、こうやって覚えておくんだよ」

「忘れないように、ですか……」

黒いソファの真ん中に、大皿を携えカナエは座った。

左右にゆきとレヴィが座る。

カナエのいただきますに遅れて、ゆきとレヴィも合掌《がつしよう》する。

そうして、乾パンを手に取った。

「あ、これ割といける！」

「甘《あま》くてなんだか、生き返る気分です」

「空《す》きっ腹《ぱら》にガツンと来る甘《あま》さですっ」

ぱくぱくもぐもぐと乾パンを食してゆく。

あっという間に一缶分平らげると、レヴィが追加の乾パンを運んできた。

二缶めの半分辺りで、カナエたちの手が止まる。お腹《なか》いっぱいだった。

「カナエさまぁ……。いっぱい食べると、今度は眠くなってきましたっ……」

「もう深夜〇時を過ぎてるな。いつものレヴィならとっくに寝てる時間だよ——って、おい！」

——ぐーすかー……すぴー、すぴー……。

レヴィは一瞬のうちに眠り込み、ソファにだらんと背を預けていた。

「ほんと寝付き良すぎだろ……」

カナエはソファから立つと、事前に見つけた一式のベットシーツをカーペットの上に敷いた。

レヴィの体を抱きかかえて布団《ふとん》まで運び、上から毛布をそっと被《かぶ》せる。

「大きくなっても、軽いままだな……。ゆきも、ここでレヴィと一緒に寝ろよ」

「カナエも一緒に、寝ないのですか？」

「一緒には寝ない！……ていうかそんなことしたら寝れねーよ。ベッドシーツはそれしかなかったから。俺はこのソファで寝とくよ。それに、寝相の悪いレヴィがソファで寝ると落っこちる」

「分かりました……」

ゆきはおそるおそるゆっくりと、爆睡するレヴィの布団《ふとん》に入り込む。

カナエは電気を消した。

「おやすみ」

「はい、おやすみなさい……カナエ」

＋＋＋＋＋

「……さすがに、もうゆきも寝たよな……？」

午前一時過ぎ。

予《あらかじ》め探索をしていた時に書架に並ぶ本をざっくりと確認したが、専門用語がずらりと並んでいてまるで理解できなかった。

手に取っても仕方のないものだから、書架はスルー。

ライトを頼りにして、カーペットから離れた場所に移動させたデスクを漁《あさ》る。

レプルシオンと過ごしたほんの僅かな時間、カナエは〝研究に没頭している〟振りをした。

その時ちらりと読んだファイルを――少なくともゆきには見つからないように――後で確かめる必要があった。

……暗闇でカナエはページを繰る最中、背後の存在に気づけなかった。

「――ゆき!?　……何で起きてるんだ。今日はもう疲れただろ……？」

カナエは資料を慌てて隠して振り向いた。

後ろ手のゆきがカナエを見下ろしている。

「……眠れません……。今日は、色々なことがありすぎて……。全く、嫌な気分ではありません。逆に、嬉《うれ》しくて。……でも、そんな気持ちを抱《いだ》くことが、とても嫌で、許せなくて……」

ゆきはぽつりぽつりと言葉を漏《も》らす。

「……カナエも、眠らないのですか？」

カナエは眠気を我慢してでもやるべきことがあった。

「しばらく寝る気はないよ」

「……ではカナエ、お願いがあります……」

ゆきは後ろに回した手をカナエに突き出す。銀色に光るものが握りこまれていた。

「カナエがいない時、部屋でレヴィが、見つけたものです。……散髪用のハサミだと、言っていたので……。……私の髪を、またあの時のように、カナエの手で、切ってもらえませんか？」

今のゆきの姿は、白のショートドレスに腰まで掛かるロングストレートの銀髪だ。

『現象妖精《フェアリー》』としての規定された『標準状態《デフォルト》』。

それがゆき――『エルウェシィ』の正式な姿である。

「……もう、髪を切る意味はないんだぞ？　何をしても全部、アズガルドにバレてるからな……。ゆきが変装しようが、もうこの神戸《こうべ》で日常を送ることなんてできないんだよ」

「……変装したいのでは、ありません。ただ、変わりたいのです。カナエは、きっかけをくれました。その手で、私を変えてくれました。……なかったことには、したくありません……」

「ゆきがそう言うなら、別にいいけど。……しかし、うーん、部屋の電気は明るいからレヴィを起こしそうだしな。――じゃあ、あれを開けるか」

カナエは閉めきっている空の扉を指差すと、すっと立ち上がった。

壁際《かべぎわ》へと移動する道中、ぐっすりと眠っているレヴィの布団《ふとん》を厚めに重ね掛《が》けした。

カナエは室内から認証ゾーンに手のひらをかざす。

——Identified.
Class : Administrator.

空の扉を開け放った。風の凪《な》いだ、涼しく静かな夜だった。

「……重力で大気構造が他とは違うとレヴィが言っていたけど、流石《さすが》に深夜だと少し冷えるな」

高度二〇キロメートル上空の、反転した夜空の絶景。真下には吸い込まれそうなほどに大きな満月があり、星空は見渡す限りどこまでも眼下に広がる。

明るすぎず、暗すぎずの夜空の光。

「ちょっと待ってろよ。用意してくる」

カナエは台所で見つけた霧吹きスプレーに、浄水を入れて中身を満たす。

リュックの中からタオルを取り出すと、機材群の奥にあったパイプ椅子を持ち、空の扉へと戻った。

ゆきは空の扉の縁《ふち》に座り、足を外に投げ出していた。両手を太ももの上に置いて俯《うつむ》いている。

「椅子持ってきたけど、そっちに座るのか？　散髪中に寝たら……今度はゆきが空に落ちる

「大丈夫です、私は寝ません。……なぜならカナエに、お話ししたいことが、ありますのでぞ」

「……」

「…………そうか」

代わりにカナエが、ゆきの背後でパイプ椅子に座る。

ちょうどいい高さにゆきの頭があった。

ゆきの細首にタオルを巻き、ミストスプレーで銀髪を湿らせる。

そうして髪を指でほぐしつつ切り口を探るが、ブレて定まらない。

というのも、ゆきの肩がずっと揺れていたからだ。

ゆきは息を吸っては吐いてを繰り返し、決心して声を出そうとしているのだ。

――『現象妖精《フエアリー》』に呼吸は必要ない。

しかし人間でも、呼吸という機能は生命維持のためだけのものではない。

カナエは今、そんなゆきに〝人間〟を見た。

今目の前にいるのは、人間の女の子だ。

ゆきの呼吸が速まる。

過呼吸と似たような症状になる前に、先んじてカナエが口を開いた。

「ゆきが話をしてくれる前に、先に謝らないといけないことがあるんだ。……俺から聞けなくて、ごめんな。家で無理やり聞こうとした時は、怖がるゆきを見て、レヴィが俺を止めてくれた。あの時はあれで良かったんだ。日常が続くものだと思っていたから。——でも、今は違う」

たった半日足らずで、カナエの日常は崩壊した。今日だけで、カナエは何度も死にかけた。

今生き延びていることそのものが奇跡と言っていい。

しかし、その奇跡がこれからも続くとは思えない。

アズガルドに、かさねとタツミ。

双方の苛烈《かれつ》なる敵を抱えて、無事なままでいられるはずがない。

そしてゆきと因縁を持つ敵は、その二つに留《とど》まらないとカナエは予測している。

敵の全貌《ぜんぼう》が分からない状況で、当の守るべきゆきのことすら何も知ろうとしない。

その怠慢は自殺行為に等しい。

……故に、知る必要があった。『エルウェシィ』と呼ばれた少女の、その真相を。

「だから無理やりにでも、ゆきのことを聞くべきだったんだ。……なのにこの『秘密基地《ハイド・ラボ》』に来てからも、一切その話題は避けていた。ゆきが自分から言い出さないと、俺はこれからも絶対聞けなかったと思う。ゆきが怖がるから、聞けなかったんじゃない。……俺が、怖かったたんだ。ゆきの本当のことを知って、俺がゆきのことを怖いと思ってしまいそうで、それが怖かったんだ」

ゆきの呼吸が静まってゆく。

震える肩が落ち着いてゆく。

「ほら、そのままじっとしとけよ。ぶるぶるしてると散髪できないからな」

夜空の明かりを輝《て》り返す銀の長髪に、カナエは切り口の目星を付けた。

髪に手を伸ばす。

「……カナエ。私も、同じです。怖かったのです。カナエに本当のことを言って、カナエに怖がられて、見捨てられるのが、怖かったのです。そんな私の考えは、とてつもなく自己中心的でした。そして、私が話そうと思えたきっかけも、……このうえなく自分勝手です。――怖くなったのです。殺された者は、永遠と、恨みを抱いて彷徨《さまよ》う幽霊になると、そう聞きました……」

カナエは髪を挟んだ指の内側に、ハサミを沿わせて重ねる。ハサミをゆっくりと閉じた。

「七年前、私は罪を犯しました。一五〇〇万もの人間を、この手で一度に、――殺しました」

じゃきり、と音がした。銀の一房が、空の扉から夜空の底へと落ちてゆく。

「カナエと出会ってから、幽霊の話を聞かされるまで、自分の罪を忘れようとしていました。……けれどもずっと、記憶はこびり付いたままで、カナエの話を聞いて、怖くなったのです……」

カナエはイメージしてしまった。

ゆきの足元から、一五〇〇万の幽霊の手が伸びて、ゆきの体へと絡《から》みつき、怨念を持って地獄へと引きずり込もうとするような――圧倒的な〝死〟の情景。

「白衣の誰《だれ》かに、言われた言葉を、今でも覚えています。……〝お前は大量虐殺者だ〟、と……」

カナエは無言で散髪する。髪を左の指で挟み込み、重ねたハサミで切り取り、払い落とした。

＋＋＋＋＋

二〇三五年一一月一九日、日本時間午後九時四三分。満月の綺麗《きれい》な夜だった。

高度六三四メートルを誇る『東京スカイツリー』。その尖塔《せんとう》の頂に、少女が舞い降りる。

少女は西欧の花嫁装束にも似た白のショートドレスをその身に纏《まと》い、腰まで届く白絹の如き銀髪を風に流す。

青い雪の結晶《クリスタルブルー》の瞳で眼下の夜の街を見下ろした。

少女は右手を突き出し、「マスターキー」と一言唱える。

雪待花《エルウエシイ》の髪飾りが、淡い水色の燐光《りんこう》を灯《とも》す。

空間から抽出された窒素氷晶《ちつそ》が、一振りの長剣を形作った。

瞳と同じ、雪の結晶の紋様が稠密《ちゆうみつ》に刻み込まれた、流麗なロングソードだった。

少女はロングソードを軽々と右手一本で空に振りかぶる。

少女には突き動かされる何かがあった。使命感ではなく、焦燥感。

そうしなければならないと、誰に言われるでもなく、少女は理解していた。

──この氷剣を振るうべきなのだと。

上空に絶対零度の冷気が生まれた。冷気はあっという間に半径一五キロ圏内に拡散する。

東京上空から円状の冷気が降下する寸前、少女が氷剣を振り下ろす。

──そして東京は凍り付いた。

＋＋＋＋＋

東京で生まれたゆきの、その後の七年間の説明は淡白だった。

「あまり、覚えていません」と。

長らく未契約だったゆきは、その強大な力を持て余し、『現象妖精《フエアリー》』由来の自然修復力を制御できなかった。

つまりは肉体だけでなく、精神すらも『標準状態《デフオルト》』へとリセットされるのだ。

結果としてゆきに残ったものは、生まれた時の記憶と、脳裏に深く刻まれた数多《あまた》もの苦痛。

「今日は、カナエのことを忘れなくて、良かったです。……これで、以上です」

空の扉に腰掛けるゆきの髪を、後ろのパイプ椅子に腰掛けたカナエが切る。

じゃきりじゃきりと音がする。

その都度ゆきの銀髪は長さを失い、夜空の底へと落ちてゆく。

「……ゆきが本当はどういう存在なのか、何となく予想はしていたよ」

「驚かないのですか……？」

カナエはゆきの髪を切り詰めながら、何でもないように「うん」と言った。

研究区画の下水道で聴《き》こえた単語と、かさねが交戦直前に言い放った台詞《せりふ》とは似通っていた。

——『七大災害』には、自衛以外の行動を阻害するプロテクトが掛かっている——

——そこの三つの白い花弁を咲かせる雪待花《エルウエシイ》と同じ存在で——

かさねはレプルシオンを「あたしたちのお姉ちゃん」と称した。

レプルシオンが消えた直後、ゆきは微《かす》かに「お姉ちゃん」と言葉を漏らした。

それにより、曖昧だった線が繋《つな》がったのだ。

ゆきとかさねの双方は灰谷義淵《はいたにぎえん》に生み出され、共に等しく『七大災害』という存在である。

「……一五〇〇万人を殺した私が、怖いですか？」

「……うん」

カナエは肯定しつつも、ハサミを動かす手を止めない。

「ではカナエ、明日かさねさんに、私を引き渡してください。私が死ねば、カナエとレヴィは助けると、あの方たちは言っています。きっと、嘘《うそ》ではないでしょう」

「このばかやろう」

カナエは棒読みで、ハサミを持ってない手でゆきの頭を叩《はた》いた。

「ひゃうん……！」

涙目になったゆきが、カナエに振り返る。

カナエは超然とした態度でゆきに臨んだ。

「すまん、つい手が滑った。髪切れないから、姿勢戻してくれると助かる」

しぶしぶゆきは前を向く。

カナエは散髪しつつ、途切れた会話を再開させる。

「私が死ぬから、俺とレヴィは生きてくれ、だって……？　なんでそんなことを言うんだ？　ゆきの死を、俺とレヴィが望んでるわけないだろ。何回言われても、俺は拒否したはずだぞ」

「でもカナエは……私のことが怖いと……！　私はもう、カナエに嫌われたから……！」

「――嫌ってない」

「……私のことが、怖いのに、ですか……？」

「そうだ。ゆきのことは怖いかもしれないけど、だけど嫌いなんかじゃ絶対ない。……だってさ、ゆきだってそうだろ？　俺に秘密を言えずにいたゆきは、俺のことを考えて、俺にどう思われるかを考えて、俺を怖がっていた。──でもゆきは、俺が嫌いだったか？」

「それは違います……！　私はカナエのことが、好きです……！　むしろカナエが好きだから、だから、カナエが怖かったのです……！」

「同じなんだよ。俺はゆきのことが怖いと思った。でもこれは、俺がゆきのことを……その……好き、だと思ってるから怖いんだ。ゆきの真実を知って、ゆきのことを嫌いになってしまったらどうしようと俺は思う。ゆきは真実を知られて相手にどう思われるか、俺は真実を知って相手をどう思うか。お互い相手のことが怖くて、きっと、そうやってすれ違っていた」

「……カナエも、私と同じなのですか？　好きで、怖いのですか？」

「……ああ。だから怒ったんだよ。俺が〝怖い〟の言葉の続きを言う前に、勝手に自己犠牲しやがって。あれは俺に嫌われてると思い込んで、勝手に自暴自棄になって吐いた言葉だろ」

「本心です……！　私はカナエとレヴィを、巻き込んでしまいました……！　私が殺されることで、カナエたちが助かるのなら、責任を取りたいのです……！」

「……百歩譲って本心だとする。でもその選択は、きっと消極的な判断だと思う。それ以外の選択肢はないと思っての、仕方なしの妥協案だ。──本当は、どうしたいんだ？」

「本心ではなく、本当……？」

「俺たちを助けたいのは、ゆきの本心。そう思ってしまうのは、敵がゆきにそう迫るからだ。……でもゆきはきっと、俺たちのことを考えて、自分の心を押し殺しているんだと思う。そんなしがらみを抜きにして、ゆきの本当を知りたい。ゆきの本当の気持ちを、教えてくれ」

契約直後のゆきがカナエに向けた言葉は、きっと偽《いつわ》りのない感情だったはずだ。

――はい、カナエ……！　ふつつかものですが、これからもよろしくお願いします……！

ゆきは声を震わせながら、

「…………です……。…………たい、です……！　――生き、たいです！」

じゃきり。

最後に音がして、散髪を終えた。

ゆきの頭に残った髪の切れ端を、カナエは撫《な》でるような手つきで夜空の底へと払い落とす。

「教えてくれて、ありがとう。俺もレヴィも死なないし、ゆきを殺させはしない。どちらかを犠牲になんてできないし、そんなことは許せない。――戦って、逃げて、三人で生きよう」

「……でもカナエ、私が殺されるべきだと思った理由は、もう一つあります。どうやって償えばいいのでしょうか……？　……私が殺した、一五〇〇万の人間に。永遠に恨みを抱く幽霊の、その未練が〝私に殺されたこと〟ならば……。レプルシオンさんのように、……私の、お姉ちゃんのように、成仏《じょうぶつ》させるためには……」

ゆきを生み出した灰谷義淵《はいたにぎえん》こそが原因で、ゆきは何も悪くない。

そんなことを言ったところで、罪を自覚したゆきに慰めの言葉は何の意味も持たない。

だからカナエは──残酷なことを言う。

「……ゆきは、それでも生きたいんだろ？　だったら生きようよ」

「しかし私が殺されないと、一五〇〇万もの幽霊が、報《むく》われません。罪を、償えませんん
……！」

「生きて罪を償う方法だって、きっとあるはずだ。諦めちゃいけない。それでも罪を償えないとしても、俺はゆきに、罪を背負ってでも生きて欲しい。これは、マスターとしての命令だ。

──たとえ恨まれ続けたとしても、ゆきは生きてくれ」

じっくりと無言の時間を置いて、ゆきは小さな声で、それでいてはっきりと返事した。

「……はい、カナエ」

＋＋＋＋＋

ゆきが寝入るのを見届けてから、カナエは再び例のファイルを読み込んだ。

ほとんどが外国語の崩れた筆記体で記述されており、カナエには全く理解できなかった。

しかしメモ書きのように挟まっていた白紙には、少し乱雑な体裁の日本語で走り書きがしてあった。

【……七つの少女によって、私は世界の真理へと辿《たど》り着く。七番目の少女『ラウルス』には、重力を司《つかさど》る力を設定している。一番目の『エルウェシィ』には『マスターキー』の役割を与えているが、『ラウルス』には『マスターキー』に対する『スタビライザー』を生成してもらう。『スタビライザー』は仮想粒子『斥力子《レプルシオン》』でプログラミングする。『斥力子《レプルシオン》』の使用方法は簡単だ。巻きつけるだけでいい。最初に生み出したレプという試作も相まって、実験は比較的スムーズに進んでいる。『ラウルス』の完成は近いだろう】

「重力……？　こいつがかさねのことか？　でもスタビライザーってどういう意味だ？」

カナエには理解不能だった。

外国語の記述を何ページも飛ばして、次のメモ書きに辿《たど》り着く。

【私は早期に計画を遂行する予定ではある。しかし、もし仮に何らかのアクシデントで計画が遂行できず、七つの存在が解き放たれた場合は、速やかにその内、六つの少女を殺害せねばならない。なぜなら強大な力を持つ七つの少女は、それぞれが世界の『損傷《バグ》』そのものであるからだ。私が概算したところ、この世界が許容できる『損傷《バグ》』は一人分の余地しかない。七つの存在が解き放たれた時、世界の『損傷《バグ》』は広がり始める。早くて七年後には、その予兆が現れるだろう】

「もう既に七年経《た》ってるぞ……⁉　これが、かさねがゆきを殺そうとする理由なのか……⁉」

──あたしたちは本来、この世界にいてはいけないイレギュラーよ。

＋＋＋＋＋

夜が明ける前に、『秘密基地《ハイド・ラボ》』を出る予定だった。

部屋で見つけた目覚まし時計が鳴り響く。

「……ふわあ……おはよ…………って──もう夕方じゃねーか⁉」

どうやら午前と午後の設定を間違えていたらしかった。

先日の、土曜日でのめまぐるしいほどの出来事の数々にカナエは疲れきっていたのだ。

一五時間ぶっ続けで寝ていた計算になる。

慌てて飛び起きたカナエの目の前に、ゆきがちょこんと立って、カナエを見下ろしていた。

「……カナエ、おはよう？　それとも、こんばんは？」

「……何してたの？」

「起きてからは、マッサージチェアというものに座っていました。一時間ほどで飽きたので、やることもないので、その後はカナエとレヴィを眺めていました。……九時間ぐらいです」

ゆきの睡眠時間は五時間。

肉体を『標準状態《デフォルト》』へとリセットしたゆきに疲れはないのだった。

レヴィを見れば寝相の悪さからベッドシーツから飛び出して、服をはだけさせて、すぴー、すぴーと静かな寝息を立てて爆睡していた。レヴィは疲れていなくても元来こんな感じだった。

「じゃあ、外が暗くなるまでとりあえず待機だな。レヴィも後で起こそう。……これ食う？」

カナエは前日にレヴィが抽出した砂糖を乾パンにまぶして、ゆきに差し出した。

＋＋＋＋＋

太陽が再び落ちた夜八時過ぎ。

積層都市外周に隣接する氷の階段を、カナエたちが登っていた。

カナエの衣服は昨日と変わらず、薄手のブラウン・パーカーに黒のカーゴパンツ。

レヴィはゆきのサイズで購入した白黒のエプロンドレス。

そして今のゆきは白のショートドレスを着ておらず、購入した骸骨模様のタンクトップに、ダメージ加工済みの紺のホットパンツ姿だった。

「カナエさまっ、本当にあの場所を出てよかったのでしょうか……？」

「食料がないからな。この後どうするにしろ、食べ物は買い溜《だ》めしとかないと。——もう着くぞ」

カナエは落下防止用安全柵《さく》から乗り出し、先が何も見えない暗闇の一階層へと侵入した。

廃棄区画として久しく放置された一階層では、光源装置は機能していない。

「……だれも、いないのですか？」

「ううっ、真っ暗で怖いですっ！」

「いやでもレヴィならこの暗闇でもちゃんと目が見えるんだろ？　頼りにしてるよ」

「はいっ！　無事に上の階層へと向かう『エレベータ』に案内してみせますっ！」

二六機あるエレベータのうち、稼働しているものは一機だけなのだ。

暗がりの中、方向を指し示すものが何にもないこの階層では、カナエにはその区別が付かないのだった。

「あれみたいですねっ！　あと二時間ほど歩きますっ！」

レヴィが先頭を行く。

カナエが足元をライトで照らし、ゆきと一緒に瓦礫片《がれきへん》を避《よ》けて歩く。

「腹減ったな……。上行ったら何食いたい？」

「黒蜜《くろみつ》がけ抹茶《まっちゃ》あんみつ……」

「それたぶん一九七階層の限定品な」

「カナエさまっ！ 少し食べて、帰ってからケーキを作りませんかっ？」

「私たちが、ケーキを作って食べる……？」

「その、帰ってっていうのは、……あの場所にか？」

「はいっ！ わたしが周囲に気を張っている限り、敵に見つかる前にわたしがその敵を発見できますっ！ つまり、誰にも見つかる恐れはありませんっ！」

――そうかしら？ もうバレバレだけど。

遠くから声がした。

カナエたちの他に物音が存在しない夜に、その声ははっきりと響いた。

「かさねッ!?」

「なんでですかっ！ わたしからは見えませんっ！」

――重力は空間を歪《ゆが》ませる力よ。あたしは、物体から放たれる空間の歪《ゆが》みを認識できるの。

でも、おかしいわね。カナエに、メイドちゃんに、『エルウェシィ』。……メイドちゃん、もしかしてあなた……太った？


「太ってませんっ！　大きくなったんですっ！　あなたよりもボインボインですよっ！」

何も見えない暗闇に向かってレヴィが吠《ほ》えた。

「んなこと言ってる場合か！」


——空に落下してからどこで過ごしていたのかは分からないけれど、今はもう、完全に捕捉したわ。あたしの観測を振り切らない限り、どこに行ってもバレバレよ。


「……カナエ、レヴィ、私の後ろにいてください」

「ゆき、無茶はするなよ。いざとなったら、アレを使って逃げるんだ」

かさねと交戦した時は、力の枯渇《こかつ》でゆきは『絶対空間《テレスティアル・グローブ》』を使えなかったが、今は違う。

ゆきを先頭にして、カナエは声の聴《き》こえる方へとじりじりと歩み寄る。

かつては工場らしかった廃墟《はいきょ》を横切ると、僅かな明かりが漏れていた。

そこに、カナエたちはかさねの姿を捉えた。

カナエは、かさねが今にも襲い掛かってくると思っていた。

「……突っ立って、何してるんだ？」

昨日と変わらない改造制服の姿だった。

しかし昨日と違うのは、片手に数珠《じゅず》を嵌《は》めていたところだ。

かさねは、祈るように両手を合わせていた。

かさねの周囲の地面には、カラフルでいながら淡く優しい光源が何十個も立ち並んでいる。

赤、青、緑、黄など。似たような色はあれど、何一つとして同じ色は存在しない。

近づいて、光源の正体は障子紙で張り詰めた灯籠《とうろう》だと分かる。

「……弔《とむら》っているのよ」

かさねは祈りの片手間に視線を横に流し、黒の瞳をカナエに投げかけて言う。

かさねに戦意がない意味も、色とりどりの灯籠《とうろう》の光景も、カナエには理解できなかった。

……ただレヴィだけが、灯籠《とうろう》を見て悲しそうな表情を浮《う》かべた。

それ以降、レヴィは無言になる。

かさねは大きくなったレヴィを見て眉を顰《ひそ》めたが、すぐに得心したような表情を浮かべる。

「メイドちゃんは『エルウェシィ』の力を共有したのね。……カナエが『ストレンジコード』を脳で解する多重契約者でないと、こんなことは絶対に起こりえないわ。流石《さすが》はイレギュラー」

今のカナエに、かさねの会話に答える余裕はなかった。

無視して尋ねる。

「……マスターは、タツミはどうした？　隠れているのか？」

かさねは合掌《がっしょう》していた両手を解き、数珠《じゅず》をミニスカートのポケットにしまう。

「ここにはいないわ。タツミはもう寝てる。……今日は赤い日だから、仕事も戦いもお休みよ」

「……赤い日？」

「カレンダーを見たら分かるでしょ？　赤い日は、休日のことよ」

「はあ⁉　休日は何もしないって、昨日思いっきり戦いふっかけてきたじゃねえかよ⁉」

「土曜日は青い日だから、休日ではないの。だからカレンダーを見なさいって。それくらい常識よ？」

タツミとかさねは、殺し合いと休日を両立できるマイペースさを持ち合わせているらしい。

「どんな時だって人間は休めるわ。……一九一四年、苛烈《かれつ》を極めた第一次世界大戦の最中《さなか》においても、ドイツ、イギリス、フランス軍がクリスマスに休戦協定を結んで、お互いに交流を深めたという記録が残っているの。パーティを開き、七面鳥を並べて三軍共に宴席に座る。秘蔵のブランデーを開けて飲み明かし、酔った調子でサッカーの試合までしたって言うじゃない」

「なんだか、物知りなんだな」

「読書は人間にしかできない嗜《たしな》みよ。あたしが物知りなのは当然のこと」

「……じゃあ俺たちはもう、戦わなくていいのか？」

「その話には続きがあるの。休戦協定は現地駐留軍の独断によるもので、三軍の上層部からは厳重注意が下されて、以後そのような休戦協定が結ばれることはなかったわ。むしろ、より戦いが激化して、クリスマスを共にした人間たちはお互いを残酷に殺しあったの。ただ赤い日は休む、それだけよ。それにタツミにとっては、今日何もしなくても全てが思惑通りなのよ」

「……どういう意味なんだ？」

「少なくとも、タツミの判断は理に適《かな》ってるわよ。あたしたちの目的は『エルウェシィ』の殺害。対してアズガルドは、『エルウェシィ』を捕獲すること。そして捕獲に際して、カナエを積極的に殺そうとする。しかしカナエを殺せば、連動して『エルウェシィ』をも殺してしまうことをアズガルドは知らない。……話しても、きっと信じてもらえないでしょうね。そして、空に浮かぶ『逆さまの街』に逃げ場はない。つまるところ、放っておいても、タツミの思い通りに事は進むのよ」

タツミは『エルウェシィ』さえ殺すことができれば、カナエがどうなってもいいらしい。

「あのさ、こんなことを言うのはおかしいけれど、二人とも昨日、俺を殺さなかったじゃないか。……なのにかさねの話を聞くと、タツミが俺のことをどう思っているのか分からない」

「カナエを殺したくない、ひいてはマスターを殺したくないというのはあたしの意思よ。タツミはその意思を尊重してくれていたの。でも、もうタツミは手段を選ばないわ。……カナエは、しぶと過ぎたのよ。タツミはカナエの揺らぎない決意を見て、カナエを事件に巻き込まれた保護すべき一般市民ではなく、戦うべき敵として認識したわ。だからあたしは、警告と勧告を兼ねてここでカナエを待っていたの。──最後のお願いよ。『エルウェシィ』を引き渡しなさい」

「何回でも言う。俺はゆきを殺させはしない。……ゆき、構えなくていい。マスターと居合わせないかさねは、自衛目的以外に能力を使えないはずだ。それにかさねは、さっき赤い日は休むって言っていた。俺はその言葉を信じる」

「……よく分かっているのね。でも覚えておいて。自衛という言葉は、便利なものなのよ？」

ゆきがかさねの方へと、足取りを確かに歩いて行った。

「──待て、ゆき！　こっちから戦いを仕掛けない限り、今は戦わなくていいんだぞ！」

「なによ。……髪、また短くなってるわね。気持ち悪い」

「はい……。その、かさねさん……カナエを殺さないでいてくれて、ありがとうございます」

「馬鹿ね。あなたに情けは掛けないわ。何度も痛めつけたし、その殺意は今も揺るがないわよ？」

「苦痛はありました。けれども、カナエを殺さないでいてくれた、その感謝の方が上回ります」

「……そこまでマスターのことを思うなら、大人しく殺されなさいよ。タツミが『アズガルド』からカナエを匿《かくま》うと言った条件は、まだ有効よ。カナエの生はあたしが保障するわ」

「いいえ、私は殺されません。死にません。……生きたいです。生きてカナエを、守ります」

「あっそ。でも知りなさい。――カナエを死に向かわせる全ての原因は、あなたにあるのよ」

かさねはそっけなく言い放ち、そっぽを向いた。話はそれっきりだった。

「……あのさ、俺たちは今から上の階層に行くんだけど、ここ通してもらえるのか？」

昨日戦った相手に、ひどく間抜けなことを言っているなとカナエは思った。

「赤い日はお休みだと言ったでしょう。どうぞご自由に」

＋＋＋＋＋

「――好きにしたらとは言ったけど、なぜここに戻ってきているの……？　この階層を去った段階で、あたしの質量観測の捕捉を振りきったのよ。なのにまた捕捉されに来て、全く意味が分からないわ。せっかく見逃してあげたのに……あなたたち、馬鹿じゃない？」

午後一時半。

買い物袋をそれぞれ分担して持つカナエとゆき、レヴィは再び一階層へと戻ってきていた。

かさねはここを去る以前と同じ場所に、相も変わらず佇《たたず》んでいた。

淡く色とりどりの障子張りの灯籠《とうろう》に囲まれて、地面に散らばる瓦礫片《がれきへん》の一つに腰を下ろしている。

「あと三〇分で、今日が終わるわ。その意味が分かっているのかしら？」

「そういえば、聞いてなかったんだ。かさねは、この廃棄区域で何を弔《とむら》っていたんだ？」

「白々しく聞くのね。あなたたちのその顔付き、大方そこのメイドちゃんから入れ知恵してもらったんでしょう？　ここに来た時、確かにメイドちゃんは悲しそうな顔をしていたもの」

かさねは立ち上がると、地面にあった薄い青色の灯籠《とうろう》を両手に持ち、カナエに突きつけた。

「覗《のぞ》いてみなさい。――この世界の、負の側面よ」

中には小さなお盆があった。

お盆には油が満たされて、燃え続ける輪状の縄と、紺碧《こんぺき》の輝きを放つ小さな球体が油に沈んでいた。

燃える縄の火の光が、球体を通して青色へと変換される。

「――『現象妖精《フェアリー》』の眼球は採光性が極めて高いの。そして本体から取り出してしばらく経《た》てば、硬化してある程度の不変性が付与されるわ。……それはつまり、宝石としての価値があるのよ」

買い物に行った上の階層で、先刻レヴィが見たものの正体をカナエは話した。

カナエはこの世界の、そんな側面を知っていた。

ただ、ゆきやレヴィにそんなことを教えたくはなかった。

今ゆきは表情を凍りつかせて俯《うつむ》いて、レヴィは涙を流して嗚咽《おえつ》を漏らしている。

「――『原産地の証明《キンバリー・プロセス》』。かつてアフリカの紛争ダイヤモンドを規制するその条約は形を変えた。より安易で抽出しやすい、『現象妖精《フェアリー》』産の汚れた宝石を規制する法律へとシフトしたわ。……この違法宝石は、かつてここにいた『現象妖精《フェアリー》』のものよ」

一階層は、区画用空調機《フロア・ラギング》などの『現象妖精《フェアリー》』を取り込んだ階層維持設備の実験運用区画だった。

実験運用の安定化とともに、諸設備は『現象妖精《フェアリー》』ごと廃棄処理されたとなっている。

「じゃあ、昔一階層に放置された『現象妖精《フェアリー》』は……餓死したのではなく、殺されたのか……？」

「『現象妖精《フェアリー》』って、飢えていても案外しぶといものなのよ。違法業者が手を付けるにしろ、手を付けなかったにしろ、どっちにしてもその最後は悲惨なものだったでしょうね」

「……でも、なんでかさねが持ってるんだ？」

「それは秘密よ。あたしはたまたまそれらを持っていて、ここにいた彼女たちの元に返すべきだと思ったまでよ。ある程度の不変性と言っても、朝までには燃え尽きてなくなるでしょうね」

静かに会話を見守っていたゆきとレヴィが、おずおずと前に進み出る。

「かさね、ちゃん？　ひとまず今は、何もしませんっ。わたしも、弔《とむら》いますっ」

「……かさねさん。私にも、弔《とむら》わせてください」

「メイドちゃんの好意は歓迎するわ。……でも『エルウェシィ』、あなたのその場限りの誠意は、自分を慰めるためだけの唾棄《だき》すべき行いよ。あなたには罪を償うべき人たちが一五〇〇万人もいるでしょ。『東京アブソルートゼロ』を引き起こした『七大災害』……っ！　──この大量虐殺者が！」

かさねが敵意をむき出しにしてゆきを睨《にら》みつけた。

レヴィにだけは話してなかったが、レヴィは一切動じていなかった。

空で大きくなった時、レヴィはゆきを見て、全てを知っていた。

「あたしがあなたを気に食わないのは、その無責任さよ。七年間ずっと逃げてばかりで、あなたは自分の罪と向きあおうとしなかった。あたしだって、『七大災害』だわ。罪を犯した。──『神戸《こうべ》グラビティバウンド』を引き起こし、一三六人を殺した。だからあたしが目覚めてからこれまでの間、そしてこれからも、罪を償おうとしているの。今、具体的には言えないけれど、……というよりも言ってしまえば、それが償いでなくなるような気がして言いたくないけれど、あたしが償うべき一三六人とその遺族のリストには……カナエも含まれているわ」

「……『ストレンジコード』の聴《き》こえる俺が、『現象妖精《フェアリー》』を恨むことなんてしないよ」

「言うと思ったわ。だから尚更《なおさら》、カナエが殺されるわけにはいかない。……あたしは罪を償いたい。でもこの罪は、どう償っても消えないものよ。だからこれからも、ずっとずっと償い続ける。──そして願わくば、あたしが生きることを、どうか許してほしいの……」

「世界の損傷《バグ》ってやつがあるから、だからかさねは、ゆきを殺そうとするのか？」

「どこでその言葉を知ったのかしら……？　『専用エフティ』にしか、その情報は記述されてないはずなのだけれど。しかし、ええ、その通りよ。『エルウェシィ』が目覚めたお陰で、滞《とどこお》っていたこの世界の損傷《バグ》がゆっくりと広がり始めている。これは純然とした観測結果、事実なの」

かさねは黙り続けるゆきに向き直って、ありったけの殺意を込めて言う。

「――椅子取りゲームをしましょ？　この世界にはね、『七大災害』が座れる椅子は一つしかないの。でないと、いずれ世界は崩壊する。だから『エルウェシィ』――まずはあなたの椅子から奪う」

ずっと無言だったゆきが、口を開く。

かさねを真っ直ぐに見つめ、強固な意志を示した。

「……かさねさんの言うことは、その通りです。私には、覚悟が足りませんでした。罪を償ったところで、罪は消えない。そのことを、失念していました。そして私には、犯した罪の償い方が、分かりません。だから探します。……そのためにも、殺されるわけにはいきません」

「あら、そう？　でも殺すわ。あなたの罪は、あなたを殺したあたしが引き継ぐから」

「『東京アブソルートゼロ』は、私の罪です。――かさねさんに、私の罪は奪わせない」

「奪わせない、ですって？」

「はい。そして貴方《あなた》の罪をも、私は奪いたくありません。……共存の道を、模索したいのです」

「それはつまり、椅子取りゲームを放棄すると言っているのかしら？」

「……ゆきの言っていることは、口から出任せじゃない。俺たちは、ヒントを見つけたかもしれないんだ。そしてヒントは、まだこの世界に残されているはずだ。だからもしかしたら、『七大災害』同士で殺し合うか、さもなくば損傷《バグ》によって世界が崩壊するなんていう、どっちに転んでもバッドエンドにしかならない結末を、俺たちは変えられるかもしれないんだよ……！」

「イレギュラーであるカナエの言うことなら、もしかしたら信じられるかもしれないわね。──でも関係ないわ。カナエが今後も殺し合いに巻き込まれないために、『エルウェシィ』は殺す」

「……俺は、望んでゆきのマスターになった……！　俺は巻き込まれた一般市民なんかじゃない！　とっくに覚悟は決まっている！　俺たちは、戦わないために戦うんだ！」

かさねはカナエの言葉にきょとんとした。

カナエは言葉を続ける。

「約束する。明日の朝、この一階層の東《E》九〇度にて俺たちは待つ。そして、かさねと戦う。だから、かさねも約束してくれ。俺たちが勝ったら、殺し合いはもうしないと約束してくれ

「……！」

「勝つもりなのに、約束させる……？　カナエはもしかして、相手を殺さずに勝てるとでも思っているの？　ありえない、不可能よ。手加減なんてしないし、手加減なんてさせないわ」

かさねは拒絶の意を示す。

それ以降のかさねに取り付く島はなかった。


カナエたちは各々《おのおの》灯籠《とうろう》に祈りを捧《ささ》げた。

お供え物として、買ったお菓子を添えてゆく。

「〇時になる前に、あたしの視界からいなくなってちょうだい」

「……かさねちゃん、あのっ……お菓子食べますかっ？」

急にかさねが、甲高《かんだか》い声でレヴィに嚙《か》み付いた。

「餌付けのつもり⁉　甘《あま》いものなんて要《い》らないの！　――どうせならそっちをもらうわ！」

「ひゃあぁあぁ！　ごめんなさいっ！」

かさねはカナエの買い物袋からビーフジャーキーを抜き出すと、その場で剝《む》いて口に入れた。

「おいおい⁉『現象妖精《フェアリー》』が甘《あま》いもの以外を食えるのか⁉」

かさねは瞬時に頰を上気させ、涙目になる。

けれども口はビーフジャーキーを嚙《か》み続ける。

かさねはスカートポケットからシュガーレスの清涼飲料水を取り出し、腹の中に流しこむ。

「えっと……かさねさん、無理してませんか……？」

「……馬鹿にしないで、ちょうだ、い……！　あたしは、人間のように生きたいだけ、よ……。甘《あま》いものしか食べられない人間なんて、どこにもいないわ……！　さっさと、どこかに消えて！」

かさねの剣幕に押されて、カナエたちは何も言えずにその場から退散した。

＋＋＋＋＋

「──砂糖を大さじ一杯……これで」

「お玉じゃなくてスプーンで量れ！」

「そんなにたくさんのお砂糖『現象妖精《フエアリー》』にも甘《あま》すぎますよぉ！」

『秘密基地《ハイド・ラボ》』の中で、カナエたちはケーキを作っていた。

「──カナエさまぁ！　この掻《か》き混ぜるのすっごく疲れますっ」

「よっしゃ任せとけ。こういうところで男の力を見せないとな！」

「レヴィ、こちらの生地《きじ》を、冷やし終わりました」

ケーキに詳《くわ》しいレヴィが、カナエとゆきのいるスペースを忙《せわ》しなく移動して指導する。

「流石《さすが》ゆきちゃん！　本当はこれっ、専用機材で何時間も待たないといけないんですよねっ」

「次は、何をすればいいですか？」

「今度はこの果物たちを、繊維をダメにしないちょうどいい感じで凍らせてくださいっ！」

「徐々にゆっくり、温度を下げていくのですね？」

「はいっ！　砕いて生地《きじ》に混ぜ込んで、残ったものはムースにも使いますっ！」

「レヴィできたぞ！　これめちゃくちゃドロドロにできたっぽくない？」

「……ふむふむ……あっ、これ仕上がってます！　完璧ですっぐれーとですっカナエさまっ！」

「――これでフルーツケーキ、というものの、完成……ですか？」

「はいっ！　さっそく出来たてを食べましょう！」

「あ、ちょっと待って！　綺麗《きれい》な夜空を見ながら食べたら、きっと、もっと美味《おい》しいぞ」

カナエは空の扉を開け放つ。

縁《ふち》の真ん中にカナエが座り、その左右にゆきとレヴィがカナエに寄り添うようにして座る。

カナエは背後の床に、フルーツケーキの欠片《かけら》を載せた小皿をそっと置いた。

そしてそれぞれが皿を片手に、仲良く並んで夜空を望む。

高度二〇キロの重力が反転したこの場所に、夜空を遮るものは何一つとして存在しない。

見渡す限りの深海のような黒の夜空に、ちりばめられた星々が赤、青、緑、黄の様々な光を灯《とも》す。

「カラフルで、それでいて、優しい光……あの灯籠《とうろう》を、思い出します」

「わたしたちはっ、レプルシオンちゃんのことを、一階層の『現象妖精《フェアリー》』たちを忘れませんっ！」

「私も、忘れません。死んだ人、残された人。一五〇〇万の命の時間を止めた、私の罪。全て、生きて償います。無責任で、自分勝手で、どうしようもなくて、それでも私は……生きたい」

「立ち止まってちゃダメなんだ。考えるんだ。探すんだ。そしてみんなで、生きるんだ……！」

カナエ、ゆき、レヴィはいただきますと合掌《がっしょう》して、少し遅めの晩御飯をとり始めた。

レヴィはフルーツケーキを切り分けることなくフォークで突き刺しガツガツと食べていた。

「……カナエ、食べさせてください。お願いします」

「この戦いが終わったら、ちゃんと一人で食えるようになれよ。ほら、口開けろ」

「んぐんぐ……。……ところで、本当にこれで、かさねさんに勝てるのですか？」

「ええ、勝てますよっ！」

「レヴィの言うことが確かなら——これこそが対かさね戦の秘策だ」

2

廃棄区域である一階層に光源装置はない。

太陽の入射角を除いて、直径一五キロ圏内が暗闇に包まれる。

九月の秋分も近いこの時期の早朝であれば、一階層の東《E》九〇度には太陽が差し込むのだ。

カナエは明るい場所で一階層を見るのが初めてだった。

乾いた地表に、荒《すさ》んだ廃墟《はいきょ》群。

「──よお、ニイチャン。『エルウェシィ』に……マジで大きくなったメイドちゃんもいるじゃねえか。イレギュラー尽くしで、その道の人間にとっちゃたまらない組み合わせだなあオイ」

普段着のカナエ、ラフな格好のゆきと、リュックを背負ったメイド姿のレヴィ。

そして廃工場の日陰から、かさねとタツミが現れた。

「そこの『エルウェシィ』よ、一応お前さんに聞いておきたいことがある」

「……なんでしょうか」

「『東京アブソルートゼロ』、東京全域を今も覆う氷を、お前さんは取り除く努力はしたか？」

「……生まれ落ちてから、しばらくの間はずっと、あの氷を溶かそうとしていました。しかし、私の力では、どうにもなりませんでした。最中《さなか》に追手に見つかり、その場を立ち去りました」

「どうにもならないねえ……。あの氷は永久凍土にしても、ちと硬すぎるんだ。TNT換算で小型核レベルの爆弾を炸裂《さくれつ》させても、削れるどころか表面に傷一つ付きやしねえ。……研究によって導き出された答えは一つ、『東京アブソルートゼロ』は今も『エルウェシィ』の影響下にある」

「『神戸《こうべ》グラビティバウンド』とかさねも、影響というか、関係あるんじゃないのか……？」

「まるっきり無関係だ。そもそも神戸《こうべ》の重力反転という『現象妖精災害《フエアリー・ハザード》』は、かさねが神戸《こうべ》の地で生まれた時の副産物に過ぎねえんだよ。『現象妖精《フエアリー》』は空間から抽出される……その際空間の物理法則に穴が開くが、本来の『現象妖精《フエアリー》』サイズの穴は微々たるもので、すぐに塞がって何の問題もない。――でもな、『七大災害』が開けた穴は、修復不可能なほどに大きすぎるんだ」

世界の損傷《バグ》たる『七大災害』が空間から抽出された際の、その副産物に過ぎない〝物理法則の穴〟。

それが七年前に起きた『現象妖精災害《フエアリー・ハザード》』の正体だった。

「他の五ヶ所の被災地でも、『現象妖精災害《フエアリー・ハザード》』はただの副産物でしかない。なのに『東京アブソルートゼロ』だけは、今も何故《なぜ》か『エルウェシィ』の影響下にある。だったらあの氷をどかすためには、『エルウェシィ』をぶっ殺して影響を解くしかねえだろうが。……オレ自身は、お前さんにそこまで恨みはねぇよ。十中八九、灰谷義淵《はいたにぎえん》が悪いとは思っているぞ？　それでもな――せめて家族と恋人ぐらいは持って帰って棺桶《かんおけ》に詰めて、燃やして灰にしてやりてぇんだよ」

「さっきの話が本当なら、俺と契約した今のゆきなら、時間が掛かっても、もしかしたら……！」

「――知ってるか？　法律だと七年間以上の行方《ゆくえ》不明は、死亡扱いになる。国連に統合されて日本という国がなくなっても、そこは同じなんだよ。『七大災害』は約七年前とざっくばらんに言っても、正式には七年の経過まで二ヶ月の猶予《ゆうよ》はある。オレはオレの大切な家族や恋人がこの世界に勝手に殺される前に、この手で弔《とむら》ってやりたいんだ。それにどの道、他の『七大災害』を殺さねぇと、内包した損傷《バグ》を世界が許容できずに、滅ぶからな。……さて、お話はオシマイだ」

「……昨日、俺はかさねに言った。俺たちが勝ったら、休戦協定を結んでくれと……」

「戦いの勝ち負けってのは、殺すか殺されるかだ。そして殺さずに勝てるのは強者の余裕だよ。オレらは昨日、それをニイチャンに実践してやってたんだよ。分かるか？」

「分かっている……！　俺は何度も、かさねにもタツミにも殺されていた……」

「また前みたいにニイチャンがしゃしゃり出て、『七大災害』同士の戦いを人間の力で左右できると思われても困るからなあ。――その甘《あま》い考えを先に潰しておく。かさね、いいな？」

「ええ、仕方ないわ……約束したもの」

「ならば命令する。一時的に、好意的感情を記憶領域ごと……『標準状態《デフォルト》』へとリセット」

かさねの表情から、誰かを慈《いつく》しむ気持ちが消えた。

ふと陰りの差した面持《おもも》ちで正面を向く。

「目的は『エルウェシィ』の殺害。手加減は無用、持てる全ての力を以《もっ》て戦え。そして戦いを直接妨害してくる者は、誰であろうと躊躇《ためら》いなく殺せ。この命令は目的の達成まで持続する」

タツミは言葉で、かさねに段階的解法《フローチャート》を施し、一切の迷いを断ち切らせた。

「一切の猶予《ゆうよ》は与えない。これが地面に落ちた時、戦え」

タツミはポケットから一発の銃弾を取り出す。

「……カナエ、行ってきます」

＋＋＋＋＋

――チャリンと金属片が弾《はじ》かれる音がして、かさねは駆け出した。

スカートの左ポケットから刃渡《はわた》り三〇センチ超の鉈《なた》状のブッシュナイフを取り出すと、今度は右手で『重力操作《グラビティ》』を実行した。

景色が歪曲《わいきょく》した『虚空』に刃《やいば》を差し込んで、規格に釣り合わない超質量を付加した。

そしてかさねは右足首から生成した『虚空《グラビティ》』を背後へと蹴《け》り飛ばす。

重力の加速装置にその身を任せる。

一瞬にして到達するトップスピード。

かさねはゆきへと差し迫る。

ゆきは『熱量操作』によって、指定した空間をマイナス二一〇度以下に冷却し、空間から窒《ち》素《そ》氷晶を取り出す。

そして目の前に巨大な長方形の氷盾《ひょうじゅん》を生成した。

「だから無意味よ」

超重量を得たブッシュナイフは氷盾《ひょうじゅん》を切り裂いて、ゆきの元へとその凶刃《きょうじん》を向ける。

ゆきは右手から斜め下の地面に氷槍《ひょうそう》を射出して、その反作用でかさねの刃《やいば》を回避した。

「……ならば……！」

ゆきは今度は、先刻よりもサイズの小さな氷晶立方体を周囲に複数展開する。

「――本っ当に学習能力がないわね。『斥力子《レプルシオン》』の解放、まずは親指《ひとつ》」

右人差し指から万物を拒絶する――直径一〇センチ圏内に侵入した物質を霧散させる――赤光《しゃっこう》の糸を伸ばした。

たった一本の赤光《しゃっこう》の糸で以《もっ》て、強固な氷晶立方体をバターのように切り裂いてゆく。

たまらずゆきはその場に立ち止まり、『熱量操作』のその本質である『粒子の加減速操作』

を実行する。

物理的に干渉不可能なはずの『斥力子《レプルシオン》』を、仮想粒子に直接干渉する形で食い止めた。

しかし自在に操ることができるかさねと違い、ゆきは速度を減速することしかできない。

「止められることも想定済み。その間行動不能になることも知っているわ。『斥力子《レプルシオン》』の解放、人差し指《ふた》、中指《みっつ》、薬指《よっつ》、小指《いつつ》──囲い込め」

かさねの右の五指から伸ばされた赤色の糸は、それぞれ異なる五方向からゆきに殺到した。

ゆきは迫り来る赤光《しやっこう》の糸を視認して受け止める。ぎりぎりの拮抗《きっこう》だった。

「前回は、糸を五本に束ねて叩《たた》きつけたから干渉されやすかったのよ。そんなことをしなくても、この糸は一本一本がそれぞれ存在を否定する。むしろ糸を分散させた方が、あなたが干渉しにくくなる。このまま時間が経《た》てばもう詰みよ。……でも、念には念を」

『虚空《グラビテイ》』がぼこぼこと生み出されていった。

かさねの胸元から、腕から、覗《のぞ》くお腹《なか》から、二本の足から……。

『虚空《グラビテイ》』は赤色の糸を必死に食い止めるゆきの周囲へと展開される。

そして、全方向からの重力がゆきへと降り注ぐ。

「……あぐっ……、う……うぐっ……」

強大な重力負荷がゆきを地にひれ伏せさせる。みしりみしりと、ゆきの全身が悲鳴を上げた。

その苦痛にゆきの集中力が途切れ、拮抗《きっこう》していた赤色の五本糸は、万力のように徐々にゆきの元へと収束してゆく。

『虚空《グラビティ》』の耐え難《がた》い重力と、『斥力子《レプルシオン》』の絶対的な攻撃力を前にして――

「――ゆき、アレを使え！」

カナエは必死な声で言う。

計画を早めることになるが、今のこの状況を切り抜けるには、『七大災害』としてのゆきが持つ権限『時間停止』しかない。

――地球圏に『星空を満たすもの《エーテル》』の展開を開始します――

ゆきは無言で、言葉を思い浮かべ世界へと宣告する。

カナエとレヴィにその声は伝わった。

「――あたしにもまる聞こえよ」

かさねがそっけなく言うと、右の五指から伸びる『斥力子《レプルシオン》』をさり気なく解除する。

そして言語を潰さずに圧縮した高速詠唱を諳《そら》んじた。

それは『最上位要請《インペリアルオーダー》』の起動プロセスである。

「――既視圏に『星空を満たすもの《エーテル》』を展開します

――局地的『現象妖精《フェアリー》』との連絡回路を確立
――次いで重力測地線《ジオシツクライン》を検出します――」

カナエの耳から、脳から、少女と少女の声が同時に響く。

かさねの高速詠唱は一瞬にしてゆきの声を追い越した。

何を言っているのかは分からない。……そして、何が起きるかも分からない。

レヴィはあの時、気が動転していて観測し損ねたらしい。

かさねという『七大災害』固有の『最上位要請《インペリアルオーダー》』は、未知数の存在だった。

「――終了、最適な空間歪曲率《アフインパラメータ》の代入
――臨界値達成――」

――充填《じゆうてん》終了、全『現象妖精《フェアリー》』との連絡回路を確立――

しかし未知数であっても、関係ない。

全物理法則の一時停止、つまりは『時間停止』というゆきの絶対的な権限に打ち勝つ力など、
カナエには思い浮かばなかった。

「最上位要請《インペリアルオーダー》『事象の地平線《アップル・イーター》』を起動するわ
――少しの間、お別れよ」
――最上位要請《インペリアルオーダー》『絶対空間《テレスティアル・グローブ》』を起動します
――少しだけ、じっとしててください――

この瞬間に勝負が決まると、カナエはそう思っていた。

地球圏に存在する『現象妖精《フェアリー》』が機能停止《フリーズ》する寸前に、かさねの体を『黒い靄《もや》』が覆った。

かさねだけでなく、戦況を見守っていたタツミの周囲にも『黒い靄《もや》』が発生する。

そして世界の時間が止まった瞬間、そこにかさねとタツミの姿はなかった。

――……二人とも……消えた……？

――あいつらどこ行きやがったんだ⁉

――……どうやら、どこにもいないみたいですっ！　消える瞬間まで、確かにあの場所に二人がいたのに、急に突然いなくなっちゃったんですっ！

――ッ！　とりあえずゆきは今すぐそこから抜け出すんだ！

ゆきの周囲に展開された無数もの『虚空《グラビティ》』は完全静止している。

『現象妖精《フェアリー》』とは物理現象そのものである。

かさねによる物理現象が停止したということは、つまりかさね自身も『絶対空間《テレスティアル・グローブ》』によって静止していることに他ならない。

――じゃあかさねとタツミは、一体どこにいるんだよ……⁉

そうこうしているうちにカナエの呼吸に限界がやってきた。

そしてゆきは時間停止を解く。

「――ただいまとでも言うべきかしら?」

いつのまにか、かさねとタツミが廃工場の陰に佇《たたず》んでいた。

「あなたたちにとってのそれは、何十秒、何百秒、もしかしたら何日か、あるいは何年かの出来事だったのかもしれないわね。……あたしたちには所詮《しょせん》、知覚し得ない出来事なのだけれど」

かさねはゆっくりと前へと歩いてゆく。

「『エルウェシィ』、あなたの『最上位要請《インペリアルオーダー》』はとんだハリボテの見え見えの一撃《テレフォンパンチ》よ。地球圏全域に『星空を満たすもの《エーテル》』を展開したら、あたしにも何をするかが筒抜《つつぬ》けなのよ」

「……かさねさん、それでも確かに、私の『絶対空間《テレスティアル・グローブ》』は、あなたにも作用した……!」

「相性《あいしょう》が悪かったわね。あたしの『最上位要請《インペリアルオーダー》』は――『空間転移』。一度視認した空間座標の重力構造を『星空を満たすもの《エーテル》』で遠隔観測して、精確に歪《ゆが》ませて、次元跳躍《ワープ》回路を即時生成する」

「ワープ……だと……!?」

「喩《たと》えるなら林檎《りんご》の虫喰《く》い穴。林檎《りんご》のある一点から、ちょうど反対側にたどり着くためには林《りん》檎《ご》の表面を半周する必要があるわ。でもあたしは、地球《りんご》に穴を開けて直通の最短経路を形成できるの。……一度見た場所にならどこにだって行ける。それがあたしの権限──『事象の地平線《イーター》』よ」

かさねは前方への歩みをやめて、立ち止まる。

「『絶対空間《テレスティアル・グローブ》』とやらが、その『時間停止』がどれだけ絶対的な力であろうと関係ないわ。あたしはその予兆を感知して、ここからタツミごと、あなたたちが決して来られない場所へと『空間転移』する。だから、相性《あいしょう》が悪かったわね。──その権限《チカラ》はあたしに通用しない。それとも、終わらないモグラ叩《たた》きをご所望《しょもう》かしら？　先に力尽きるのは、『エルウェシィ』の方だと思うけど」

かさねが右手を払う。宙にくすぶる無数もの『虚空《グラビティ》』を周囲へと散らせた。

その最中も新たな『虚空《グラビティ》』がぼこぼこと生み出されては周囲へと拡散してゆく。

数にして一〇〇に及ぶ重力特異点が展開された。

それに続けて──

「――重力測地線《ジオシツクライン》を検出します
――終了、最適な空間歪曲率《アフィンパラメータ》の代入
――臨界値達成、それぞれの接続を確認
――六六の次元跳躍《ワープ》回路を展開します――」

周囲の空間には数百もの『虚空《グラビティ》』に紛《まぎ》れて、小さな『黒い靄《ワームホール》』が総計六六ヶ所に出現した。

「今ここは、あたしの庭。『最上位要請《インペリアルオーダー》』を起動する機会《ヒマ》なんて与えない。――さあ、受け取って」

かさねはスカートの左右のポケットからそれぞれ指の間に二本ずつ、両手で一六本のブッシュナイフを取り出して、周りへと乱雑に投げつけた。

それだけでは終わらない。

何度も何度もポケットからブッシュナイフを一六本ずつ取り出しては、『虚空《グラビティ》』と『黒い靄《ワームホール》』が張り巡らされたかさねの支配空間に投げ入れてゆく。

ブッシュナイフはあらゆる『虚空《グラビティ》』の重力影響を受けて進行方向を変換させられ、あるいは『黒い靄《ワームホール》』によって全く別の場所へと速度を維持したまま空間転移させられる。

数百本のブッシュナイフはそれぞれが全く異なる予測困難な軌道を描いてゆきの元へと襲い

かかった。

中にはゆきの元へと飛来する最中に爆砕して金属片をまき散らす偽装榴弾《ダミーナイフ》も紛《まぎ》れている。

ゆきはありったけの氷盾《ひょうじゅん》を周囲に展開し尽くした。

更には自身をドーム状の氷壁で覆い隠す。


「――空間歪曲率《アフィンパラメータ》を変更します――」


ゆきの氷は、『虚空《グラビティ》』から放たれる重力『重力子《グラビトン》』をも遮断する。

しかしかさねは、ゆきが展開した氷の干渉を全て計算に含めた上で『黒い靄《ワームホール》』間の転移接続先を調整した。

更にはかさね自身もブッシュナイフ片手に疾走する。

異常重力を付与された刀身が、多重展開された分厚い氷盾《ひょうじゅん》を砕く。

その一部がゆきの最終防壁地点である氷壁に亀裂を入れた。

「そこね――空間歪曲率《アフィンパラメータ》を変更します
――収束《パラメトライズ》して」

六六の『黒い靄《ワームホール》』間の転移接続先が同時変更される。

まばらに飛来していた数百ものブッシュナイフが、一斉に氷壁の最も防御の薄い箇所《ウィークポイント》へと殺到する。

通常の刃《やいば》に偽装榴弾《ダミーナイフ》と超質量の刃《やいば》、全ての刃《やいば》が寸分違《たが》わず同一箇所へと執拗《しつよう》に叩《たた》き込まれる。

——ドガガガガガガッ!!

轟音《ごうおん》が重なり響き合う。

地面の土埃《つちぼこり》や破砕片を舞い上がらせて、硝煙《しょうえん》と共に周囲を包み込んだ。

巻き起こった粉塵《ふんじん》へと、ついに我慢《がまん》できなくなったカナエが走っていった。

「——カナエさまが行っても意味がありません！」

「それでも……！」

後ろの廃工場で傍観していたタツミが、苦笑を浮かべて肩をすくめた。

「言ったよな？　ヌルゲーは終わりって」

今のかさねに誰かを慈しむ気持ちはなく、ただ戦いを妨害する者を——カナエを殺害するために動いた。

「——空間歪曲率《アフィンパラメータ》を変こ——」

――地球圏に、『星空を満たすもの《エーテル》』の展開を、……開始、します――

カナエとレヴィの脳内に、そして連絡回路を通じてかさねにも、ゆきの言葉が聞こえた。

「まだ生きてるの……!?

――既視圏に『星空を満たすもの《エーテル》』を展開――」

かさねはカナエへの対処を後回しにして、ゆきに対抗して起動プロセスを高速詠唱する。

「最上位要請《インペリアルオーダー》『事象の地平線《アップル・イーター》』を起動するわ

――また、お別れよ」

――最上位要請《インペリアルオーダー》『絶対空間《テレスティアル・グローブ》』を、起動します……

――じっと、しててください……――

かさねとタツミが、ここではないどこかへと『空間転移』によって退避した。

――ゆき！　大丈夫か!?　どこにいるんだ!?　……くっそ、見えねえ……！

——あっちにいますっ！

静止していた粉塵《ふんじん》から、地面から這《は》い進むゆきが現れた。

慌ててカナエは抱き起こす。致命傷だけは防いでいたようだが、それでも生きているのが不思議なくらいゆきはぼろぼろだった。

——カナ、エ……、ごめん、なさい……。かさねさんには、どうも、勝てそうに……

ゆきは虚《うつ》ろげな眼《め》でカナエに言う。

——くそっ……！　あんなのにどうやって勝てばいいんだよ……！　これ以上ゆきがぼろぼろになるのは、悲しくて、嫌だ……！　だからといって、何もできない俺は……、いったいどうすれば……！

——何もできなくなんて、ありませんよっ！

レヴィが精一杯無理やり笑顔を作って、涙をゴシゴシと拭いて言い切った。

——カナエさまの作戦は、かさねちゃんにとっておき《コレ》をお届けすることですっ！　だったら、一つだけ方法があるかもしれませんっ！　……でもこれはっ、カナエさまが危険な目に……

——頼む、レヴィ。聞かせてくれ！

レヴィは〝自分が垣間《かいま》見《み》たもの〟と、それに基《もと》づく推測をカナエに伝える。

——いける、かもしれない……。いや、いけるとしたら、それしかない……！

カナエは呼吸の限界を感じつつも、しっかりと取りこぼしのないように作戦を伝えた。

――……これは、俺の命を囮《おとり》にするだけじゃないんだ。俺が死んだら、俺と契約しているゆきも、レヴィも死んでしまう。でも今ここで、むざむざとゆきだけを殺されたくなんてない！

――ゆきちゃんは大切な家族ですっ！　友達ですっ！　……そして、ライバルですっ！　それにあの時、下水道で出会ってから、わたしの全てはカナエさまのものですからっ！

――カナエ……、レヴィ……。私は本当に、下水道で二人に出会えて、良かったです……。二人には、迷惑を掛けてばかりで、巻き込んでばかりで、今は何も、返せるものがありません。それでも、私はもう、自分から、死ぬなんて言いません……！　生きて二人に、恩返しをします……！　生きて罪を、償います……！　この世界で、カナエとレヴィと、生きたいから！

――今更だけどさ、俺たち、もう少し見栄《みば》えのいい場所で出会いたかったよな。……いくぞ。

『絶対空間《テレスティアル・グローブ》』が解除される。

止まっていた時間は、再び動き出す。

「――だから、無駄だと言っているでしょう？」

かさねとタツミが姿を現す。時間停止前と変わらず、辺りを土埃《つちぼこり》と硝煙《しょうえん》が覆っていた。

「……無駄なんかじゃ、なかったぞ」

巻き上げる粉塵《ふんじん》を前にして。

カナエは落ちていたブッシュナイフを構えて、かさねと相対する。

「『エルウェシィ』の質量が動いていなくて、あの粉塵《ふんじん》の中にいる……？　メイドちゃんも

『エルウェシィ』の隣にいるわね……。いったいこれは、何の小細工のつもりかしら？」

「さあな……少なくとも、あんたらに勝ちたいとは思っているよ」

「どうでもいいわ、そこをどいて。邪魔をするのならきみも殺す」

「いいや、どかない。だって——俺も戦うから」

「だったら、死んで」

かさねは両手から『虚空《グラビティ》』を生成しようとする。

戦いの邪魔をするカナエを、重力で圧殺するために。

「そんな『重力操作』じゃなくてさ、——『斥力子《レプルシオン》』で掛かってこいよ」

「きみなんかに使うのは勿体《もったい》ないわ。オーバーキルにも程《ほど》があるもの」

「……〝一本一本がそれぞれ絶対の破壊力を秘《ひ》めている〟だとか、〝何物にも触れられることを許さないわ〟とか言っておいて、ゆきにあっけなく防がれたら、——そりゃ使いたくないよなあ？　負け犬の遠吠《とおぼ》えみたいでダッッセ！」

かさねの眉間に皺《しわ》が寄り、口をぱくぱくとわななかせる。

……こいつ、煽《あお》り耐性なさそうだな。

カナエは僅かな交流でそんな感慨を抱いていたが、なるほどその通りだった。

そしてカナエの与《あずか》り知らぬところが良い方向に作用した。

タツミに命じられた好意的感情と記憶の欠落によって、かさねは本来の思考能力をも低下している。

要するに、すぐキレた。

かさねは顔を真っ赤にして、歯ぎしりと共に震えだす。

「がっかりさせないでくれよ？　――俺の知ってるレプルシオンの方が、ずっとずっと素敵だったぞ」

「惑わされるな！　ニイチャンが何を考えてるか分からねえが、どうせ何もできやしねえ。あくまでも粉塵《ふんじん》に隠れた『エルウェシィ』への対処を優先しろ！」

タツミがかさねに下した命令に、カナエがにやりと笑んだ。

「――タツミはそこで黙って見てて！」

かさねは右の五指を手繰《たぐ》らせて、五本の赤光《しやっこう》の糸を生み出す。

「いいわ。全力で殺してあげる。きみ、ある意味幸せよ。一瞬で楽に死ねるもの……！」

カナエが走りこむ。ブッシュナイフを構えて雄叫《おたけ》びを上げた。

「うおおおおおおおおおおおおおッ！」

対するかさねは、無言で右手を振った。

赤光《しやっこう》の糸は――無慈悲にカナエの胴体へと迫る。

存在そのものを否定する万死の刃《やいば》が到達する寸前――

——地球圏に、『星空を満たすもの《エーテル》』の……——


言葉も絶え絶えに、ゆきの詠唱がこだまする。

カナエの胴体を切断せんとしていた赤光《しやっこう》の糸が——忽然《こつぜん》と空間にかき消えた。

かさねが消したのだ。


「またですって……！

——既視圏に『星空を満たすもの《エーテル》』を展開します——」


かさねはタツミに〝カナエよりも『エルウェシィ』への対処を優先しろ〟と命令された。

だからかさねは、カナエを死に至らしめることができた赤光《しやっこう》の顕現を、すぐにでも中断する必要があったのだ。


——『事象の地平線《アップル・イーター》』の起動プロセスを読み上げるために。

レヴィ曰《いわ》く、この前の戦いでもそうだった。

そして先ほどゆきを追い詰めていた時も、かさねは赤光《しやっこう》の糸を消してから詠唱した。そこから推測すると、『事象の地平線《アップル・イーター》』の起動プロセスを詠唱するためにはある程度の集中力が必要であり、『斥力子《レプルシオン》』の制御とは両立できないらしい。

そして詠唱以前の『重力操作』は――カナエが挑発して封じた。

つまり今のかさねは、能力が使えない。

カナエが逆刃《さかば》に振り下ろしたブッシュナイフを、かさねはとっさに左手でポケットからブッシュナイフを抜いて応じた。

ぶつかり、弾《はじ》かれる刃《は》と刃《は》。

ガキンという振動がカナエの手を痺《しび》れさせる。

――……『星空を満たすもの《エーテル》』を、展開、します……――

「――局地的『現象妖精《フェアリー》』との連絡回路を確立――」

かさねは目の前のカナエだけでなく、粉塵《ふんじん》内の見えないゆきとも同時に相手取ることとなる。

最上位要請《インペリアルオーダー》の発動に集中しなければならない状況で、カナエと剣戟《けんげき》を交わす。

そんなかさねに、能力を行使する猶予《ゆうよ》はない。

たった今、ここにいるのはただの少年と少女。

無能力者の二人だけ。

それでも、かさねのナイフ捌《さば》きは見事だった。

起動プロセスと並列して戦うかさねに、有利な状況であるはずのカナエが終始押されているが……

……それでも、あの時の素手のタツミの方が、ずっと強かった……！

カナエは見よう見まねでブッシュナイフを振《ふ》るい、かさねが応戦する。

かさねから繰り出される反撃は容赦がない。

全てが急所を狙う致死の刃《やいば》。

紙一重でカナエは顔面への刺突を躱《かわ》し、頬に切り傷を作った。

――充塡《じゅうてん》、終了……全、『現象妖精《フェアリー》』……――

「――次いで重力測地線《ジオシツクライン》を検出します――」

かさねのブッシュナイフがカナエの右肩に刺さる。

「んにゃろおおお！」

――カナエは構うことなく、かさねに近づいた。

このまま拘束されると判断したかさねは、カナエの右肩から刃《は》を引き抜いて後ずさる。

その表情が切羽詰まったように歪《ゆが》む。

元々かさねの起動プロセスは、ゆきのそれよりも多段階的で長いのだ。

そのデメリットを持ち前の高速詠唱でカバーしていたが、今はカナエとの剣戟《けんげき》に気を取られてその真価を発揮できない。

そして起動プロセスの詠唱速度で負けてしまうと、かさねが『空間転移』する前に、ゆきの『時間停止』が発生する。

――……との連絡回路を……確立――

「――終了、最適な空間歪曲率《アフインパラメータ》の代入――」

タツミはここではっと気づく。

「やりやがったな……！」

そもそもかさねに起動プロセスを中断させてでも、カナエを全力で殺害すれば済む話だったのだと。

カナエそのものが『専用エフティ』なのだから、ソレを殺せばゆきも死ぬ。

『時間停止』の『最上位要請《インペリアルオーダー》』は神にも等しい権限だ。

だから同じ『最上位要請《インペリアルオーダー》』である『空間転移』でしか対処ができないと——そこで考えが止まってしまっていた。

タツミは策に囚われ、かさねはタツミの下した命令に囚われる。

今命令を変えても遅い。

タツミは強者の余裕を捨て、スーツの左脇からリボルバーを抜いた。

——巻き上がる粉塵《ふんじん》の内側から、氷がジグザグに飛来する。

「……クソッ」

タツミの銃を右腕ごと氷漬けにした。

能力を実行したのはゆきだが、その指示を下したのはレヴィだ。

粉塵《ふんじん》の中、ゆきの傍《かたわ》らでじっとタツミだけを捕捉していたのである。

極めて的確なレヴィの座標指示は、ゆきが起動プロセスを読み上げるための集中力を途切れさせることなく、窒素《ちつそ》氷晶の生成と操作を可能にした。

ゆきはカナエとレヴィを信頼して、『絶対空間《テレスティアル・グローブ》』の起動プロセスのみに集中する。

レヴィもカナエとゆきを信頼して、唯一の不確定分子であるタツミの行動を捕捉し続ける。

そしてカナエは、ゆきとレヴィを信頼して、『七大災害』たるかさねと生身で戦って時間稼ぎをする。

それぞれがお互いを信頼して、かつカナエの挑発にかさねとタツミが引っかかり、そしてカナエの奮闘《ふんとう》がなければ成立し得ない作戦だった。

全てが上手《うま》くいったのは偶然かもしれない。

……それでも、摑《つか》み取った。

――最上位要請《インペリアルオーダー》『絶対空間《テレスティアル・グローブ》』を、起動します――

「――臨界値達成――最上位要請《インペリアルオーダー》『事象の地平線《アップル・イーター》』をッ……！」

必死の形相でブッシュナイフを振るうかさねに、カナエは場違いに優しく微笑《ほほえ》んだ。

「――甘《あま》い考えも、案外悪くないだろ？」

――少しだけ、じっとしててくださいね――

＋＋＋＋＋

――本当に、いいんですか？　いきます、ね……？――

——おう、やれやれ——

——はい、せーのっ！——

『絶対空間《テレスティアル・グローブ》』が解除され、時間が再開した世界でゆきは、

「食らってください！」

……かさねの顔面にフルーツケーキをぶちまけた。

パイ投げの要領で、初めてにしては驚くほど綺麗《きれい》なフォームだった。

「——あ？　あっ、ああ……あまじぬば——」

ばたん。

かさねは謎の一言を言い残して失神した。

ゆきが慌てて受け止める。

「これでかさねは戦闘不能。殺さずに勝ったぞ。——だから約束な」

タツミはリボルバーを奪われた状態で凍結を解かれ、カナエと相対する。

「……俺から武器を奪ったところで、この距離ならニイチャンくらい素手でも殺せるぞ？」

「分かってる。そしてそんなことをしないのも、分かってる。……あんた、筋は通すタイプだろ？」

「つくづく甘《あま》いなあ。その根拠はいったいなんだい？」

「こうやって、かさねが甘《あま》いものを摂取して失神してるからだよ」

――きっと、びっくりしちゃったんですっ。『現象妖精《フェアリー》』は、すっごくお腹《なか》が空《す》いてる時にすっごく甘《あま》いものを食べちゃうと、美味《おい》しすぎて意識がぶっ飛んじゃいそうになるんですよっ。

「……あのですねっ、わたしが見たところ、かさねちゃんはこの四年間、一度も甘《あま》いものを食べていませんよっ。……ゆきちゃんやかさねちゃんの生命力って、本当にすごいんですねっ……」

「かさねさんが万全の態勢だったら……きっと私は、勝てなかったと思います」

ゆきは顔面にべっちゃりと散ったケーキをハンカチで拭いてゆく。

その手つきはかさねへの思いやりに溢《あふ》れていた。

「……たぶんかさねには何らかの矜持《きょうじ》があって、自分から甘《あま》いものを食おうとしなかったんだろ。そしてあんたは、かさねの意思を尊重した。普通に命令して食わせればいいものを、そんな無謀な断食《だんじき》をわざわざ見逃した。……そしてかさねは、『七大災害』としての、ひいては『現象妖精《フェアリー》』としての能力の出力規模を著しく低下させた。そんなかさねに、あんたはナイフや爆弾を使った戦術や、能力が小規模でも活用できる方法を教えこんだんだ。だってあんなに効率重視で人間臭くて血なまぐさい戦い方、『現象妖精《フェアリー》』が一人勝手に思いつくわけないだろ」

無言だったタツミは、これでお手上げとでも言うように降参ポーズを取った。

「……全部合ってるよ、ニイチャン。オレらの負けだ。——かさね、命令だ。好意的感情とそれに紐付《ひもづ》く記憶領域を復元。『エルウェシィ』の殺害という目的を破棄。あと……起きろ」

「——んみゃ……なにこれ……美味《おい》しすぎて頭おかしくなっちゃう……って、なんであたしが『エルウェシィ』に膝枕されてんのよ⁉　これはいったいなんなの⁉　ふざけないで‼」

かさねはスカートのポケットからブッシュナイフを抜くが——すかさずタツミが奪い取る。

「かさね、みっともねえからやめろ。オレらは負けたんだ。だからもう、戦うな」

「でもタツミ……」

悔しそうに唇を噛《か》んで俯《うつむ》くかさねに、ゆきはフルーツケーキが入った厚紙箱を差し出した。

「昨日、私たちで作ったものです。ほとんど、レヴィとカナエのおかげですが……」

「かさねちゃん、おかわりもありますよっ。遠慮なく召し上がってくださいねっ」

「——なんなのよ！　なんなのよあんたたち……！　あたしはさっきまで『エルウェシィ』を、そしてカナエをも殺そうとしてたのよ⁉　あたしがどれだけアンタをこき下ろして痛めつけたか分かってるの？　……あたしに勝って、あたしに押し付ける悪条件は何もないの⁉」

「……では一つ、かさねさんに、お願いがあります……」

「はあ、一つ、たった一つなのね……！　いったいどれだけ酷《ひど》くて身の毛がよだつ——」

「ゆきと、呼んでください」

「——は？　…………そんなことで、いいの？」

「私は、かさねさんのことを、かさねと呼びます。だからかさねは、私をゆきと呼んでください。かさねが、かさねであるように、私は『エルウェシィ』ではなく、――ゆきです」

「……ばっ、ばっ、ばっ……ッ……もういい！　好きにしたら………ゆきっ……っ！　……ああもう！　死にたくなってきたわ！　おかわり！」

かさねはゆきの手からケーキ箱をひったくると、右手のフォークでむしゃむしゃとやけ食いした。

かさねが泣き顔でケーキを平らげるたび、レヴィが次なるケーキ箱を提供してゆく。

「………あたしは人間になるために、学校の制服を着て、アレンジして眼鏡もかけた……！　恥《は》ずかしくても……スカートの丈を短くした！　甘《あま》いものしか食べられない人間なんていない！　だから、こんな美味《おい》しいものなんて、これっぽっちも食べたくなかったのに……！」

「だからといって、辛《から》いものしか食べない人間もなかなかいないぞ？　だから、たーんと食え」

「カナエさまっ、これで一件落着ですねっ」

「おいおい、なんか勝手に終わった空気になってないか？　問題は山積みだぞ」

「分かってるよ。でも、こっちからも聞きたいことがある。あんたらはそもそも――」

――タツミの腹部を、窒素《ちっそ》氷晶の槍《やり》が貫いた。

タツミは腹部をちらりと見て、それからカナエの——その背後を見つめた。

「……アズガルドかよ……かさね、あとは頼む……」

そしてタツミの意識が途切れた。

かさねは、タツミを抱えて呆然《ぼうぜん》としていた。

「……タツミ？……なんで？　カナエが……？」

「ち、ちが……！　ゆき！　いきなりどうしたんだ⁉　何をするんだ⁉」

カナエはゆきを見た。

「…………」

虚《うつ》ろな目をした無表情。

さっきまでの好意的な態度はどこにもない。

「——お疲れさま、カナエ君」

廃墟《はいきょ》の奥から、カナエが聞こえ慣れた声がした。

白衣を身に纏《まと》った女性が現れた。

「『エルウェシィ』君を完成させてくれてありがとう。……いや、今はゆき君と呼ぶべきかね。まさか、これほど計画が圧縮できるとは思ってもみなかったよ」

白衣を護衛するかのように、黒ずくめの男たちが並ぶ。

カナエたちを追っていた『アズガルド』からの刺客《しかく》……その中心にいる女性が誰であるか――カナエは理解したくなかった。

「……顧問、恐れながら、計画とは一体何のことでしょうか？」

黒ずくめが警戒心を込めて尋ねる。

白衣の女性は手元のデバイスを操作して言い放った。

「ああ、君たちは知らなくていいことだよ。ここまでご苦労、休んでいいよ」

ゆきが窒素《ちっそ》氷晶の槍《やり》を放ち、黒ずくめたちのボディアーマーを貫通した。

「ふむふむ、冷却反応を排《はい》した氷……。せっかく絶対零度まで冷却できるのに、勿体《もったい》ない使い方だねえ。窒素《ちっそ》をこの温度で固体に維持できるというのも、興味深いことだとは思うが」

「……あ、あの……。――ノゾミ、先生……？」

カナエは夢でも見てるんじゃないかと、そう錯覚してしまいたかった。

「自信を持ちたまえ、カナエ君の視覚と認識は正しく機能している。ワタシは君のよく知る科学講師、矢島《やじま》ノゾミだよ。そして『エーゲンフリート・ラボ』の顧問という肩書も持っている。――今この瞬間に、ワタシは講師でも顧問でもなくなったがね」

「ノゾミ先生……いったい何を言ってるんですか？……」

「どうやら状況が理解できていないようだね。最初から仕組まれていたのだよ。全て、全てがね。一から百まで詳しく言おうか？」

そしてノゾミは語りだす。

旧実験室での温かい日々と同じ調子で――何もかもを否定してゆく。

「ワタシはカナエ君の過去のデータを調べあげ、先んじて高校の科学講師になり、カナエ君との信頼を深める。その特異な脳内構造を調べあげるために。そしてカナエ君を再現した『オリジナルエフティ』を作り出した。完成後は、カナエ君を研究区画へとお使いに行かせて、細工によって意図的に逃亡させたゆき君と出会わせる。……カナエ君の性格なら、勝手に契約してくれると思ってね。顧問として裏から『アズガルド』の特殊部隊『フォネティック』をけしかけて、ゆき君の成長を見守るつもりだったのだよ。――別にカナエ君が殺されても問題なかった。後はワタシが引き継いでゆっくり完成させてゆくつもりだったが、まさか他の『七大災害』までも参戦してくれるとは、嬉《うれ》しい誤算だった。お陰で成長速度が段違いだ」

カナエは茫然《ぼうぜん》自失に陥るが、ノゾミの言葉にどこか納得《なっとく》してしまう自分がいた。

逃走後にあんなにも早く黒ずくめに見つかったのは、情報を横流しされていたからで……

「……嘘《うそ》、でしょ。嘘《うそ》です、よね……？」

「事実しか述べていないよ。……そうだねえ、今すぐにでもカナエ君を殺しても構わないが、少しはお世話になったことだしね。他にも話してあげよう。カナエ君はあの灰谷義淵《はいたにぎえん》の隠し子だよ」

脳の処理が追い付かない。

ノゾミは携帯をカナエにちらつかせて言う。

「鶏《にわとり》が先か、卵が先かという話ではあるがね。カナエ君のその脳内構造がたまたま『現象妖精《フェアリー》』を使役する『エフティ』と似通っていた……というわけではないのだよ。実はその全くの逆で、――初めにカナエ君という存在があった。そしてカナエ君の脳内構造を灰谷義淵《はいたにぎえん》がコピーして、ダウンスケールして量産されたものが、今この世界に出回る『エフティ』というアプリの正体だ」

「俺には、そんな記憶はありませんよ……！」

「脳内構造から『ストレンジコード』を抽出した灰谷義淵《はいたにぎえん》が、記憶を改ざんするぐらいわけないだろう？　それに君は、勉強したわけでもないのに現象妖精《フェアリー》学に詳しかった。当然だろう？　何故《なぜ》ならカナエ君そのものが答《ストレンジコード》えなのだから」

それでは、『秘密基地《ハイド・ラボ》』の認証をクリアして、レプルシオンに灰谷義淵《はいたにぎえん》と誤認されたのも……

——Identified.《識別完了》
Class《権限》 : Administrator.《最高管理者》

全てが、繋《つな》がってゆく。


「ああ……」

ノゾミがデバイスを操作する。

カナエの横にいたゆきが、ノゾミの方へと歩いてゆく。

「ボロボロなのは似つかわしくないね。少し強引だが、『標準状態《デフォルト》』へとリセットしようか」

デバイスへのワンフリックで、ゆきの姿が一変した。

何の予兆もなくゆきの損傷《バグ》が全回復して、白のショートドレスを身に纏《まと》う。

……しかしその銀髪だけは、ショートカットのままだった。

ノゾミはそれを気にも留めない。

興奮しているからだろうか。

どちらにせよ、カナエは分かりたくなかった。

「……ゆき君の『専用エフティ』は残念なことに、今も東京で氷漬けになっているんだ。このままでは使役できない。『七大災害』の中でもおそらく最強の存在を、黙って指を咥《くわ》えて眺めているのも勿体《もったい》ないだろう？　そこでカナエ君の出番だ。全ての『エフティ』の原典となったカナエ君から、その複製『オリジナルエフティ』を作り出すんだ。言っただろう？　これは妖精の翻訳アプリなどではなく、カナエ君の翻訳アプリだと。これによって、カナエ君が契約した『現象妖精《フェアリー》』の操作権限をワタシも得る。……そしてこれは、『現象妖精《フェアリー》』の使役のみに特化させている。余計な泣き声《ノイズ》が入らないようにね。権限だけならばこちらの方が勝《まさ》る。つまり、カナエ君と純粋に契約した『現象妖精《フェアリー》』は――カナエ君よりも、ワタシの言うことを聞いてくれるのだよ」

続けてノゾミが操作する。

カナエの横にいたレヴィまでもが、ノゾミの元へと歩いてゆく。

「いやあ、まことに素晴らしいね。……ワタシのレヴィ君までも、ついでに完成させてくれるなんて」

「……ノゾミ先生の……？」

「レヴィ君はね、ワタシが片手間に暇つぶしで生み出した、波動関数の『現象妖精《フェアリー》』なんだ。単に眼《め》がいいのではなく、〝そこに物質がどのように存在するのか〟を観測して認識している。……まあ、ワタシはソレを失敗作だと思って『エフティ』のチップごとトイレに流して捨てたのだよ。——だからカナエ君がレヴィ君を連れてきた時は驚いた。全く、捨てる神あれば拾う神ありというわけだ」

カナエがノゾミの手のひらの上で踊らされていた。

カナエが思うノゾミの全てが嘘《うそ》だった。

カナエを笑わないでいてくれた、信頼できる唯一の人間。

それすらも——

「……なんで、ですか……。ノゾミ先生は、俺のことを、大切に、してくれ、てたんじゃ……」

「ワタシはカナエ君を大切にする。これまでも、今も、——そしてこれからも、大切にしていくよ」

ノゾミは『オリジナルエフティ』が宿ったデバイスを、丁寧に撫《な》で付けて言う。

「ワタシが愛したものは、『ストレンジコード』が聴《き》こえるというカナエ君だけが持っていた特異性だ。そして今は、こうしてワタシの手元にもいる。——カナエ君は、この世界に二人も要《い》らない。だから、もういいよ」

虚《うつ》ろなゆきが右手を向けて、カナエを死に至らしめる氷槍《ひょうそう》を放とうとした。

「——最上位要請《インペリアルオーダー》『事象の地平線《アップル・イーター》』を起動するわ

――お別れよ」

小声で起動プロセスを読み上げきったかさねが、次元跳躍構造《ワープ》を持つ『黒い靄《ワームホール》』を発生させる。

そしてここではないどこかへと『空間転移』した。

カナエは何も視認《しにん》できない真っ暗な空間を通り過ぎ――気がついたら部屋の中にいた。

「ここは隠れ家《セーフハウス》よ。……あたしのマスターであるタツミは、まだ死んでいない。だからその生命保全を優先して、自衛という名目で能力を行使したの」

カナエは上の空で、かさねのことを何一つ聞いていなかった。

「……少しは、良い夢が見れた気がするわ。『七大災害』同士で殺し合わずに共存する未来なんて……。カナエの言うことはふざけていると思ったけど、それでもあたしは、心のどこかで僅かでも、そんな未来を望んでいた気がするの。――でも、そんな夢物語は、ここで終わりね」

「……終わ、り……？」

「もう諦めなさい。やっぱり『七大災害』とは、殺し合うしかないのよ」

「ゆきとレヴィは、どうなるんだ……？」

「それは――ッ⁉　何なのよこの質量は……？　上空から、こっちに向かって――⁉」

かさねはカナエとタツミの腕を掴《つか》み、窓の外へと視線を向ける。

転移接続先が視界内であれば、かさねは起動プロセスを省略することができる。


「――臨界値達成――」


かさねが唱え、遥《はる》か高高度の上空へと『空間転移』する。

カナエたちが上空から見たものは――圧倒的な破壊の瞬間だった。

カナエが先ほどまでいた森の中の隠れ家《セーフハウス》に、大質量の物体が落下した。

地表から何キロも離れているであろうこの上空にまで震動と轟音《ごうおん》を伝わらせ、木々と地層の瓦礫片《がれきへん》を空へと巻き上げた。

「巨大な氷塊⁉ ……ここ北海道よ！　神戸《こうべ》からどれだけ離れていると思ってるの……！」

かさねは空中で、『事象の地平線《アップル・イーター》』を起動して、
更にここではないどこかに『空間転移』する。


次に、カナエたちは室内にいた。

水色のコーデを基調とした、ぬいぐるみが散らかる女の子部屋。

かさねは壁に取り付けられた赤いボタンを押して、カナエに「ベッドの下に隠れて」と言う。

褐色肌《かっしょくはだ》で彫《ほ》りの深いスーツ姿の女性が部屋に入ると――かさねは筆談によってコミュニケーションを取る。

……ああ、そうか。喋《しゃべ》っても伝わらないもんな……

カナエはどこか上の空だった。

遅れて駆けつけた看護服の者たちが、意識不明のタツミをどこかに運んでいった。

「……みんな、外国人？　ここはどこなんだ？　てか、なんでかさねに驚かないんだ……？」

「国際刑事警察機構《インターポール》のブラジル支部よ。日本を統治して『現象妖精《フェアリー》』関連の技術独占を図ろうとする常任理事国とアズガルドを監視しているの。そしてタツミとあたしはここのエージェントで、元々あたしたちは神戸《こうべ》の任務を与えられていた」

「……なんとなく、分かった……」

かさねとタツミは、アズガルドの手先ではない。

むしろその逆の存在だった。

しかし接敵のタイミングが悪く、カナエたちは誤解していた。

それがコトの真相だった。

……でも、そんなことよりも、

「早く助けに行かないと……！」

「──もう無理よ、神戸《こうべ》には戻れない。そしてカナエは、ほとぼりが冷めるまで、ここから出ない方がいいわ。……さっきの氷塊の攻撃、マスドライバーと呼ばれるシロモノよ。それは地上から大気圏外に物体を打ち上げて、落下の勢いを破壊力とする質量兵器。でもマスドライバーの原理上、日本の真反対であるブラジルには届かないわ」

部屋の外は人々が忙《せわ》しなく行き交いし、外国語の喧騒《けんそう》がこだまする。

「あの氷塊を飛ばしたのは……ゆきでしょう。でも精確な座標指示はレヴィちゃんの観測によるものだわ。そして大気圏の再突入を経ても、あの氷塊は燃え尽きなかった。つまり、能力によって熱量が排除されているの。そしてゆきの氷は、見えないものも遮断する。『重力子《グラビトン》』だけでなく、電子《エレクトロン》も、光子《フォトン》も」

そこでかさねはため息をついた。

何もかもを諦めたかのように。

「──わざとやってるかどうかは知らないけれど、熱量、金属、電波、光波、それらを探知できない超高速飛翔体《ひしょうたい》を迎撃する手段は、この世界に存在《アレ》しない」

「なんだよ……それってつまり、どこにでも氷塊を落とせるってことか……？」

「……正解。ゆきの前では米国首相官邸《ホワイトハウス》や国防総省《ペンタゴン》でさえ指先一つで陥落する。そうやって、あらゆる国家の中枢を機能停止《フリーズ》させるなんてことができてしまうわ。つまりね、あのノゾミって女がその気になれば──世界が終わるの」

「…………………」

やはりカナエは、深く理解していなかった。

世界の『損傷《バグ》』という曖昧な言葉では、実感が湧かなかった。

たった今、カナエは改めて理解する。

『七大災害』は、世界を終わらせることのできる存在なのだということを。

しかし、それでも、カナエの思いは変わらない。

「俺は、ゆきとレヴィを助けたい……！　……それにノゾミ先生に、一言でも何か言いたい……！」

「だから無理よ！　……カナエは契約していたゆきとレヴィを奪われた。あたしはマスターのタツミが意識不明で、自由に能力を使えない。――この状況は、どうしようもなく詰みなのよ！　あたしもカナエも、今はただ、黙って状況をやり過ごすことしか……」

「……………あるんだ」

「なにがよ⁉」

「一つだけ――方法があるんだ……」

カナエはノゾミへの憧憬《どうけい》を……今この時だけは、捨て去ることにした。

戦う決意をその表情に込める。

ここで足掻《あが》かなければ、この先ずっと後悔することになると。

「お互いに半身を奪われたあたしたちに……いったい何ができるっていうの？」

「俺には『現象妖精《フェアリー》』が、かさねにはマスターがいない。──だから今だけ、俺と契約してくれ」

かさねは呆然《ぼうぜん》とした表情を浮かべ──しかし次の瞬間にはカナエにまくし立てた。

「ノゾミは、カナエと契約した『現象妖精《フェアリー》』を横取りできるとも言っていたわ！」

「純粋に契約を交わした『現象妖精《フェアリー》』を、な。かさねは、もう既にタツミと契約を交わしている。その上で、俺と契約するんだ。プログラムがごっちゃになって、かさねの制御権は奪われないはずだ。確証はないけど……俺のこの脳みそ《エフティ》が、そうだと判断してるんだ」

「カナエだけでなく、あたしまで多重契約者になるのね……。なんだか悪徳業者に騙《だま》されてる気分だわ。──仕方ないわね。今だけよ、これっきりの関係よ？　あたしだって、世界の終わりなんて嫌だもの。それにレヴィちゃんも、ゆきのことも……もう、見捨てるなんてできなくなってしまったもの……」

かさねは髪の毛をグシグシと乱暴に梳《と》かしながら尋ねる。

「で、あたしがカナエと契約するためには、一体何をすればいいのかしら？」

「俺の質問に答えるだけでいい──俺と契約する女の子の名前を、お前の口から聞かせてくれ」

かさねは黒い瞳をぱちくりとさせた。

「……女の、子……、……あたしが……？」

「何か変なこと言ったか？」

「なんでもないわ！　答えればいいのね!?　――かさね。あたしの名前は、かさねよ」

カナエの脳にかさねの言葉が刻まれる。

そしてかさねの姿に変化が起きた。

改造制服が空間に霧散して溶け消えて――代わりに真紅のフリルドレスを身に纏《まと》っていた。

資料映像で見たかつてのレプルシオンとお揃《そろ》いの、少女趣味の装《よそお》いだ。

髪の色も変化した。

かさねの黒髪のロングストレートは、薄みがかった朱色に塗り替わる。

「これがあたしの『標準状態《デフォルト》』。ジロジロ見ないで……恥《は》ずかしいから」

カナエを見つめ返す二つの眼《め》は、片方にだけ変化が起きていた。

左の瞳は黒のままで、右の瞳がルビーの輝きを放つ。

その丸い赤の瞳の中には、宇宙から地球を見下ろした時のような、海と陸に似た模様が広がっていた。

「ああ、コレのこと？　この右目の模様、〝月の海《ルナマリア》〟って言うらしいわね」

「じゃあ、その左目は……？」

「失ったの。タツミと契約して〝かさね〟となる以前――『ラウルス』だったあたしは、アズガルドに囚われていた。……まあ、その、色々あったのよ。長い間そのまま過ごしたから、片目《コレ》が『標準状態《デフォルト》』になってしまったの」

かさねが昨日、一階層の『現象妖精《フェアリー》』をどんな気持ちで弔《とむら》っていたのかを、カナエは思い知る。

「なにボケっとしてるのよ。今カナエがこんなことで悲しんでいる余裕なんてないわ。早くゆきとレヴィちゃんを助けに行くわよ！　――大切なものを奪われて、それが当たり前になるまえに」

最終章

おとぎの語り手

——Fairy Tale'r——

「──まだ生きてるみたいだな。頼むかさね、さっきの場所で治療してやってくれ」

一階層にて。

ゆきの氷槍《ひょうそう》に刺《さ》されて地面に倒れ伏す黒ずくめたちを指して、カナエは言った。

「こいつらはアズガルドの追手、カナエの敵よ？」

「ゆきに、誰かを殺させたくなんてないんだ」

聞き入れたかさねはその場で呟《つぶや》くように詠唱すると、黒ずくめたちの姿が消える。

「……しかし他には誰もいないな」

「どうやら一番下にいるようね」

「下？」

「この場所からだと、あんなに大きな氷塊を放てないわ。だからきっと、開けた場所にいるの」

「……どこ？」

「すぐに分かるわ」

かさねはカナエの手を取り柵《さく》の外側を見ると、上空へと『空間転移』した。

かさねは一階層より更に下の、重力反転境界面よりも向こう側の空を見つめ、間髪《かんはつ》を入れずに『空間転移』する。

〝面〟を超え、重力法則が元に戻る。

「……何も、ないのか……？」

――カナエの眼下には、直径一五キロを超えた円形状の更地がどこまでも広がっていた。

ここは積層都市『逆さまの街・神戸《こうべ》』の裏側。

重力反転境界面に隣接した都市地盤だった。

中央に伸びるものは、積層都市を貫いて補強する『軌道エレベータ』だ。

それ以外、構造物は何もなかった。

途方もなく壮大でスケール感の狂いそうな、白一色の更地の空間。

「――見つけたわ」

都市地盤の一角へとカナエとかさねは舞い降りた。

何もない空間に、風がびゅうびゅうと吹いていた。

高度二〇キロの上空の本来の気温はマイナス七〇度前後だが、重力反転現象の影響で、都市地盤はちょうど〇度を保っていた。

それでも寒さを感じるカナエの数十メートル前方に、左右にゆきとレヴィを従えたノゾミがいた。

「やあ、カナエ君。また戻ってきたのかい？　レヴィ君に捜《さが》させたけど、地球の裏側まで逃げられると流石《さすが》にゆき君の攻撃も届かない。……だから、追い掛ける手間が省けて助かったよ」

「ゆきもレヴィも、そんなことはできないはずなのに……、どうやって……！」

「なあに、できるよ。カナエ君は知らず知らずのうちにゆき君の力をセーブしていたのだよ。まあ、やり過ぎると負担が掛かるからね。……レヴィ君には、ゆき君の力を『オリジナルエフティ』を通して逆流させている。能力を限界まで引き出した今のレヴィ君は、地球全域を観測可能とする完成された波動関数《エヴェレット》の『現象妖精《フェアリー》』だ。もうレヴィ君は、失敗作《ポンコツ》などではないよ」

「……あたしも人のことは言えないけど、あなた、とんだ外道《げどう》ね。聞いてた話、カナエを騙《だま》してたって言うじゃない。あたしとしても——そのことは看過できないわ」

「これはこれは、かの『ラウルス』君か。当時は『エーゲンフリート・ラボ』の顧問ではなかったが、名前は聞いているよ。そして今は、かさね君。……カナエ君の新しい女にでもなったのかい？」

「これっきりの関係よ！　あなたを倒して、ゆきとレヴィちゃんを返してもらったら終わりよ」

「しかし、面倒だ。カナエ君と契約しているようだが、タツミ《もうひとり》の『専用エフティ』が干渉して制御権を奪えないようだね。どうやら、ここで殺したほうがよさそうだ」

「勝手なことを言わないで！」

怒りに駆られるかさねの横で、カナエはノゾミの左右に佇《たたず》むゆきとレヴィに声を掛けた。

「ゆき、レヴィ、聞こえてるか？　……戻ってこいよ。お前らのマスターは俺だろ……」

ゆきとレヴィは無反応だった。

微動だにせず、焦点の合わない瞳で前方を虚《うつ》ろに見つめる。

「もう無駄だよ。ワタシが命令を下さない限り、ゆき君とレヴィ君は喋《しゃべ》ることができない。二人の制御権は、ワタシが掌握《しょうあく》した。カナエ君には何の繋《つな》がりも残されてやしない」

「残ってますよ。……ほら、銀髪《そこ》に」

ゆきはショートカットのままだった。

カナエは『秘密基地《ハイド・ラボ》』で語らい合い、散髪した記憶を思い出す。

「……さて？　よく意味が分からないな。もう、この二人はカナエ君のものではないのだよ」

「元々、二人は俺のものなんかじゃないですよ。ただ、ゆきもレヴィも、一人の女の子として、俺の隣《となり》にいてくれただけなんです。そしてそれを、俺は過去になんてしたくありません。二人を、失いたくなんてありません。……だから二人を、返して欲しいんです……」

「それは、ワタシの所有物扱いと何がどう違うのかね？　同じにしか聞こえないのだが」

「二人が生きるためには、特殊な契約環境が必要なんです。もし今後その問題が解決したら、俺の元から離れることになるかもしれません。……でも今は違う。二人が生存できる場所は今、俺かノゾミ先生の、どちらかの隣にしかないんです。そして高慢かもしれませんが、二人が自分のために生きられる場所は、ノゾミ先生ではなく、俺の隣です。だから、返して欲しい」

「それは困るな。二人にはワタシのために、ワタシの隣にいてもらわないとね。そのためにも、用済みのカナエ君には死んでもらう。──七年前に失われた灰谷義淵《はいたにぎえん》の研究成果を復元するためにも。カナエ君の存在はまず間違いなく不確定分子となるからね」

「全部、そのためだったんですね……」

カナエは震える手を押さえ、拭いきれなかったノゾミへの憧憬《どうけい》を無理やり振り切る。

「俺はもう、ノゾミ先生を追いかけない。──その『オリジナルエフティ』をぶっ壊す」

「……そうかい。では、ゆき君。カナエ君を、その手で葬《ほうむ》りたまえ」

ゆきが足取りを確かにゆっくりと、こちらへと歩いてくる。

「……カナエはそこにいて」

赤いフリルドレスを纏《まと》ったかさねが前に進む。右の赤眼《あかめ》、左の黒眼《くろめ》でカナエを一瞥《いちべつ》した。

お互いに近づき合うゆきとかさねは、やがて相対して静止する。

そして、戦闘が開始した。


──それはさながら、神話の戦いの再現だった。


ゆきは右手を突き出すと、前方の約一キロにわたる空間を、絶対零度まで冷却した。

寸前、かさねは『黒い靄《ワームホール》』を生成して、カナエと共に安全圏へと離脱する。

ゆきは見上げるほどの氷晶立方体に右手を触れる。

氷からボコボコと数十メートル規模の槍《やり》が次々と浮き出て、飛来した。

対するかさねのフリルドレスから、蜃気楼《しんきろう》のように景色を歪《ゆが》める『虚空《グラビティ》』が無数に生み出される。

それらは飛来する氷槍《ひょうそう》からかさねを守るように蠢《うごめ》いた。

あらゆる方向への重力を発生させる『虚空《グラビティ》』が、氷槍《ひょうそう》の軌道を横にズラしたり、地盤へと叩《たた》きつけたり、あるいは氷槍《ひょうそう》同士でぶつかり合うように仕向ける。

かさねは飛来する全ての氷槍《ひょうそう》を防ぐが、一向に攻撃が止《や》む気配がない。

ゆきが右手で触れる数キロもの氷晶立方体から、氷槍《ひょうそう》が無尽蔵に生成され、射出される。

「キリがないわね——重力測地線《ジオシツクライン》を検出します
——終了、最大閾値《いきち》の空間歪曲率《アフィンパラメータ》を代入
——臨界値達成。シュヴァルツシルト半径を規定
——マイクロドメインを展開します
——零次元収束《パラメトライズ・ゼロ》——」
かさねの目の前に、サッカーボールほどの大きさを持つ『黒い球《ブラックホール》』が生まれる。

そして超巨大氷晶立方体《オブジエクト》目掛《めが》けて勢いよく飛び出した。

ゆきは迫り来る『黒い球《ブラックホール》』を迎撃せんと氷槍《ひようそう》を連続で射出する。

しかし、接触した全てを呑《の》み込む性質を持つ『黒い球《ブラックホール》』は、一〇〇倍近いサイズ差の氷槍《ひようそう》に接触する度に空気を震わせ強引に吸収していった。

『黒い球《ブラックホール》』は速度を落とすことなく氷晶立方体にぶつかる。

空間に渦を巻き、跡形もなく巨大な氷を呑《の》み込んだ。

……次いで、『黒い球《ブラックホール》』も、力を失い相殺《そうさい》された。

「流石《さすが》に、そのサイズだとこっちもかき消されるのね」

ゆきは再びこちらに手を向けた。絶対零度を放ち、空間ごと凍結させようとしているのだ。

「『斥力子《レプルシオン》』の解放、五指《みぎ》と五指《ひだり》」

かさねの一つの指から一本ずつ、計一〇の赤光《しやっこう》の糸が生成、展開される。

一瞬で数百メートル前方まで伸びて、ぐるぐると隙間無くとぐろを巻いて物理的接触を拒絶する円盾《えんじゆん》を形成した。

ゆきの右手から発生した冷気の波動は、赤光《しやっこう》の円盾《えんじゆん》に阻《はば》まれて、周囲の空間へと飛散する。

都市地盤に氷柱《つらら》を逆さに返したように、刺《とげ》の一つ一つが高層ビルの如き氷の茨《いばら》が咲き乱れた。

「……かさね、お前そんなに強かったのか……？」

「さっき、ケーキをいっぱい食べたから」

何でもないようにかさねは言う。

カナエは知らなかった。

ゆきを傷つけることを恐れ、無意識にその力をセーブさせていた。

その上かさねは、四年間栄養素をとらずに本来の力を出せなかった。

しかし今、ゆきの力はタガが外れ、かさねは本来の力を取り戻した。

その戦いは、まさしく災害と呼べる攻防だった。

『七大災害』という規格外の存在が本気で戦うことのその意味を、カナエは身を以《もつ》て知る。

神話に語られる神々の領域に、ゆきとかさねは足を踏み込んでいた。


「――臨界値達成――」


かさねは短く詠唱し『空間転移』した。ゆきではなく、ノゾミの目の前に。

ノゾミの持つ『オリジナルエフティ』を破壊せんと、赤光《しやつこう》の糸を振るおうとした。

――しかし、背後から迫る氷柱《つらら》の薙《な》ぎ払いをまともに食らう。

かさねは地面にぶつかりながら、何百メートルも吹き飛ばされた。

「かさね！」

カナエが駆けだす前に、目の前に発生した『黒い靄《ワームホール》』からかさねがカナエの目の前に現れた。

「……なんで先回りされるのよ……！」

かさねは苦悶《くもん》の表情を浮かべて、血の塊をごぼりと吐いた。

抉《えぐ》れた脇腹は段々と修復され、破れた服はひとりでに縫い繋《つな》がれてゆく。

『七大災害』が持つ損傷《バグ》の修復力によって、傷は治る。

しかし、苦痛はそこに残る。

規格外の存在である前に、ゆきもかさねも、一人の少女なのだった。


立ち上がるかさねは、再び『黒い靄《ワームホール》』に包まれた。

応じてゆきは、何もない空間に氷槍《ひょうそう》を射出する。

そしてかさねの転移先に、氷槍《ひょうそう》は飛来した。

かさねはギリギリのところで、これまでより大きな『虚空《グラビティ》』を生成して、発生させた右方向への重力によって氷槍《ひょうそう》の軌道をねじ曲げた。

奇襲《きしゅう》の出端《ではな》をまたしてもくじかれたかさねは、一旦カナエの方へと『空間転移』によって退避する。

そこから周囲に一〇の『黒い靄《ワームホール》』を生成し、赤光《しゃっこう》の一〇本糸を差し込んで遠隔攻撃を図った。

一〇本糸はノゾミの周囲にそれぞれまばらに出現し、ノゾミが手に持つ『オリジナルエフティ』を破壊するために殺到する。

しかし、先回りしたかのように一〇本糸の軌道上に、ルービックキューブサイズの氷晶立方体が設置されていた。

ゆきの能力の本質である『粒子の加減速操作』という要素が凝縮されたそれら一〇個の氷晶立方体は、かさねの赤光《しやっこう》の糸の材質である仮想粒子『斥力子《レプルシオン》』に直接干渉――根本から糸の形状を弾《はじ》け散らして消失させた。

ゆきの行動はそれだけでは終わらない。続けざまに一〇の氷槍《ひょうそう》を射出し、役割を終えて霧散しかけていたかさねの『黒い靄《ワームホール》』に放り込んだ。

それらは内部の次元跳躍《ワープ》回路を通り抜け――『斥力子《レプルシオン》』の制御に集中していたかさねの周囲を取り囲むように――突如として出現した。

「――ッ!?

――最適な空間歪曲率《アフィンパラメータ》を――」

突然の攻撃に、かさねの『空間転移』による回避行動は間に合わなかった。

地を震わせるような轟音《ごうおん》が連なる。都市地盤が粉々になり、粉塵《ふんじん》が巻き起こる。

粉塵《ふんじん》の中に、カナエは駆けた。

「どうした⁉　何があった⁉」

「……転移接続先を完全に把握されてるわ……！」

ボロボロになったかさねが、息も絶え絶えに言う。

『七大災害』の持つ修復力によって、それでも肉体は回復されつつある。

しかし、先ほどよりも治りがずっと遅い。

このような不均衡の戦いが続けば、やがてかさねは敗北するだろう。

「――レヴィ君の引き上げた観測能力を以《もっ》てすれば、空間歪曲率《アフィンパラメータ》を逆算可能なのだよ。……さて、終わらせようか。ゆき君、『絶対空間《テレスティアル・グローブ》』を起動したまえ」

かさねが対抗して、地球の裏側へと退避する『事象の地平線《アップル・イーター》』の起動プロセスを読み上げ――ようとした。

しかし、レヴィによる精確な座標指示を受けたゆきが、起動プロセスの詠唱を途切らせることなく氷槍《ひょうそう》をかさねに射出する。

応じたかさねは、詠唱の中断を余儀なくされた。

「ダメだわ！　もう間に合わない！」

「……大丈夫だ。俺もかさねも、時間は止まらない」

——地球圏に『星空を満たすもの《エーテル》』の展開を開始します——

「カナエ君はもう、ゆき君のマスターなどではないよ。よって君たちは、世界と共に静止する」

——充塡《じゅうてん》終了、全『現象妖精《フェアリー》』との連絡回路を確立——

「俺はまだ、ゆきと繫《つな》がっているよ。だって、ゆきの髪はまだ……」

ゆきの銀髪を見た。

ゆきはノゾミによって『標準状態《デフォルト》』へとリセットされたはずだ。

なのになぜ、ゆきは本来の腰まで届く銀髪ではなく、カナエが散髪したショートカットのままなのか。

あの夜、ゆきは確かにこう言った。

……変装したいのでは、ありません。ただ、変わりたいのです。カナエは、きっかけをくれました。その手で、私を変えてくれました。

……なかったことには、したくありません……

治らないかさねの左目のように、長い年月を経て『標準状態《デフォルト》』が変更されたわけではない。

ならば今、ゆきの髪が短いままの、その理由は――

――最上位要請《インペリアルオーダー》『絶対空間《テレステイアル・グローブ》』を起動します

――……カナエ、助けて……！――

二人の契約が、まだ途切れていないからだ。

その瞬間、地球圏に存在する『現象妖精《フエアリー》』が機能停止《フリーズ》した。

今この空間で動ける存在は、ノゾミとゆきとレヴィ……そしてカナエとかさねだった。

ノゾミが意外そうにカナエとかさねを見た。

――さっきの声は、ゆきなの……⁉

ゆきが地球圏全域に展開した連絡回路『星空を満たすもの《エーテル》』を介して、カナエたちは脳内通信を行うことができる。

今回は、そこにカナエと契約したかさねも加わった。

――……今の私は、話すことしかできません。レヴィはもう、完全に支配されました……。

こちらへと近づくゆきの表情に、脳内に響く声の面影《おもかげ》はない。

ノゾミはゆきのあらゆる行動を封じたが、カナエとの契約の残滓《ざんし》がノゾミの命令を僅かに阻害して、その思考まで止めることはできなかった。

そしてゆきの思考は、『絶対空間《テレスティアル・グローブ》』の起動状況下によってのみ、『星空を満たすもの《エーテル》』を通じて外部へと入出力できる。

カナエのように脳ではなく、『オリジナルエフティ』というデバイスで使役するノゾミは、この通信に介入する余地はなかった。

――かさね、カナエを連れて、ここではないどこかに、『空間転移』で逃げてください……。

――無理よ！　あたしはゆきと違って、起動プロセスを口頭で詠唱しないといけないのよ！

音を伝える音響子《フォノン》をも静止した世界は、張り詰めるほどの静寂に満ちた空間だった。

――でしたら、かさね、今すぐにでも……私を殺してください。

――もう死ぬなんて言わないって、あの時言ったじゃねえかよ！

――何言ってんのよ……。あの時ゆきがそうしたように、今度はあたしが殺さずに勝つわ。

——ですが、ですが、他にこの状況を……！

——ウジウジとうるさいわね！　大人しく助けられなさい！

ゆきは氷槍《ひょうそう》を容赦なくカナエへと放つ。

かさねは『虚空《グラビティ》』を生成して氷槍《ひょうそう》の攻撃をずらした。

『現象妖精《フェアリー》』とは物理現象そのものである。

『絶対空間《テレスティアル・グローブ》』の範囲外を規定する『除外フィルタ』にゆきとかさねが含まれるのであれば、彼女たちは静止空間の中でも能力を使用できた。

ゆきとかさねはお互いの『最上位要請《インペリアルオーダー》』を封じられた状態で戦闘を交わす。

未《いま》だゆきに疲弊は無く、かさねは疲労と損傷《バグ》を蓄積させてゆく。

今ダメージを負うのはかさねだけではない。

呼吸を封じられたカナエも息苦しさを覚えてゆく。

しかしそれは、ノゾミも同じはずで——

——なんでノゾミ先生は息苦しそうにしてないんだ!?

——……カナエが、これまで呼吸できなかったのは、長年使用されなかった『除外フィルタ』の、不具合《バグ》によるものです。『オリジナルエフティ』は、その不具合《バグ》を克服しています

……。

ノゾミはレヴィを引き連れて、涼しそうな面持《おもも》ちでゆっくりと歩む。

ノゾミにとってはカナエに『絶対空間《テレスティアル・グローブ》』が利《き》かなくても問題ないのだ。

普通に戦っていても、ゆきとかさねでは前者に戦力的優位があった。

加えてノゾミは、カナエに呼吸という制限時間《タイムリミット》を押し付けた。

かさねは防戦一方になり、カナエの盾となる。

カナエは意識が薄れゆくなか、ゆきに話した。

――ゆき……氷の剣を、覚えているか？

――……はい。東京で、私が振り下ろしたものです。その直後、『東京アブソルートゼロ』が起きました。それ以降氷剣は、私の中に見当たりません。元々、出すつもりはないのですが……。

――嘘《うそ》よ！　『ブナの森』で、いきなりゆきは氷剣を生み出したわよ。……あの測りようのない底知れなさ、正直負けると思ったわ。あれはいったい何なのよ……。

――かさね、ゆきにも俺にもその記憶はないんだ。でもレヴィだけは、はっきりと見ていた。

波動関数の『現象妖精《フエアリー》』たるレヴィが、ゆきが生成した氷剣の構造、その在り方を観測した。

灰谷義淵《はいたにぎえん》が想定していた使い方までは分からなかったようだが、その仕様は認識していた。

……カナエさまにだけ、また後でお話しします。だから今はっ……

——俺はレヴィに氷剣の話を聞いた。ゆきが、あの氷剣を恐れているのは分かる。それでも、他にこの状況を切り抜けることができないんだ。

ゆきは、恐れるような声で聞く。

——……七年前の東京のように、この街の人々に対して、もし何かがあれば……！

——大丈夫だ。今のゆきには、俺というマスターがいる。絶対制御してみせるよ。

——……ではカナエ、お願いします……。私を、止めてください……！

——任せとけ。……契約に基《もと》づき、正式に命令する。

——『マスターキー』を解放してくれ。

カナエを攻撃しようとする氷槍《ひょうそう》とは、全く別の氷が、カナエの目の前で生成されていった。

空間から抽出された窒素《ちっそ》氷晶が螺旋《らせん》を描き、一振りの長剣の形へと収束してゆく。

稠密《ちゅうみつ》な幾何学《きかがく》模様を描く氷のロングソードが完成し、鮮やかな青の輝きを放った瞬間——世界が罅割《ひびわ》れた。

ゆきが展開する不可視であるはずの流体——『星空を満たすもの《エーテル》』に、氷剣を中心として断層のような罅《ひび》がぐちゃぐちゃに走り込む。

罅《ひび》は物質を透過して――地球圏全域へとあっという間に広がった。

ガラスが連続で砕け散るような轟音《ごうおん》が響き渡り、静止していた時間は再び動き出した。

「……なんだね、これは……」

ノゾミは空を覆い尽くす溶け消えてゆく罅《ひび》を見渡す。

そこで、初めて余裕のない表情を浮かべた。

「カナエ君は、いったい何をしたというのかね？」

カナエはぜえぜえと酸欠気味だった呼吸を整えつつ、ノゾミに向き直る。

「……ゆきの『絶対空間《テレスティアル・グローブ》』を、強制解除したんです」

「ありえないよ……。『最上位要請《インペリアルオーダー》』という言葉通り、『七大災害』の行使するそれらの権限は全てにおいて優先される」

「ノゾミ先生が、自分で言っていたじゃないですか。七年前に失われた灰谷義淵《はいたにぎえん》の研究成果を復元したいと。この『マスターキー』と呼ばれる氷剣は、その研究成果の一部だと思いますよ」

「……ふむ、とても良《い》いことを聞いたよ。わざわざありがとう。しかし、カナエ君の手で復元されたものは不確定分子となり得る。――だから一度破壊して、ワタシの手で再構築しようかね」

ノゾミはゆきをけしかける。

　ゆきは複数の氷槍《ひょうそう》を生成し、右手を薙《な》いで氷剣へと射出する。

　カナエの目の前に突き立つ氷剣に、ゆきの氷槍《ひょうそう》は接触《せっしょく》し――そして忽然《こつぜん》とかき消えた。

「……レヴィが言っていたんです。この『マスターキー』は、接触したものを、全てを〝あるべき姿へと還《かえ》す〟力を持つと。氷を生み出したり、時間を止めたり、そんな〝ありえないこと〟を、この『マスターキー』はかき消してしまうんですよ」

　カナエがそう言った瞬間、都市地盤が揺れた。

　積層都市全体に震動が走ったのだ。

「――カナエ！　マズイわ！　今この神戸《こうべ》の重力反転現象が元通りになりつつあるわ！」

「大丈夫だ、かさね。『マスターキー』を制御するための方法も、ちゃんとある」

　カナエは『秘密基地《ハイド・ラボ》』で読んだ灰谷義淵《はいたにぎえん》の走り書きを思い出す。


【……『ラウルス』には『マスターキー』に対する『スタビライザー』を生成してもらう。『スタビライザー』は仮想粒子『斥力子《レプルシオン》』でプログラミングする。――『斥力子《レプルシオン》』の使用方法は、巻きつけるだけでいい】


　カナエは昨日の夜買い出しに行った時、『スタビライザー』という言葉の意味を調べていた。

「マスターキー」の意味は曖昧で何を指すか分からないが、こちらははっきりとしていた。

「かさね、よく聞け！　かさねが灰谷義淵《はいたにぎえん》にプログラミングされた『斥力子《レプルシオン》』っていうのは、単体で意味を成すものじゃない！　本来はゆきの持つ『マスターキー』の〝安定化装置〟なんだ！　だから『マスターキー』を制御するためにも──『斥力子《レプルシオン》』をこの氷剣に巻きつけてくれ！」

「言ってることがめちゃくちゃよ！　この氷剣は接触した異常現象を無効化するんでしょ⁉」

かさねは口では言いつつも、右手の五指から生成した赤光《しゃっこう》の五本糸を氷剣へと伸ばした。

かさねの五指から赤光《しゃっこう》の糸が勝手に離れ、ひとりでに氷剣のつば部分へと巻き付き、──戒めるように締め付けた。

赤光《しゃっこう》の糸がかき消えることはなかった。

氷剣の放つ鮮明な青の輝きが──ゆきの瞳の色と同じ──淡い水色の光へと移ろいだ。

……同時に、積層都市に走る震動は収まった。

「かさねの『斥力子《レプルシオン》』は、半径五センチ以内の物理的接触を拒絶する、だったよな？　この氷剣は、直接触れた異常現象をあるべき姿へと還《かえ》す。……たぶんだけど、触れてないからセーフ的な？」

仮想粒子『斥力子《レプルシオン》』内部一つ一つにプログラミングされた制御コードが、『マスターキー』の〝あるべき姿へと還《かえ》す〟力の無差別発動を制御する。

触れずして物に干渉し、影響を与える、『マスターキー』に対する唯一の『安定化装置《スタビライザー》』。

──それがかさねの『斥力子《レプルシオン》』の正体だった。

「トンチの利《き》いた子どもみたいな屁理屈《へりくつ》ね……！」

カナエは地盤に突き立った氷剣の握り手部分を両手で摑《つか》む。

カナエの身長の半分ほどもある氷剣を、軽々と地盤から引き抜いた。

氷剣全体から淡い水色の光を放ち、つば部分は赤光《しゃっこう》の糸『斥力子《レプルシオン》』で装飾されているようだ。氷剣はカナエの手に馴染《なじ》んでいた。

前方にさっと向ける。

「──言っておくけどもうあたし、力がガス欠気味だわ。これ以上長引くと、勝機はないわよ？」

かさねは〝ケーキの分〟を使い切った。

四年間栄養素を摂取しなかったかさねに余力はない。

「……かさね、俺は今からゆきに近づく必要がある。残された力で、俺の移動をアシストしてくれるか？『斥力子《レプルシオン》』で安定化された『マスターキー』の状態なら、ゆきと契約している俺の意思で、〝消すもの〟と〝消さないもの〟を選べる。だから、かさねの能力は無効化されない」

『ストレンジコード』を識《し》るカナエには、それら全てを誰に教えられるまでもなく理解していた。

「まさか生身の人間が、『七大災害』と戦うつもり？」

「今更言うか？　ちょっと前だって、そうやってかさねに勝っただろ」

「仕方がないわね。……三つだけよ。あたしがカナエにしてやれることは」

かさねが嬉《うれ》しそうにため息をつく。

任意方向に重力を放つ『虚空《グラビティ》』、空間を重力で捻《ね》じ曲げて転移する『黒い靄《ワームホール》』、全てを呑《の》み込む重力の特異点『黒い球《ブラックホール》』。

残された手札はそれぞれ一つずつ。


「ノゾミ先生、返してもらいますよ——ゆきと、レヴィを！　あとついでに世界の命運も！」

「ふざけるのも大概にしたまえ！　ワタシがどれだけの時間を掛けて準備したと思っているんだ！　全ては研究成果の復元のために！　反吐《へど》が出そうな上《うわ》っ面《つら》の好意を振りまいてまで！」

「俺はその上《うわ》っ面《つら》に！　——救われていたんだよ‼」

カナエが吠《ほ》え、駆けた。

前方に『黒い靄《ワームホール》』が生成される。

しかしその転移接続先は、レヴィの観測能力で筒抜《つつぬ》けだ。

「点ではなく面で攻撃したまえ！」

たとえ氷剣に攻撃が接触してかき消されたとしても、面で攻撃すれば〝同時にカナエにも攻撃が当たる〟のだ。

現象を無効化しても、既に生じた現象の結果までは覆《くつがえ》すことはできない。

ゆきが先回りしたかのように右手を向け、空間をキロ単位で凍結させる絶対零度の波動を放とうとした。

カナエに絶対零度が触れた瞬間、その現象が氷剣にかき消されようと——カナエは同時に死亡する。

空気にひりつくような気配が生まれ、『黒い靄《ワームホール》』から転移してきた存在ごと空間が凍結される——

——その直前に、『黒い靄《ワームホール》』から現れた何かが、ぐわんと渦を巻いた。

「零次元収束《パラメトライズ・ゼロ》」

かさねが唱えると同時に、全てを呑《の》み込む『黒い球《ブラックホール》』が起動した。

カナエよりも先んじて出現したマイクロブラックホールが、ゆきの放った絶対零度の波動に触れ、死滅の冷気を発する前に跡形もなく呑《の》み込んだ。

次いで波動を消化した『黒い球《ブラックホール》』も、力を失い相殺《そうさい》され——

――何もない空間に、カナエが現れる。

「こっちも逆算してやったわ！　山勘だけどね！」

この一瞬のやり取りにそれぞれの最大攻撃を被《かぶ》せることができなければ、カナエを守ることはできなかった。

ゆきは数メートル前方に現れたカナエに対して、とっさに右腕を薙《な》いで複数の氷槍《ひょうそう》を放った。

カナエは全速力で駆け出す。

そんなカナエの疾走を、カナエの背後から遅れて出てきた『虚空《グラビティ》』がアシストした。

前方に発生した重力加速装置によって、カナエの疾走は一瞬にしてトップスピードへと到達する。

「あとはカナエ次第よ!!」

もうかさねが、カナエにしてやれることは何もない。

しかしこれで、充分だった。

「うおおおおおおッ!!」

カナエは氷剣の横腹で、氷槍《ひょうそう》の乱舞を受け止める。

頭や心臓を狙っていた槍《やり》は、剣に触れ存在がかき消される。

しかし、カナエの左肩に突き刺さる。脇腹や太ももを掠《かす》めて肉を抉《えぐ》る。

——カナエが、それらの攻撃によって減速することはなかった。

そして、カナエはゆきの眼前へと到達した。

カナエは剣を逆手に取り、切っ先に触れる。

手の平が裂けるのも構わずに、強く強く強く握り込む。

もう、手放さないように。


鈍い音がした。カナエの突き出した氷剣の柄《つか》が、ゆきの右肩へと当たる。

カナエはゆきという〝本来ありえない存在〟を消さずに、ノゾミと無理やり結ばされた——

偽《いつわ》りの〝契約〟だけをかき消した。

「ゆき、あるべき姿に還《かえ》ってくれ——マスターは、俺だ」

「……カ、ナエ……ありが、とう……」

ゆきの虚《うつ》ろな青の瞳が、青い雪の結晶《クリスタルブルー》の輝きを取り戻す。

ふと倒れこむゆきを、カナエは血まみれの体で抱きとめた。

カナエは氷剣をその場に投げ落とすと、罅割《ひびわ》れて粉々に——


——ガシャン。

何かが砕け散る音が――二つ、した。

駆《か》けつけたかさねがフリルドレスからブッシュナイフを抜き出し、ノゾミが手に持つデバイス『オリジナルエフティ』に突き刺して、地盤へと叩《たた》き落としたのだ。

レヴィの虚《うつ》ろな瞳も、次第に星の輝きを取り戻す。

野望を打ち砕かれたノゾミは、一瞬だけ絶望した表情を浮かべる。

次いで、苦笑した。

「……灰谷義淵《はいたにぎえん》よ、これが貴方《あなた》の望んだ『おとぎの語り手《フェアリー・テイラー》』かね……、これは何とも、何とも痛快だ……！　――これからも自由に紡《つむ》ぐといい！　君の、君による、君だけの物語を！」

くっくっくっと微《かす》かに笑うノゾミの体を、『黒い靄《ワームホール》』が包み込む。

「予備に残しておいたの。あなたにあげるわ。転移接続先は国際刑事警察機構《インターポール》の大阪都日本支部、国際犯罪者収容所――ブタ箱直通よ」

「……ノゾミ先生。俺は、俺は……」

「まだ縋《すが》るのかい？　……実に、カナエ君らしいね――」

――慣れ親しんだ微笑《ほほえ》みと共に、そう言い残して。

ノゾミは姿を消した。

そうして、苛烈《かれつ》な戦闘の痕跡を残す都市地盤には、カナエたちだけが残されたのだった。

「……ごめんなさい。私はカナエを、かさねを、殺そうとしていました……」

「俺たちは絶対、死なないよ」

「何にも気にしてないわ。もう全部、終わったのよ」

「――たっ、たっ、たっ、大変ですカナエさまっ！　まだ終わっていませんっ！」

かさねに支えられていたレヴィは完全に支配から目を覚ますと、慌てて言った。

直後だった。


――ゴゴゴゴゴゴゴ！

積層都市『逆さまの街』に、先ほどの氷剣の時よりも激しい震動が走った。

「なんでまた神戸《こうべ》がおかしくなるの!?」

「『マスターキー』はもう消えたぞ！」

「ゆきちゃんとかさねちゃんが力を出しすぎて、――大規模な損傷《バグ》が生じたようですっ」

リミッターが外れた全力のゆきと、本気のかさねの戦闘は、滞《とどこお》っていた世界の損傷《バグ》を広げた。

「ちょっと待ってよ……。神戸《こうべ》の重力係数が異常増幅《ぞうふく》してるわ。このままだと――」

耳をつんざくような轟音《ごうおん》がこだまして、天が揺れた。

突如として発生した重力が、見えない壁を押し付けるかのようにカナエたちを地盤に押し倒す。

「──あれは……マズイのではないでしょうか？」

カナエの手の中に収まるゆきが、空の一点を指差して言った。

「『軌道エレベータ』が真っ二つになった⁉」

天が揺れたのではない。都市地盤が斜めへと傾いたのだ。

積層都市の支柱としての役割を持つアズガルド製の『軌道エレベータ』は、その頑丈さから破壊不可能《イモータル》オブジェクトと称される。

──それが、空の半ばでぶちんと途絶した。

『七大災害』の戦闘によるダメージだけなら、まだ修復可能だった。

しかし、発生した局地的損傷《バグ》──重力係数の増幅《ぞうふく》が追い打ちをかけた。

……積層都市が、ぐしゃりと自重に押し潰されようとしていた。

「神戸《こうべ》が壊れちゃいますっ！　──全員死んじゃいますっ！」

二九八階層の街並みが全て、重力反転現象に従い天高く空へと落下しようと──

──地球圏に『星空を満たすもの《エーテル》』を充塡《じゅうてん》します

──全『現象妖精《フェアリー》』との連絡回路を確立

——最上位要請《インペリアルオーダー》『絶対空間《テレスティアル・グローブ》』を起動します

——止まってください……！——

ゆきは『時間停止』によって神戸《こうべ》の崩壊を止めた。

しかしそれは、その場しのぎに過ぎない。

——……嫌です……！　……嫌です……！　もう他の誰も、殺したくなんてありません！

——俺だって、こんな結末は嫌だ！　でもな……！

——だったらどうしろって言うのよ⁉　どうすれば神戸《こうべ》が崩壊しないで済むの⁉　ゆきの氷じゃ何もできないわよ！　そしてあたしには『事象の地平線《アップル・イーター》』を起動する力すら残ってない！

カナエが呼吸停止するまでそうやって時間を止め続けているつもり⁉

ゆきが、はっと眼《め》を見開いた。

——力があれば、かさねは『事象の地平線《アップル・イーター》』を、起動できるのですか……⁉

——ええ、そうよ！　それがないからこうやって——

——ではかさね、私の力を使ってください……！

カナエはゆきの言わんとしていることに気づいた。

——ノゾミ先生が『オリジナルエフティ』を通してレヴィに逆流させたとか言ってたよな⁉

だったら俺を通して——同じことができるはずだ！

――もしかしてあなたたちは、神戸《こうべ》の全住民を『空間転移』で避難させろとでも言っているのかしら……？　視界外に『事象の地平線《アップル・イーター》』を使うには、一度その場所を見て『既視圏』に設定する必要があるのよ！　今から神戸《こうべ》の街の隅々まで見てくるなんてできないわ！

ゆきとカナエに続き、レヴィがゆきの真意を知った。

――かさねちゃんが見てくる必要はありませんよっ。波動関数《エヴェレット》の『現象妖精《フェアリー》』であるわたしが全部観測しますっ！　その光景をカナエさまを通して、かさねちゃんに渡しますのでっ！

ノゾミは言っていた。

ゆきの力を逆流させたレヴィは、地球全域を観測できると。

――やれ、なくも、ないわ……！　頭がおかしくなりそうなぶっ飛んだアイディアね！　ただし、これまでにないほどの力を使うことになるわ。レヴィだけじゃなくて、あたしもゆきの力を使うのよ？　ゆきが無事でいられる保証は、どこにもないの。

――私は平気です。でも、カナエの呼吸が……！

神戸《こうべ》の街は既に崩壊している。

『絶対空間《テレスティアル・グローブ》』を解除して再起動する猶予《ゆうよ》は残されていない。

――大丈夫だよ。もうこの三日間だけで、めちゃくちゃ息止められるようになったから。

カナエは強がりの笑みを浮かべて言う。

戦闘であちこちに傷を負って、何もしなくても苦しい状況なのだ。

だがここで諦めるわけにはいかないし、酸素欠乏《けつぼう》で死ぬわけにもいかないのだ。

――ではゆきちゃん！　力をもらいますっ！

レヴィは立ち上がり、静止した神戸《こうべ》の街を〝都市地盤越しに〟見下ろした。

翡翠《ひすい》色の瞳とその周りを飾る星々が、煌々《こうこう》と輝き出す。

今レヴィの視界の中には、直径、全高共に一五キロを超えた積層都市『逆さまの街・神戸《こうべ》』の、全二九八階層分の光景が余すことなく映り込んでいた。

――こっちにも映像が流れこんできたわよ！　今から映像を『既視圏』に処理していくわ！

かさねの右目に刻まれた月の海《ルナマリア》と称される赤の瞳が煌《きら》めいた。

ゆきの力という一時的なブーストを得て、レヴィとかさねは許容量を遥《はる》かに超《こ》えた情報を処理してゆく。

とてつもない頭痛に顔を顰《しか》め、歯を食いしばり意識を保った。

ぐらつく体を押さえるためにかさねとレヴィはお互いの体を支え合う。

レヴィやかさねと打って変わって、ゆきの青い雪の結晶《クリスタルブルー》の瞳は、色そのものを失っていった。

誰よりも損耗《そんもう》が激しいのは、レヴィとかさねに力を提供するゆきだった。

――がはっ……！

カナエに支えられるゆきは、血を口からごぼりと吐き出してゆく。

白のショートドレスが、かさねのフリルドレスよりも鮮やかな赤に染まった。

『七大災害』としてのゆきが持つ力の源『星空を満たすもの《エーテル》』が削れてゆく。

元々物理法則が人の形を成す『現象妖精《フェアリー》』にとって、力の欠落は命の消費に等しかった。

存在が消費され、体内組織が壊れてゆく。

変調をきたした今のゆきに損傷《バグ》を修復する力は存在しない。

——ゆき、耐えてくれ！

——カナエだって、もう……！

レヴィとかさねによる膨大な情報処理はまだ終わらない。

カナエの顔色は今までにないほど真っ青で、生気を失っていた。

『絶対空間《テレスティアル・グローブ》』によって呼吸困難に陥る事態は、この三日間で何度もあった。

その度に土《ど》壇場《たんば》で切り抜けて、カナエは何とか生きながらえてきた。

しかし今回ばかりは、肺活量の限度に達していた。

息がしたいと、心が求めていた。

——俺が死んだら、ゆきもレヴィもかさねも死ぬんだよ！　んなことで死ねるかよ……！

レヴィとかさねはカナエの今の状態には気づいている。

しかし、分かっていて見過ごした。

——ううっ……

——ッ！……

見過ごすしかなかった。

今手を止めて違うことをしてしまえば、これまでのプロセスが全て水の泡になる。

もう一度やり直すことはできない。

悲劇を回避して誰も殺さないための、これっきりのチャンスだった。

カナエの意識がぼんやりと薄れゆく。

もはや苦しみを通り越して、死へと誘《いざな》う眠気が訪れた。

——なんで人間って、呼吸しないと生きられないんだよ。ほんと不便だよな……。

そんなカナエの一言に、ゆきの浮かべる無表情が……ほんの少し和《やわ》らいだように見えた。

——……そうでしたね、カナエ。人間と違って『現象妖精《フェアリー》』は、呼吸を必要としない生き物です……。でもカナエ、『現象妖精《フェアリー》』は、必要がなくても——呼吸をしてしまう生き物です。

星を眼下にした夜の語らい。

『秘密基地《ハイド・ラボ》』で真実を打ち明けられずにいたゆきが、過呼吸に似た症状に陥ったように。

ゆきは身に纏《まと》うショートドレスの、未《いま》だ血塗られていない白の裾で口を拭った。

——むぐっ⁉

カナエに抱きかかえられていたゆきは、体を起こし、カナエと口づけを交わしていた。

――私の息は、カナエが必要とする空気と、何も変わりませんので……。

唇と唇を隙間なく塞ぎ、ゆきは自らの肺に似た体内器官から、酸素の消費されていない空気を送り出す。

『現象妖精《フェアリー》』は呼吸を必要としない。

しかし、呼吸そのものは行うことがある。

そして体内に蓄積した空気は、一度も消費されずに残り続けることとなる。

二日前の夜にゆきが過呼吸のような症状に陥って体内に蓄積された空気が、二日越しにカナエの肺へと運ばれた。

――だからカナエ、これからもずっと、私と呼吸を共にして、

――ずっとずっといっしょに生きて！

カナエは酸素を得たこと、ゆきとのキスという衝撃、加えて意味深なゆきの台詞《せりふ》で、

――あ、うん？　……え⁉

死の眠気が吹き飛んだ。

ぼやけていた意識をはっきりと取り戻し、顔色を少しばかし回復させる。

制限時間《タイムリミット》の延長。

ゆきの行動は、レヴィとかさねに何物にも代えがたい貴重な情報処理の猶予《ゆうよ》と——複雑極まりない感情のわだかまりを与えた。

——ゆきちゃんっ！　それはあんまりにもずるいですっ！　わたしはカナエさまと半年間寝食を共にした仲なのに、そんなこと一度もっ……！　さ、先を越されましたぁ！　うわーん!!

——こっちは真剣にやってるのに何イチャついてくれてるの！　そういうのは他所《よそ》でやって！　やっぱり他所《よそ》でやられても困るわ！　禁止よ！　次したらぶっ飛ばすわよ！

レヴィは驚愕《きょうがく》の表情を浮かべたあと、跪《ひざまず》いて天を仰ぎ見て大泣きする。

かさねは青筋を浮かべ唇をわななかせ、ブッシュナイフの刃先《はさき》を向ける。

——いやいや、なんでお前らが怒ってるんだよ！　てかそっちの処理に集中してくれよ！

——観測した映像は、全部かさねちゃんの『既視圏』に設定しましたよっ。……うわーん!!

——とんでもないことをしでかしてくれたおかげで、少し余分なものまで『既視圏』に設定する余裕《よゆう》ができたわ。ゆき、あなたは博愛主義者かしら？　……人間以外も、救いたいかしら？

——はいっ……！　どうか、どうかお願いします……！

——そうこなくちゃね！

ゆきの力を得たかさねは、世界を動かす祈りの言葉を、声ではなく心で諳《そら》んじた。

——既視圏に『星空を満たすもの《エーテル》』を展開します

——局地的『現象妖精《フェアリー》』との連絡回路を確立

——次いで重力測地線《ジオシツクライン》を検出します

——終了、最適な空間歪曲率《アフインパラメータ》の代入

——臨界値達成——

——最上位要請《インペリアルオーダー》『事象の地平線《アップル・イーター》』を起動するわ

——みんなみんな、お別れよ！

そして積層都市『逆さまの街・神戸《こうべ》』は、天空へと崩れ落ちた。

幕間《まくあい》四『夢を継ぐ赤――Laurus――』

「――これが神戸《こうべ》で起きた、我々の知りうる情報です」

彫《ほ》りの深い屈強な傭兵《ようへい》風の男たちが複数人、ずらりと並んでいた。

彼らの視線の先には人一人分にしては無駄に長いサイズのデスクがあり、そこに座るでっぷりと太った男を見つめている。

男の両手の指にはそれぞれ一〇個の宝石が嵌《は》められている。

男はその中でも、特に右手親指に嵌《は》められた規格外の大きさを持つ紅玉《ルビー》を大事にしているようで、しきりに撫《な》でている。


――ドイツ・フランクフルト、アズガルドファクトリー本社の社長室にて。

最高取締役コルネリウス・エーゲンフリートは、元『フォネティック』たちの証言を聞いて放心していた。

「……つまり、重力反転現象に異常が生じて、神戸《こうべ》が崩壊した理由が全く分からないと……。

――そして崩壊に巻き込まれて死んだはずの神戸《こうべ》の一〇〇〇万を超える住民が、近隣都市にそれぞれ突如現れて、生きていたと……？　当人たちは何も覚えていないらしいではないか。あまつさえ、彼らのペットや所有する『現象妖精《フェアリー》』まで一緒だったのは、何故《なぜ》なんだ……？」

「正確には、自然解放区画に生息していた動物群も、県内山中で確認されております」

「ふざけるな《Wahnsinn》！　そんなことを聞いているのではない！」

エーゲンフリートはドイツ語で最悪の言葉《ファック》を口にして、会話言語を再び日本語へと変えた。

「貴様たちは、こちらの政治的交渉で国際刑事警察機構《インターポール》から引き取ったのだぞ？　慈悲を光栄に思いこそすれ軽《かろ》んずるな。尽くさなければ貴様たちに明日はないぞ」

「我々が把握していることは矢島《やじま》ノゾミ顧問の裏切りのみで、他は何も……」

「だから神戸《こうべ》でいったい何が起きたのか、全く説明していないではないか！　小規模な戦闘が何回も発生したことは知っているぞ？　では、『エルウェシィ』は『フォネティック』の他に何と戦っていたのだ⁉　そして、その後の大規模戦闘では何がどうなっているのだ⁉」

「『首領《オメガ》』なら、大規模戦闘の内容を把握しているのでは……」

「確かに、こちら側でも事態を把握しようとはしたぞ？　そのための監視衛星全てが——謎の超高速飛《ひ》翔《しょう》体、に撃破されたがね。しかもそれは我々だけではない。知る限りでは、他の常任理事国の監視衛星をも尽《ことごと》く撃破された」

エーゲンフリートは右親指の至宝の紅玉《ルビー》を撫《な》でて言う。

「積層都市が壊れたことについては……文句は言わん。あれの役割は完成と同時に終わっていた。一企業が日本の統治権を得るためには、あれぐらいのものを国連に献上せんとならんかったからな。四年間ではあるが、損失を取り返せるほどの甘《あま》い蜜《みつ》は充分吸わせてもらったよ。……ただ、生存していた住民が厄介であるな……。そのまま死ねばよかったものを」

「──その生存住民の取り扱いについて、お話をしたいんですがねえ」

「──お邪魔するわね」

エーゲンフリートと屈強な男たちの間に、改造制服の少女と、スーツ姿の青年が突如として現れた。

少女は水色の眼鏡越しに男たちを見つめる。

「元『フォネティック』さんたち、証言の引き出しご苦労さま。またお勤め頑張ってね」

少女が何かを呟《つぶや》くと『黒い靄《もや》』が男たちを覆う。

直後、彼らの姿がかき消えた。

「なんだ貴様ら！　いったいどうやってこの場所に侵入した⁉」

「さあてね。でもあなた──カーテンは閉めておいた方がいいわよ？」

狼狽《ろうばい》するエーゲンフリートに、タツミは近づく。

懐《ふところ》から書類を取り出した。

「いきなりで悪いが、ビジネスのお時間だ。この紙束は神戸《こうべ》のとある場所に隠されていたものなんだが、ここにはなんと、一五年前の段階で『神戸《こうべ》グラビティバウンド』という『七大災害』が起きるという予言が書かれているんだ。……いや、予言じゃないな。――予定か？」

「それはまさか、アズガルドと灰谷義淵《はいたにぎえん》の間で取り交わした密約書か⁉　どこにあった⁉」

「とっても身近な場所にあったわよ？　――神戸《こうべ》の『秘密基地《ハイド・ラボ》』にね。……フルバックアップ体制の観測能力じゃなきゃ見つからなかったけれども」

エーゲンフリートは――理解不明な少女の言葉に、眉を顰《ひそ》める。

その声は、一流の音楽家が弦鳴器《ハープ》で奏《かな》でる最高級の音質に似ていた。

青年は構わず話を続ける。

「要するにこれは、インサイダー取引ってやつだよな？　未公開の内部情報を、アズガルドは知っていた。近い将来避難を余儀なくされる神戸《こうべ》の元住民たちには、必然的に需要が生ずる。それをアズガルドは先回りしていたんだ。神戸《こうべ》の建造に使われた未公開建築用『エフティ』、炭素結晶材質なんてのも全部灰谷義淵《はいたにぎえん》の提供だ。灰谷義淵《はいたにぎえん》はそれによって、研究資金の投資などのバックアップを得る。……これで交渉成立ってとこか？　アズガルドは神の御業《みわざ》をやってのけ、『七大災害』によって滅んだ日本の統治権を見事掌握《しょうあく》せしめる。そして甘《あま》い蜜《みつ》を吸うって算段だ」

「……貴様らは、何が望みなんだ？」

「話が早くて助かるね。神戸《こうべ》が滅んでも、まだアズガルドは成長できる。しかし、この密約書が公《おおやけ》になると、日本の統治権が剝奪《はくだつ》される。最先端の『現象妖精《フェアリー》』研究も、抽出も何もできなくなるからなあ。こっちの要求は簡単だ。──また居場所を失った人たちの、ケアをしろ」

「なんだと⁉　一〇〇〇万を超える住民どもの援助をしろと⁉」

「世界一のずば抜けた財力を以《もっ》てすれば可能だろ？　大赤字だろうが、これからも稼ぐつもりなら取り戻せるって。あとついでに……ウケがいいかもよ？」

タツミは密約書のコピーをデスク上に滑らせ、エーゲンフリートの元に届けた。

「別にオレらは国際刑事警察機構《インターポール》の差し金なんかじゃないぜ？　これは個人的な野暮用《やぼよう》さ」

青年が下がると、今度は少女がエーゲンフリートのデスクに近づいた。

「ヒィ‼」

少女は理解不能な音で鳴く。

「その宝石《ひだりめ》、なくさないでね。──全てが終わったら、返してもらうから」

少女と青年は『黒い靄《もや》』に包まれる。

次の瞬間には……そこに姿はなかった。

EPILOGUE

エピローグ

生きていたいと思えたから

——Undercooling emotion——

PHysics PHenomenon PHantom

カナエはベッドに寝かされていた。

ラフな姿をしたゆきの顔が、横から覗《のぞ》いている。

「──カナエ、目が覚めましたか?」

お腹《なか》辺りに重みを感じて顔をあげると、メイド服姿のレヴィがぐでんと突っ伏していた。

手に持つ包帯やシートを見る限り、カナエを看病していたようだった。

「ここはどこなんだ?」

「県内? の、せーふはうす? という場所です」

「あの時、かさねと逃げ込んだ隠《かく》れ家《が》のようなやつね……。……えっと、俺、何週間寝てたんだ?」

「二週間です」

自らの昏睡《こんすい》期間の長さに愕然《がくぜん》とするカナエに、ゆきはメモ書きを手渡した。

「これは、かさねとタツミからの伝言です」

【あたしたちは、もうあなたたちと関わることはできないわ。組織に、独断専行がバレたの。あたしは償いのために、まだこの組織を抜けるわけにはいかない。だからここで、さようなら。応援だけはしておくわ。あとベッドの下に少しだけまとまったお金を用意したからね。もう勝手に見舞金が振り込まれないのよ? これからは自分でやりくりしてく、分かった?】

「お前は俺のオカンか！」

【一応、寝覚めがいいようにニイチャンの尻拭いはしてやったぜ。後は頑張れ】

「適当だなおい！」

カナエはひとしきり笑ったあと、はあ、とため息をついた。

「どうしたんですか？　まだ苦しい所がありますか？」

「……ノゾミ先生のことが、やっぱり忘れきれないんだ。母親が死んで、これまでずっと、あの人しか味方になってくれる人がいなかったんだ。なのにノゾミ先生に裏切られたら、もう俺の隣にいてくれる人間なんて、誰も……」

――ぺちん。

ゆきの手がカナエの頬を叩《はた》いた。全然、力が籠《こ》もっていない。

「カナエが、言ってくれました。私もレヴィも、人間だと。――カナエの隣には、私たちがいます」

「ごめん！　俺はなんてことを――」

俯《うつむ》いて悔やむカナエの頭を、ゆきは胸元に引き寄せる。そして優しくさすった。

「撫《な》でるなよ。くすぐったいだろ」

「カナエが髪を撫《な》でてくれると、私は落ち着きました。……だから今度は、カナエの番です」

カナエは自分の目から零《こぼ》れた涙を、ゆきにバレないように拭って誤魔化した。

「そういえばレヴィは——ノゾミのことを知ってどうだったんだ？」

「……ずっと、ずっと泣いていました。でも一週間が経《た》って、レヴィは笑顔を見せてくれました。〝カナエさまが悲しむ時は、わたしが笑っていなくちゃねっ〟と、言っていました」

「レヴィは強いな……。しかし、俺も、ゆきも、レヴィも……これからどうするかな」

「私は、東京に行きます。『東京アブソルートゼロ』から、私の罪から、もう逃げません。一五〇〇万の幽霊に、謝ります。罪の償い方を、探します。……そして、生きたいと、宣言します」

ゆきは一切の迷いなく言い切った。

「こっから東京か……。まあ、時間止めたらなんとかなるだろ」

「——『絶対空間《テレスティアル・グローブ》』は、もう起動できません。『星空を満たすもの《エーテル》』が、枯渇《こかつ》したのです。加えて、あの『マスターキー』も、もう私の中には見当たりません。……かさねたちには、このことは言っていません。ただ、力が薄れたとしか……」

確かに、かさねはゆきがどうなるかは分からないと言っていた。

しかし、『時間停止』は使えなくなったのはあまりにも痛手だった。

カナエたちが神戸《こうべ》で黒ずくめから生きて逃《に》げ切ることができたのは、ほとんどが『絶対空間《テレスティアル・グローブ》』のおかげなのだから。

そして『マスターキー』という手がかりを失った。

結局、灰谷義淵《はいたにぎえん》が……カナエの父が、何を考えていたのか分からずじまいだ。

「いい話もあります。私の力が薄れたおかげで、世界の損傷《バグ》が小さくなりました。かさねは、〝気休めぐらいにはなるかもね〟と、言っていました」

「つまりゆきは、以前よりもずっと弱くなった。……それでも、東京に行くつもりなんだな？」

「はい。そのために、うぃんたーこーでなる服も、カナエに買ってもらいました」

「一九七階層での謎の冬服チョイスは、それが理由だったのか」

「旅について、レヴィからは許可を貰《もら》いました。笑顔で、受け入れてくれました」

神戸《こうべ》で発揮したレヴィの全知に等しい観測能力は、ゆきのバックアップによってなせた業《わざ》だ。

ゆきもレヴィも、あるべき力を大幅に失った状態で、それでも行くと言う。

「東京に行く前に、寄り道も必要だな。道中で、他の『七大災害』の被災地を訪れよう。そして、『秘密基地《ハイド・ラボ》』を探しだそうか。世界の損傷《バグ》なんてのを、解決する手がかりになるかもしれないしな。俺にとっても、全く記憶にないけどさ——あのクソ親父《おやじ》の尻拭いをしないといけないし」

「……あの、まだ私は、何も聞いていません。……私の旅を、カナエは許してくれるのですか?」

「今更何を言うんだよ。俺はゆきのマスターだ。ゆきのしたいことは、俺が必ず叶《かな》えるよ」

「ではカナエも、お願いします。……これからも私の隣に、いてください」

「俺はゆきに、どこまでも付き合うよ。それにこの旅は、俺のためでもあるんだから——」

在りし日の高校の旧実験室で、レヴィと共にノゾミと語らった日々を思い出した。

あの時のノゾミの好意は演技だったと言う。けれども、全てがそうだとは思えなかった。

そう思えるだけでも、カナエは嬉《うれ》しかった。

……懐《なつ》かしむが、もう日常に戻るつもりはない。ただその時の温かなやり取りを、思い出したかった。

——『ストレンジコード』が聴《き》こえるカナエ君は、いったいどんな夢を持っているのかい?

――『現象妖精《フェアリー》』の立場を、改善したいんです。
彼女たちが他の誰かに虐《しいた》げられることなく、システムの一部として生かされるでもなく、ただ笑って過ごせる世界を、俺は作りたいんです。

『了』

《解説文――あとがきに代えて》

私は２０１５年9月17日の深夜三時頃に、『妖精の物理学』の完成稿を保存したようです。

その日が何曜日だったのか、どういうテンションだったのかは、全く思い出せません。

見開き１５６頁《ページ》、文字数18万７２６５字であるこの小説は、電撃大賞の応募規定を遥《はる》かにオーバーしているので、到底応募することができませんでした。電撃大賞の受賞を目指す我々ワナビにとって、そのような原稿は『趣味』で終わるような扱いです。『趣味』の小説が一つ完成したところで、本来は目指す地点に直接繋《つな》がりはしません。

やがて時は経《た》ち２０２４年11月10日、『妖精の物理学―PHysics PHenomenon PHantom―』が電撃大賞の大賞を受賞しました。約十年前の原稿が、規定を守るための修正を経た上ではありますが、ほぼ当時の形で。「マジか」と、既に作家になって久しい私は驚きました。

ご挨拶が遅れました。有象利路《うぞうとしみち》と申します。本作と同じ電撃文庫様より、何作か小説を出版させて頂いています。著者名が全く異なることから分かるように、私は本作を執筆した電磁《でんじ》幽《ゆう》体《たい》先生ではありません。では何故《なぜ》、著者ではない作家が、あとがきに代わるものを巻末に載せているのか。その背景を知らない方に向けて、簡潔に説明させて頂きます。

本作『妖精の物理学』を執筆された電磁《でんじ》幽体《ゆうたい》先生は、２０２４年の12月に鬼籍に登られました。本作の出版に向けて改稿を続ける中での、あまりに突然の訃報でした。

従って皆様がお読みになられた、或《ある》いはこれからお読みになるこの本は、応募時の原稿を、電撃文庫編集部が最低限の校正をした上で出版されています。恐らくは、2015年のあの時から然程《さほど》変わらない、私が世界で最初に読んだ原稿のままで。

私と電磁幽体《でんじゆうたい》先生は、学生時代の先輩と後輩でした。私が先輩で、彼が後輩です。私は彼に誘われる形で何故《なぜ》か作家を共に目指し、そして彼よりかなり早く作家になりました。

後に私のデビュー作となる原稿を世界で最初に読んだのも彼で、読了後すぐ「多分これ受賞するから（賞金で）焼き肉奢《おご》って下さい」と言われたことをよく覚えています。実際のところ、私は受賞を逃し、拾い上げでデビューしましたが、結局焼き肉は奢《おご》りました。

巡り巡って、今度は受賞した彼がいつか私に何かご馳走《ちそう》すると言っていたのですが、結局それは叶《かな》うことがありませんでした。

そういった縁から、私が彼に代わって巻末に解説文という形で拙文を寄せています。あくまで『解説文』であり、『弔文』の類ではありません。なので湿っぽい話は他の何らかの機会に譲ることにして、この作品についてほんの少し解説していこうと思います。

本作は、全ての作家が望む最高の形で本になっています。

これは商業作家にしか分からないことなのですが、初稿がそのまま本になることはほとんどなく、基本的には改稿、つまり修正や添削を繰り返して一冊の本にします。

己の書きたいものを書きたいだけ、伝えたいものを伝えたいだけ詰め込んで、そうして読者に届ける——ということはできません。絶対にその過程の中で担当編集とのやり取りがあり、唇を噛《か》みながらカットする箇所や、本当は入れたくないが商業上入れるべきシーンが出てくるからです。それは往々にして、作者的には負の感情が入り込むことがほとんどです。

しかし先述の通り、本作は応募原稿、即《すなわ》ち初稿の状態のまま出版されています。電磁《でんじ》幽体《ゆうたい》先生が書きたいものだけを全力で入れ込んだ、彼の情熱の原石がそのまま本になりました。ただ、あくまで原石なので、きっと読み辛《づら》い箇所や分かりにくい描写があると思います。改稿とは、そういう部分もなだらかにする必要がありますから。

事実、私も当時読んだ際は真っ先に「読みづれえ」と彼に言いました。

そして今改めて彼の原稿を読むと、純粋に「羨ましい」と思います。良くも悪くも、私は商業作家を長くやり過ぎて、もうここまで自分の熱量だけを寄る辺に小説を書くことはできません。絶対に編集や読者の反応、売上のことが頭によぎります。本当は自分勝手に、自分の思うままに小説を書きたいのに、商業でそれは許されないということを知ってしまったからです。

故に、そんな商業的しがらみが一切ない状態で出版された本作は、きっと全ての作家が望む最高の形なのだと思います。何よりも、電磁《でんじ》幽体《ゆうたい》先生にとって最高の形でしょう。誰にも阿《おもね》らない初稿がそのまま本になって、更に素敵なイラストまでつくなんて。あと、彼は添削作業が昔からめちゃくちゃ苦手かつ嫌いだったので、そういう意味でも。

我々のルールは『感想は正直に言う』でした。自分に嘘《うそ》をついて作品を褒めそやすことは、結局のところ書き手に失礼だと考えていたからです。なので皆様もそれに則《のっと》り、忌憚《きたん》なき感想や意見をSNSなどで発信して下されば、彼も私も嬉《うれ》しく思います。もちろん、純粋に面白いと思って下さったのなら、それを伝えられることが私達にとっては最上の喜びです。いずれにせよ、『妖精の物理学』について皆様が思うまま語り合って下されば、それが一番ですので。

最後に私事となりますが、電撃大賞の受賞を逃した私が、こうやって曲がりなりにも大賞作品の一端に関われるとは思ってもみませんでした。電磁幽体《でんじゆうたい》先生は自分自身の夢と、ついでに私の夢も叶《かな》えてくれました。そのことに、生涯消え得ぬ感謝を捧《ささ》げます。

本作を読んだ方の心の中に何かが残ると信じ、電磁幽体《でんじゆうたい》先生の一人の先輩として、作家として、友人として、粗筆ながら紙幅を頂戴しました。並びに、彼の遺志に沿う形で本作の出版に踏み切った電撃文庫編集部様の御芳情に、この場を借りて厚く感謝と御礼申し上げます。

ここまでお読み頂き、まことにありがとうございました。

有象利路《うぞうとしみち》　拝

◉電磁幽体著作リスト

「妖精の物理学　—PHysics PHenomenon PHantom—」（電撃文庫）

本書に対するご意見、ご感想をお寄せください。

ファンレターあて先
〒 102-8177　東京都千代田区富士見 2-13-3
電撃文庫編集部
「電磁幽体先生」係
「necōmi先生」係

本書は、第31回電撃小説大賞で《大賞》を受賞した『妖精の物理学―PHysics PHenomenon PHantom―』を加筆・修正したものです。

電撃文庫

妖精《ようせい》の物理学《ぶつりがく》
—PHysics PHenomenon PHantom—

電磁幽体《でんじゆうたい》

2025年5月10日　初版発行

発行者　山下直久
発行　株式会社KADOKAWA
〒102-8177　東京都千代田区富士見2-13-3
0570-002-301（ナビダイヤル）
装丁者　荻窪裕司（META＋MANIERA）
印刷　株式会社暁印刷
製本　株式会社暁印刷

●お問い合わせ
https://www.kadokawa.co.jp/（「お問い合わせ」へお進みください）
※内容によっては、お答えできない場合があります。
※サポートは日本国内のみとさせていただきます。
※ Japanese text only

※定価はカバーに表示してあります。

ISBN978-4-04-916230-1　C0193　Printed in Japan

電撃文庫　https://dengekibunko.jp/